Mörderische Côtes d'Armor

Der Tote vom Roc'h Hudour

Zum Buch

Das *Land am Meer* im Département Côtes d'Armor ist das Urlaubsziel der Journalistin Marie Kaufmann. An den Küsten der Bretagne möchte sie Abstand gewinnen von ihrem beruflichen Alltag – vor allem von ihrem Kollegen, einem verhassten Chefreporter. Doch die Urlaubsfreuden sind nur von kurzer Dauer.

Während einer Schiffsreise zu den Sept-Îles kommt es zu einem Zwischenfall mit Folgen. Als verwirrte und hilflose Unbekannte wird sie von einem jungen Bretonen in Obhut genommen. Mit massiven Erinnerungslücken an die Geschehnisse und zu ihrer Person stolpert sie mitten hinein in mysteriöse Todesfälle und Halbwahrheiten. Dabei gerät sie in einen Strudel merkwürdiger Familiengeheimnisse, die bis in die höchsten Kreise der Pariser Zentralregierung reichen.

Inmitten der rauen und mystischen Felsenlandschaft beim Roc'h Hudour an der Côte d'Ajoncs kommt sie nicht nur ihrer eigenen Identität, sondern auch einem einhundert Jahre alten ungelösten Kriminalfall auf die Spur.

Zum Autor

Hans-Georg van Ballegooy, Jahrgang 1957, ausgebildeter Gymnasiallehrer, ist als Therapeut in einer Neurologischen Klinik pädagogisch tätig. Der Hobby-Autor ist verheiratet, hat zwei erwachsene Kinder und lebt in der Nähe der Stadt Hameln im Weserbergland. – Nach zwei historischen Romanen legt der Autor erstmalig einen Roman mit Elementen aus dem Genre der Kriminalliteratur vor, der überwiegend in der Gegenwart handelt.

Bisherige Veröffentlichungen (auch als eBook/ePUB):
Die Macht des Mohns. Historischer Roman (2016)
ISBN-13: 978-3842357976
Mörderisches Schwarz-Rot-Gold. Historischer Roman (2017/18)
ISBN-13: 978-3746036557

Hans-Georg van Ballegooy

Mörderische Côtes d'Armor

Der Tote
vom Roc'h Hudour

Roman

Bibliografische Information
der Deutschen Nationalbibliothek:
Die Deutsche Nationalbibliothek
verzeichnet diese Publikation
in der Deutschen Nationalbibliografie;
detaillierte bibliografische Daten sind im Internet über
http://dnb.dnb.de abrufbar.

Herstellung und Verlag:
BoD – Books on Demand, Norderstedt

ISBN: 978-3-7504-8133-6

»GWIRIONEZ - Als Journalistin muss Ihr moralischer Kompass doch die Wahrheit sein, oder?«

In diesem Bretagne-Roman bergen
die Küstengegenden im Département Côtes d'Armor
tödliche Geheimnisse, denen die Protagonistin
Marie Kaufmann auf den Grund geht.

Handlungen und Personen sind frei erfunden,
allerdings inspiriert
durch teilweise ähnliche, tatsächliche Begebenheiten
an anderen Orten und zu anderen Zeiten.
Trotz diverser Ereignisparallelen sind
Ähnlichkeiten mit lebenden oder verstorbenen Personen
nicht beabsichtigt und wären rein zufällig.
Es wird ausdrücklich darauf hingewiesen,
dass es sich bei den beschriebenen Machenschaften
im *Phare de Mean Ruz*, bei *Le Gouffre*, auf den *Sept-Îles*
und in der Gendarmerie von *Perroz-Gireg*
um reine Fiktion handelt.

Dieser Roman spiegelt nicht die Realität wider.
Wer sich auf die Suche nach den Handlungsorten begibt,
kann daher nur zum Teil fündig werden.
Gleichwohl ist die geheimnisvoll wirkende Umgebung
um Pors Scaff an der Côte d'Ajoncs
unbedingt besuchenswert.

Prolog

Südlicher Schwarzwald, 22. April 2019, Ostermontag

Ein Lächeln ist ein Geschenk, welches sich jeder leisten kann – war filigran auf ihrem zart pinkfarbenen T-Shirt gedruckt. Darüber kringelten sich rostbraune Strähnen ihres langen Haares. Marie Kaufmann hatte sich in eine bequeme Lage gebracht und räkelte sich jetzt auf ihrem großen Handtuch. Den Rücken leicht durchgebogen stützte sie sich mit ihren Armen nach hinten ab. So streckte sie ihren Körper der Sonne entgegen. Dabei versuchte sie zu entspannen.

Schauinsland. Der Freiburger Hausberg trug seinen Namen zu Recht. Vom Gipfel hatte die noch recht junge Wanderin eine herrliche Aussicht hinüber zum Feldberg. Für eine kleine Weile genoss sie die Ruhe, die soeben lediglich durch mehrere Pfiffe unterbrochen worden war. Keine Frage, es mussten warnende Murmeltier-Laute gewesen sein. Jetzt entdeckte sie den Grund. Ein Greifvogel mit mächtiger Spannweite zog direkt über ihr enge Kreise.

Als sie sah, wie sich der Greif auf seine Beute hinabfallen ließ, wandelte sich das Bild, das sie nun nur noch vor ihrem inneren Auge wahrnahm. Aus dem Murmeltier war ein junger Mann geworden, der vor einer vermeintlichen Bedrohung zurückgewichen und gestolpert war und nun unaufhörlich einen sehr steilen Berghang hinabstürzte. Es war ein großes Glück, als sich das gefiederte Tier den Fallenden griff und den Leidtragenden unversehrt auf seinen Pfad zurückbrachte.

Nachdem sich die kurze Sinnestäuschung aufgelöst hatte, standen Marie Tränen in den Augen. Freudentränen? Nein, keineswegs. Es waren Tränen der Trauer, als ihr bewusst wurde, dass die tödliche Realität des Unfalls anders ausgesehen hatte. Die schreckliche Wirklichkeit stand im kolossalen Gegensatz zu der Botschaft auf ihrem T-Shirt.

Marie schnäuzte sich. Das Murmeltier hatte sich erfolgreich in Deckung begeben können. Der Greifvogel war aus ihrem Blickfeld verschwunden.

Sie nahm einen kräftigen Schluck aus ihrer Wasserflasche. Gottlob geschah es immer seltener, dass Marie solche visionären Anwandlungen hatte, durch die sie mit jenem schicksalhaften Tag ihrer Bergwanderung vor knapp fünf Jahren konfrontiert wurde. Doch wenn sie auftraten, brauchte sie eine Weile, um sich zu sammeln und um sich klarzumachen, dass sie keine Schuld an dem tragischen Unglück traf. Auch für die schrecklichen Folgen weigerte sie sich nach wie vor, die Verantwortung zu übernehmen. – Nach dem verhängnisvollen Sturz hatte ihr Verlobter Jonas keine Überlebenschance gehabt.

Marie Kaufmann trug einmal mehr schützende Sonnenmilch auf. Es war noch früh im Jahr. Aber die Sonne hatte bereits Kraft. *Urlaubsfeeling*, dachte die Entspannungssuchende. Dabei war sie mental keineswegs im Erholungsmodus. Auch wenn die sonnigen Ostertage ein wenig Entschleunigung ermöglichten, gingen ihr – neben den Momenten, in denen die Restsymptome ihres Traumas ihr Leben bestimmten – zu viele Gedanken fast gleichzeitig durch den Kopf. Insbesondere, seitdem sie die Computerausdrucke beiseitegelegt hatte.

Ihre Freundin Valerie Prebel hatte geschrieben. Valerie, die sich in einer Art Volontariat bei *Le Journal du Dordogne* in der Ausbildung befand. Die sich nach dem kürzlich ereigneten Schiffsunglück vor der französischen Atlantikküste inspiriert sah, mit einer Dokumentation an die Tankerunglücke vor der bretonischen Küste und die für die Natur katastrophalen Auswirkungen in den siebziger und achtziger Jahren des vorigen Jahrhunderts zu erinnern. Allein: Von ihrer Chefredaktion war ihr untersagt worden, »die alten Geschichten aufzuwärmen«. Mit den Behörden in Paris habe man sich verständigt, »diesmal keine hysterische Meinungsmache« zu veranstalten. Seriös wolle man berichten. Und deswegen sei das Thema zur Chefsache erklärt worden. Dabei wollte Valerie doch nur ein Dossier erstellen. Die aktuellsten Erkenntnisse zu den damaligen Ereignissen zusammentragen. Recherchen durchführen. Ganz seriös. Und vielleicht gab es dann doch Parallelen zu den gegenwärtigen Ereignissen. Aber natürlich, so ein brisantes und öffentlichkeitswirksames Thema konnte sich der Chefredakteur ihrer Zeitung natürlich nicht entgehen lassen.

Marie Kaufmann stieß einen kräftigen Seufzer aus. Vergleichbare Probleme kannte sie selbst. Mit Ronny Busshart, dem Chefreporter vom *Württemberger Kurier*. Geachtet bei der Zeitungsfamilie. Weil erfolgreich hinsichtlich einer Steigerung der Auflagenhöhe und ihres Absatzes. Gefürchtet bei der Polizei und den Gerichten. Weil penetrant enervierend. Verhasst bei den Kollegen. Weil arrogant, machtbesessen und aufdringlich. Ein Macho, der sich auf spektakuläre Ereignisse stürzte. Vorzugsweise Kriminalfälle, die er zur reißerischen Story aufarbeitete und veröffentlichte. Zur Steigerung seiner Publicity tat er alles. Ohne Rücksicht auf die Opfer. – *Das braucht ein Bestseller-Autor wohl*, dachte Marie Kaufmann und hob abweisend die Augenbrauen. Seine vulgären Annäherungsversuche widerten sie an.

Manchmal bedauerte Marie, dass sie ihren ansprechenden kleinen Buchladen aufgegeben hatte. Aber nach dem tödlichen Unfall ihres Verlobten hatte es unschöne Szenen gegeben. Ein schlimmes mediales Echo mit inakzeptablen Vorwürfen von allen Seiten. Freunde und Bekannte hatten sich abgewendet, und natürlich war auch das Geschäftliche davon nicht verschont geblieben. Die Kundschaft war von einem auf den anderen Tag ausgeblieben. Es war ein beruflicher Neuanfang notwendig geworden. Zur Ausbildung und zur Aufnahme ihrer neuen Tätigkeit beim *Württemberger Kurier* war Marie nach Freiburg, in Deutschlands südlichste Großstadt, gezogen.

Und jetzt? Jetzt sehnte sie sich nach Abstand vom Alltagsgeschäft als Zeitungsreporterin. Sie beabsichtigte, zwei Wochen Urlaub in der Bretagne zu verbringen. Zur Inselgruppe der Sept-Îles wollte sie reisen und dem einzigartigen Vogelreservat einen Besuch abstatten. Und eventuell darüber berichten. Sie hatte bereits ihre Spürnase in die Datenbanken ihres Arbeitgebers gesteckt und sich im Internet vorab informiert.

Dabei war sie auf eine erfolgreiche Reihe von Kriminalromanen eines unter Pseudonym schreibenden Autors gestoßen. Die Orte der Romanhandlungen waren in verschiedenen Regionen der Bretagne zu finden; nicht zuletzt in der Gegend, in der Marie ihren Urlaub wahrzunehmen gedachte. Einige der Bücher hatte sie bereits gelesen. Sie war fasziniert von den Geschichten, vor allem von den Beschreibungen des Landes und seiner Bewohner. Sie freute sich darauf, sich in diese Welt begeben zu können. Wer weiß, vielleicht ließe sie sich zu eigenen schriftstellerischen Ergüssen inspirieren? Vielleicht schaffte sie es sogar, nicht nur mit Reportagen, sondern zusätzlich mit der Publikation selbst geschaffener fiktiver und unterhaltsamer Literatur, dass Chefreporter Busshart vor Neid erblasste? – Maries Träumerei endete so schnell, wie sie eingesetzt hatte. Die Realität holte sie ein. Und diese Wirklichkeit reduzierte sich zunächst auf die Erkenntnis, dass sich während ihres Urlaubs immerhin die Gelegenheit böte, die Französisch-Kenntnisse zu vertiefen. Und … warum nicht, vielleicht ergäbe sich zudem die Möglichkeit, für Valerie einige Recherchen durchzuführen. Vor Ort. Seriöser ginge es wohl kaum.

Freiburg, 23. April 2019

Es war Dienstag nach Ostern. Ronny Busshart schaute dem IT-Experten des Verlagshauses vom *Württemberger Kurier* über die Schulter. Er hatte den Kollegen Freddy Nussbaum in der Hand und nutzte seine Macht schamlos aus. Busshart war sich sehr wohl darüber im Klaren, dass er etwas Illegales tat. Wenn das bekannt würde … Vor der Verlagsdirektion hatte er keine Angst. Die würde auf ihn und seine Kontakte nicht verzichten wollen, aber die Personalvertretung des Betriebes würde ihm die Hölle heiß machen. Zwar vermochte er da ebenfalls Einfluss zu nehmen, allerdings … Busshart runzelte die Stirn, während er sich gerade wieder einmal vorstellte, dass sich dieses »sozialistisch angehauchte Pack«, wie er die Querulanten diskreditierte, zum Kaffeekränzchen formierte. Aber Bussharts Gedanken verharrten nicht bei diesen vermeintlich ewigen Nörglern. Lieber richtete er den Blick nach vorn: Viel bedeutsamer war, dass der vor ihm hockende EDV-Fuzzi so viele Gründe hatte, sich vor einer fristlosen Entlassung zu fürchten, dass der ihm gewiss nicht auffliegen ließe. Es war gut, wenn man am längeren Hebel saß.

Einmal mehr ließ sich Ronny Busshart den Zugang zum hausinternen Server herstellen und durchforstete die E-Mail-Korrespondenz der Kollegin Kaufmann. Er stöberte in der Chronik des Browsers, mit dem die Kaufmann die Websites des Internets aufgerufen hatte und studierte den Verlauf ihrer

Recherchen. Zwar stellte Busshart fest, dass es das Opfer seiner Wissbegierde während ihres Mai-Urlaubs scheinbar in die Bretagne führen sollte, doch vermied die Mitarbeiterin offensichtlich, während ihrer Dienstzeit die EDV für private Zwecke zu nutzen. *Sie macht sich nicht angreifbar,* stellte er in Gedanken fest und bedauerte dies sogleich. Dann entdeckte er, dass sich die Reporterin seit seiner letzten Überprüfung eine Cloud eingerichtet hatte. Das Kennwort zu hacken gelang ihm zusammen mit dem Techniker in der Kürze der Zeit jedoch nicht.

Schließlich fand Busshart heraus, dass die Kaufmann einige Downloads zu ehemaligen Tankerkatastrophen durchgeführt hatte. *Interessant, interessant.* Die Kollegin hatte ein Gespür für brisante und aktuelle Zusammenhänge. Das musste man anerkennen.

Sie hatte einen USB-Stick genutzt und etliche Links gespeichert. Busshart rief die Internetseiten auf. Anscheinend schien sich die Angestellte auch für Kriminalliteratur zu interessieren. In diesem Zusammenhang fiel Busshart ein, dass er vor nicht allzu langer Zeit von einem über einhundert Jahre zurückliegenden und nach wie vor nicht gelösten Fall in der Bretagne gelesen hatte. Es juckte ihm in den Fingern, dieser Sache nachzugehen. *Warum nicht – wie die Kaufmann – in die Bretagne reisen,* sagte er sich. Er könnte ein wenig in die Vergangenheit eintauchen und dabei gleichzeitig der Kollegin etwas über die Schulter schauen. Und vielleicht sogar mehr noch … Möglicherweise könnte man sich *endlich etwas näher kommen?*

»Schade, dass sie so wenig kooperativ und immer so abweisend ist«, seufzte er. »Wir beide zusammen könnten so viel …«

Er malte sich im Moment lieber nicht aus, was er mit der Kaufmann alles anstellen könnte. Dafür blieb ausnahmsweise keine Zeit.

Schnell nahm er noch einen Einblick in das Arbeitszeit-konto der Kollegin. »Achtundachtzig Überstunden – nicht schlecht«, raunte er.

Dann erhob er sich. Sein Entschluss stand fest. Er war spontan. Immer noch. *Und flexibel.* In Gedanken schlug er sich lobend auf die Schulter.

Den Kollegen Nussbaum ermahnte er, dass dieser vor allem für seine Diskretion bezahlt werde. Er sei schließlich nicht ohne Grund Datenschutzbeauftragter.

Busshart musste selbst über diesen Spruch schmunzeln.

Zu guter Letzt ließ er eine Hotelsuite und eine Bahn-verbindung mit dem TGV buchen. Natürlich reiste er Erster Klasse in die Bretagne.

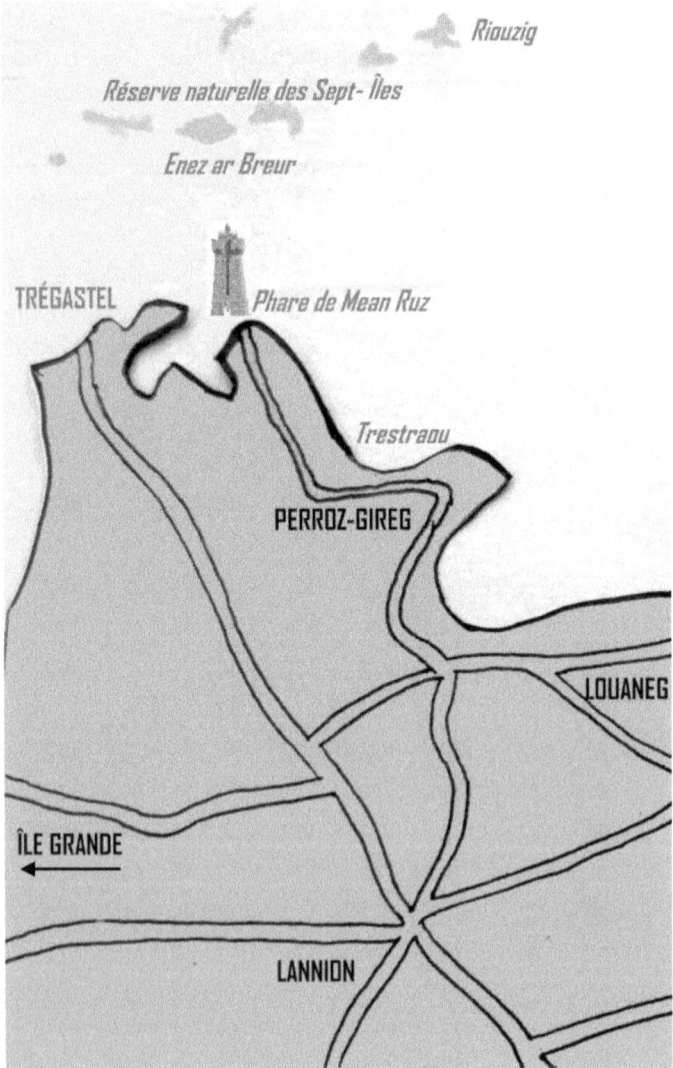

Riauzig

Réserve naturelle des Sept- Îles

Enez ar Breur

TRÉGASTEL

Phare de Mean Ruz

Trestraou

PERROZ-GIREG

LOUANEG

ÎLE GRANDE

LANNION

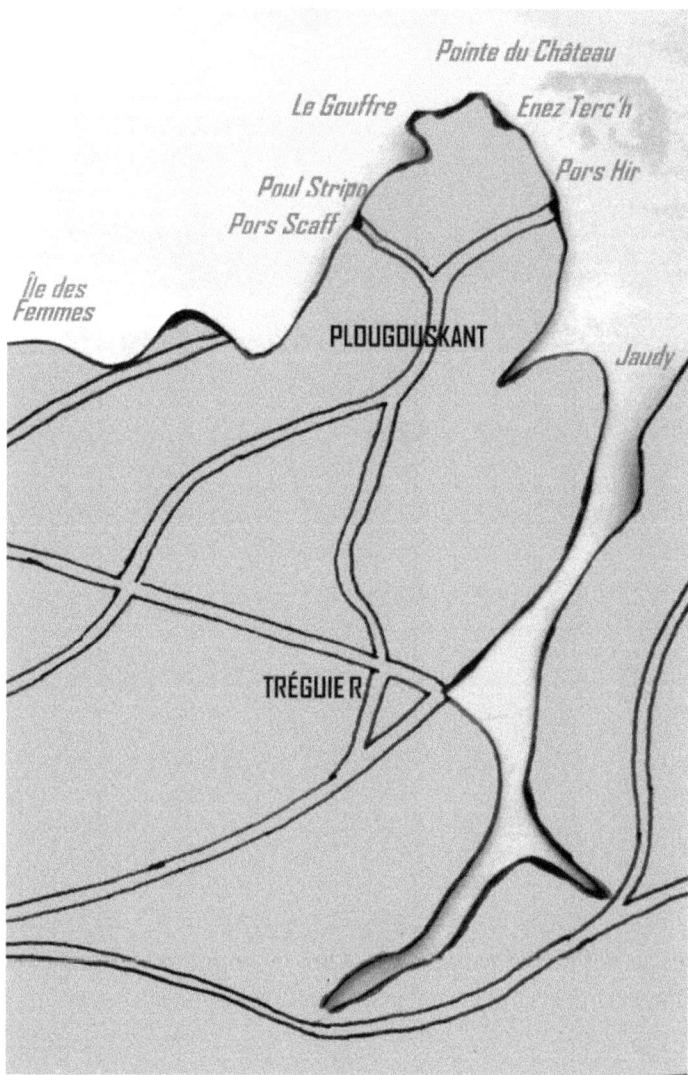

Pointe du Château

Le Gouffre

Enez Terc'h

Pors Hir

Poul Stripo

Pors Scaff

Île des
Femmes

PLOUGOUSKANT

Jaudy

TRÉGUIER

Teil 1: März 1909

1 Bretagne – Côte d'Ajoncs

Advocat Lou Cadet blinzelte eine Träne weg, als er sah, wie sein kleines Château bis auf die Grundmauern niederbrannte. Stundenlang hatten die Gewitterblitze sein Anwesen zunächst in gespenstisches Licht getaucht. Heftige Donnerschläge hatten die Luft, das Gemäuer und die Felsen im Umkreis erzittern lassen. Dann war mindestens eine dieser überdimensionalen Energieladungen wie tausende von Geschützfeuern in das Türmchen über seinen Lieblingserker herabgesaust, und das Unheil hatte seinen Lauf genommen. Selbst die sintflutartig niedergegangenen Regenmassen hatten dem Fortschreiten der Feuersbrunst keinen Einhalt gebieten können.

Cadet stand an der nördlichsten Spitze der Halbinsel *Plougouskant* und schüttelte ungläubig den Kopf. Inzwischen zog das Gewitter aufs Meer hinaus. Der letzte Blitz hatte die südwestlichen Strände der vorgelagerten Doppelinsel *Enez Terc'h* kurz angestrahlt. Cadet hätte von der Gewalt des Unwetters fasziniert sein können, wenn es nicht sein Schlösschen getroffen hätte. Nun blieb nur noch Betrübnis, Jammer, Schwermut – wobei sich die absolute Verzweiflung Cadets in Grenzen hielt.

Zum einen wusste er um die Entschädigung, die er von seiner Versicherung zu erwarten hatte und den Verlust seines Besitzes mildern würde.

Zum anderen war er nicht zur Gänze obdachlos. Er blickte zum einige hundert Meter westlich gelegenen Häuschen zwischen den Felsen, in das er geflohen war. Hierhin hatte er sich schon immer gerne zurückgezogen – nicht zuletzt, wenn er sich in eine seiner Gerichtsakten zu vertiefen hatte. Jetzt war dieses kleine Reich, das er von einem älteren ehemaligen Zöllner erworben hatte, zu seinem vorübergehenden Zufluchtsort geworden. Ein hübsches Heim, das eingezwängt von einigen Felsmassiven dem Orkan unbeschadet standgehalten hatte.

Und zum Dritten glaubte Lou Cadet seine Gattin, die er erst vor wenigen Monaten geehelicht hatte, in Sicherheit zu wissen. Sie bezog bereits die Wohnung in der Nähe der Pulverfabrik unweit der Festungsruine auf der Île-aux-Moines. »*Enez ar Breur*«, murmelte er den bretonischen Namen dieser Insel. Dort, wo man sich auf die Produktion explosiver Baumwolle zur Herstellung von Granaten spezialisierte.

In der Ferne glaubte er das weiße Licht des Phare des Sept-Îles zu erkennen. Des einzigen und erst vor rund zwanzig Jahren erneuerten Leuchtturms im Archipel der Sieben Inseln. Der Leuchtturm, der sich wie die Fabrikhallen nur wenige hundert Meter von der Festungsruine entfernt befand, von der aus man früher versuchte hatte, der Piraterie und dem Schmuggel Einhalt zu gebieten.

Fügung, Schicksal oder Vorsehung einer höheren Gewalt?, ging es dem Anwalt durch den Kopf, dem der Abschied vom Festland nun vielleicht leichter fallen könnte.

In wenigen Wochen würde er die Position des Fabrikdirektors von dem Baumwollwerk und der angrenzenden Pulvermühle übernehmen. Das stand bereits fest.

Ein letztes Mal schaute Lou Cadet zurück. Es war nur noch eine Pointe du Château übriggeblieben.

Sinnierend stapfte er zu seinem Maison de l'amitié. *Haus der Freundschaft*, hatte er es zwar genannt, doch diese Zufluchtsstätte kannte bisweilen nur er. Irgendwann würde er sie auch anderen Bekannten oder Verwandten zugänglich machen, war sein Vorhaben. Dann sollte sie ihrem Namen alle Ehre machen und tatsächlich ein Ort der Freundschaft werden. Doch vorerst sollte das Haus sein persönliches kleines Reich bleiben. Sein Eigen. Dieses so hübsch gelegene Zöllner-Häuschen. Geborgen zwischen den Felsen.

Teil 2: Gegenwart

2 Flucht

Montag, 20. Mai. – Es war absurd: Der Kalender pries den Wonnemonat Mai, doch davon profitierte die verstört und angsterfüllt wirkende Frau in keiner Weise. Vor wenigen Augenblicken hatte sie einen kurzen Blick über das Meer auf eine Inselkette am Horizont geworfen. Jetzt kletterte sie scheinbar planlos über gigantische Granitblöcke, die im rötlichen Schimmer erstrahlten, als die Sonne hinter den Wolkentürmen einer vorbeiziehenden Schlechtwetterfront hervorlugte.

Auch der Leuchtturm, dem die Frau soeben entkommen war, hatte die rote Färbung angenommen, während die Flüchtende im Felsenchaos der Granitküste herumirrte. Es war ein Glück, dass das Meer noch nicht tobte und keine rauen Winde die Gischt über die Felsen peitschte. Das Rauschen der Brandung war auch bei der vorherrschenden Ebbe noch beeindruckend genug, wenn die Wellen an die roten Klippen prallten und sich am Gestein brachen.

Aufgrund ihres äußeren Erscheinungsbildes und der besonderen Situation, die ihre Züge zeichneten, war das Alter der Frau schwer zu schätzen. Immer wieder verlor die möglicherweise etwas über Dreißigjährige den Halt auf dem glatten Gestein. Sie konnte ihre Gliedmaßen kaum kontrollieren. Zudem waren die übergroßen Gummistiefel und die weite Fischerhose, in denen sie sich unbeholfen fortbewegte, ziemlich hinderlich. Wieder rutschte sie aus, stieß sich und schürfte sich die Haut an den Händen auf. Als sie aufstand, zerriss sie sich den riesigen wollenen Seemannspullover mit dem kratzigen Rollkragen an einer mit Seepocken überzogenen Felskante. Wieder glitt sie aus, als ihr rechtes Fußgelenk umknickte und ihr beim Sturz auf den harten Grund ein stechender Schmerz durch die Glieder fuhr. Einige Augenblicke blieb sie liegen, während ihr Herz raste. Wo war sie hier nur? Warum war sie hier? Immer wieder stellte sie sich diese Frage, die auch der Leuchtturmwärter ihr nicht hinreichend hatte beantworten können. Sie hatte ihn kaum verstanden. Nur einen Namen hatte er mehrmals wiederholt. *Phare de Mean Ruz.* Dies musste wohl der Name des Leuchtturms sein. Dieses etwa fünfzehn Meter in die Höhe ragende Gebäude mit dem untypisch rechteckigen Grundriss, in dem es so unerträglich stank. *Wo sich Robbenfelle stapelten und …*

Die Frau brach ihren Gedanken an ihren unschönen Aufenthalt ab und sinnierte über sich selbst. Sie hatte keine Ahnung, wer sie war. Sie konnte sich an nichts erinnern. Natürlich litt sie darunter. Aber mehr noch setzte ihr im Moment diese Ungewissheit zu:

Sie blickte sich um. Die kleine Brücke aus behauenen Granitquadern, die das unüberschaubare Durcheinander der riesigen Felsblöcke überspannte und zum Leuchtturm führte und die beiden Männer, die sich jenseits dieses Überganges im Zwiegespräch befunden hatten, waren gottlob nicht zu sehen. Der eine der beiden Männer war der Leuchtturmwärter. Der Seebär, der sie in diese Kleidung gesteckt und dem sie die Stiefel entwendet hatte. Der bärtige, immerzu Pfeife rauchende und nach Alkohol stinkende Hüne von Mann, der sich ihr als Monsieur Iven Pongar vorgestellt hatte. Und wer war der andere Mann? Auch den glaubte die Frau zu kennen. Von seiner Äußerlichkeit und von seiner Stimme ging eine Bedrohung aus, da war sie sich sicher. Vor diesem Mann fürchtete sie sich. Sie hasste diesen Mann sehr. Auch wenn sie letztlich nichts Entscheidendes über ihn wusste, hatte sie Angst vor ihm. Sie spürte, dass sie sich vor ihm in Acht zu nehmen hatte. Verfolgte er sie?

Erneut blickte sie sich um. Sie entdeckte niemanden. Zu ihrer Rechten sah sie auf einer Insel an der Einfahrt in den Hafen eines kleinen Fischerortes ein Anwesen mit einem Schlösschen, das ebenfalls von der Morgensonne beschienen wurde. Die dunklen Wolkentürme waren schon darüber hinweggezogen. Sie schienen zu fliehen und machten Platz für einen tiefblauen Himmel.

Die Frau erhob sich, als ihr wieder bewusst wurde, dass sie selbst auf der Flucht war. Ihr Herz pochte noch immer wild. Als sie den Felsenlabyrinthen entkommen war, hetzte sie an einem kapellenartigen Gebäude vorbei, von dessen Giebel sie die Fratzen urtümlicher Wesen schaudern ließen. Sie hastete über einen sich windenden Pfad, der nun abwärts führte. Sie hinterließ einen Eindruck, als hätte sie Angst vor ihrem eigenen Schatten. Sie sah nicht die blühenden Orchideen am Wegesrand inmitten der Heidepflanzen, die zu dieser Jahreszeit eher unscheinbar aussahen, wie vertrocknet oder erfroren. Wie vorhin hatte sie auch jetzt keinen Sinn für die grandiosen Aussichten übers Meer; hinüber zu den sich mehrere Meilen vor der Küste befindlichen Sept-Îles. Sie hatte keinen Blick für die faszinierend geformten Granitkörper, die die Fantasie hätten anregen und somit fantastische Wesen zum Leben hätten erwecken können. Sie atmete schwer, während sie weiterlief und dabei Kaninchen aufscheuchte. Sie hechelte, als sie ein Seitenstechen verspürte. Sie verharrte kurz, als sie zu taumeln drohte. Jenseits ihres Weges machte sie im Durcheinander der Felsformationen einen Fotografen aus, für den zwei Möwen zu posieren schienen. Sie wagte nicht zu stören.

Vorsichtig näherte sie sich einem Steilhang und zwängte sich zu ihrer Rechten an einer in einem kräftigen Rosa üppig blühenden Rhododendron-Hecke vorbei. Sie verfiel in einen langsameren schwerfälligen Lauf, der sie zu einer malerischen Bucht mit einem breiten Sandstrand führte. Größere motorisierte Ausflugsboote lagen hier vor Anker. Riesige Palmen erhoben sich am Strandzugang. Diese Szenerie schien ihr bekannt vorzukommen. Bekannt auch die blauweiß gestrichenen Holzhäuschen, auf die sie nun langsam zuwankte. Es knirschte, als sie über Schalen von Jakobsmuscheln trampelte. Ihr wurde schwindelig und sie stolperte. Nein, eher schien sie zusammenzubrechen. Die Beine gaben unter ihr nach. Sie sank auf die Knie. Die Finger griffen in den nassen Sand. Mit ihren Händen konnte sie den Oberkörper jedoch nicht mehr stützen. Einige Lidschläge später lag sie mit dem ganzen Körper der Länge nach auf dem sandigen Boden. Sie schien nichts mehr wahrzunehmen. Auch das Kreischen der Möwen war wie verstummt.

Es dauerte nur wenige Momente, bis sich über dem Körper der Frau ein Schatten bewegte. Der kräftige, sportlich erscheinende junge Mann, der das Licht der Sonne bedeckte, drehte die Frau auf die Seite und prüfte ihre Vitalfunktionen. Er sprach sie an und rüttelte leicht an ihrer Schulter. Sie murmelte unverständliches Zeug. Der Puls ging heftig. Aber die Atmung schien nicht ungewöhnlich. Er rief einem kleinen Jungen etwas zu, der geschwind aus einem der Häuschen eine Decke brachte. Während die Frau in der Decke gelagert wurde, wägte der Mann die Optionen seines weiteren Handelns ab. Er wusste, dass in der nahen Klinik nur eine Notbesetzung anzutreffen war. Das Personal streikte. Zusammen mit tausenden von Kolleginnen und Kollegen aus der gesamten Bretagne war es zu einer Protestkundgebung nach Paris aufgebrochen. Es ging mal wieder um mehr Geld und um bessere Arbeitsbedingungen. Einmal mehr. Der Mann war überzeugt: Die Demonstranten hatten recht. Es musste etwas geschehen.

Geschehen musste aber auch etwas mit dieser Frau. Eingehüllt in der Decke trug er sie zunächst zu einem der Häuschen, das zu einem Office de Tourisme gehörte und legte sie kurzzeitig auf einen mit Holzbohlen versehenen Steg. Er flitzte in sein Büro des Fremdenverkehrsamtes, besorgte Wasser, griff sich einige Utensilien und schloss die Tür des Gebäudes. – Wie gut, dass am heutigen Montag das Informationszentrum für Besucher geschlossen hatte. – Er kehrte zu der Frau zurück. Er hob ihren Oberkörper an, überzeugte sich davon, dass sie wieder bei Bewusstsein war und flößte ihr zu Trinken ein. Dann trug er sie zu seinem Geländewagen, der sich hinter der Häuserreihe befand und setzte sie auf den Beifahrersitz. In einer rasanten Fahrt begab er sich zu einem knapp dreißig Kilometer entfernten Ziel in östlicher Richtung. Man sprach nur das Nötigste. Nicht zuletzt deshalb, weil die französische Sprache von der Frau eher nur holperig beherrscht wurde. Kurz vor dem Ziel hielt der Mann den Wagen an, um ein Straßentor zu öffnen. Denn die Weiterfahrt war nur für wenige Berechtigte erlaubt.

Diese Gelegenheit zu einer weiteren Flucht ließ sich die Frau nicht entgehen. Leise öffnete sie die Wagentür und verschwand über einen Küstenpfad. Es war der Eingang zu einem anders als bisher gearteten Felsenweg. Der Eingang in eine scheinbar andere Welt. In eine Welt voller wilder Felsentürme an Land und im Meer, die wie geheimnisvolle Burgen aus längst vergangenen Zeiten wirkten. Die Frau passierte eine Felszinne, die da stand wie ein Wächter vor der dahinter befindlichen Fantasiewelt. Die Frau zwängte sich durch einen schmalen Spalt zwischen den Felsungetümen. Beschwerlich war der Weg, denn er führte nur über glatte Steine, lose Kiesel oder zwischen Farn und merkwürdigen Gewächsen. Pflanzen, deren Blätter aussahen wie die von überdimensionalem Blumenkohl. Es sei Meerkohl, würde sie später erfahren. Auch Seekohl oder Strandkohl genannt.

Die Frau mühte sich weiter. Vorbei an felsigen Kathedralen der Natur. Vorbei an monströsen von Flechten überzogenen steinernen Fingern. Sie irrte durch zerklüftete schwarze Felsen, deren Zacken den teils mit Schlick, Algen und Muschelschalen versehenen, teilweise aber auch sandigen Meeresgrund durchbrachen, bis sie an einem Steingebilde anhielt, das sich zwischen weiteren Massiven aus Granit erhob wie eine Hand zum Schwur. Hier trat wie aus dem Nichts ein älterer Mann auf sie zu, der seine Arme einladend ausbreitete und für sie unverständlich murmelte: »Degemer mat!« – Willkommen in Pors Scaff.

3 Pors Scaff

Am folgenden Tag erwachte die namenlose Unbekannte benommen und bemerkte, dass ein Kleidungsstück von ihrem Körper gerutscht war. Widerlich war für sie der Fischgestank, den sie nahezu gleichzeitig wahrnahm. Er erinnerte sie an den Leuchtturm. Den Ort ihrer Flucht. Für einen Moment war sie wie schockiert. Hatte man sie dahin etwa wieder zurückgebracht?

Sie blinzelte. Da war ein diffuses Licht. Sie versuchte sich aufzurichten. Doch ihr wurde schwindelig. Sie legte sich wieder nieder und suchte einmal mehr nach einer Erinnerung. Beinahe vergebens. Sie konnte sich nur auf sehr viele bizarre Felskolosse besinnen. Und da war ein freundlicher älterer Mann, dem sie in die Arme gefallen war. Wenig später war eine Frau erschienen, die sich um sie gesorgt und um ihre Verletzungen gekümmert hatte. Und … Und an Fabien Le Braz erinnerte sie sich. An den so unbekümmert wirkenden Mann. *Dreißig Jahre,* schätzte sie. *Vielleicht auch etwas jünger.* Breitschultrig. Mit dunklen Haaren, die wie ungebändigt abstanden. Der sie eine Weile mit dem Auto transportiert hatte. »*Fabi* können Sie mich nennen«, hatte er urplötzlich zu ihr gesagt. Überraschenderweise in einer Sprache, die sie verstand. Und die sie selbst sprach. Zuvor hatte sie sich nahezu vergeblich bemüht, sich verständlich zu machen. – Und darüber hinaus?

Sie war zu müde zum Denken. Aber sie registrierte, dass sie weich lag. Kein Sand. Keine Felsen. Keine harten Planken wie in dem Leuchtturm, aus dem sie geflohen war. Dem Raum, in dem sich Berge von frischer Seehundhaut und auch von getrockneten Robbenfellen türmten. Wo es gleichermaßen unerträglich gestunken hatte. – Sie lag in einem Bett. Eine Schlafstatt, die zwar bei jeder Bewegung quietschte. Aber … Sie lag weich. Sie stellte fest, dass sie ein Nachtgewand trug. Sie griff an ihren Kopf und fühlte, dass ihr ein Verband angelegt worden war.

In ihrem Blickfeld stand ein überdimensionaler Behälter mit … Was sollte dieses merkwürdige Etwas sein? Diesmal waren es doch keine Robbenfelle, von denen dieser penetrante Geruch ausging. – *Seegras?*, fragte sie sich und rümpfte die Nase.

Sie griff nach dem Kleidungsstück, das ihr weggerutscht war. Es war eine fadenscheinige Strickjacke, aus der ebenfalls ein wenig aparter Fischgeruch drang. Egal. Sie stülpte sich die Jacke über, während sie eine bemerkenswerte Kraftlosigkeit verspürte. Sie glitt wieder in einen unruhigen Schlaf.

Als sie das nächste Mal erwachte, sah sie die heilkundige Fremde, die sie so fürsorglich verarztet hatte. Jetzt war sie im Begriff, dem großen Korb schaufelweise getrocknete Algen zu entnehmen, um die Biomasse in einem offenen Kamin zu verheizen. Die schon etwas betagte Person bemerkte, dass ihr Tun beobachtet wurde und wandte sich ihrem Gast zu:

»Comment ça va madame?«

»Excusez-moi Madame, je ne parle pas français«, kam die Antwort.

»Natürlich, ich vergaß«, antwortete die Gastgeberin, die etwas reserviert, sogar ein wenig streng wirkte.

»Fabien, unser Sohn Fabi, hatte mich schon darauf hingewiesen, dass Ihnen die französische Sprache nicht so geläufig
ist. Also sprechen wir deutsch. – Wie geht es Ihnen? Sie haben viel geschlafen und müssen gewiss hungrig sein.« Die
letzte Bemerkung war eher eine Feststellung als eine Frage.
»Wenn Sie mögen, stehen Sie auf. Sie können sich etwas er-
frischen. Hier sind Handtücher, ein paar Utensilien, auch
einen Bademantel habe ich für Sie. – Danach sollten Sie etwas essen.«

»Vielen Dank, Madame. Vielen Dank für Ihre Gastfreundschaft. Ich … . Wo bin ich hier? Was ist geschehen?«

»Sie befinden sich im Castel de Poul Stripo.«

»Im Castel …?«

»Dies war mal ein Fischerhaus. Ein Haus an der Küste.
Poul Stripo – Hafen der Eingeweide. Früher wurden hier die
Fische ausgenommen und gereinigt. – Diese Gegend gehört
zur Bucht von Pors Scaff. Wir sind … Es hat Sie auf die
Halbinsel von Plougouskant verschlagen.«

»Plou… ah.«

»Côte d'Ajoncs. – Bretagne.«

»Hm. – Madame, wissen Sie … Ich habe vieles vergessen
und …«

»Keine Sorge, die Erinnerungen werden zurückkommen.
Das kenne ich. Ich bin Krankenschwester. Sie brauchen nur
ein wenig Geduld.«

Die Gesichtszüge der Pflegerin wirkten zwar immer noch
etwas finster. Dennoch bemühte sie sich um Freundlichkeit.

»Ich heiße übrigens Florence. Florence Le Braz. Ich bin
die Mutter von Fabien und die Frau von Pierrick. Pierrick,
der Sie in unser Haus geführt hat.«

»So. Ja. – Aber ich … Ich weiß doch nicht … Ich kann
Ihnen nicht sagen, wer *ich* bin. Ich …«

»Das macht nichts. Bis …« Die Alte zögerte kurz, den Satz
zu vollenden. »Bis wir Ihre Identität herausgefunden haben,

sind Sie einfach unsere … unsere Youma. Jawohl. Youma wollen wir Sie nennen. Sind Sie einverstanden?«

»Hm. Youma, Madame? – Solch einen Namen habe ich noch nie gehört.«

»Youma ist bretonisch und bedeutet soviel wie *die Erwünschte*.«

»Die Erwünschte. – Madame, das ehrt mich. Ich bin Ihnen sehr dankbar. Youma … Natürlich. Gerne. So soll es sein.«

»Das ist schön, Youma. Kommen Sie, ich zeige Ihnen unser Bad. Dort habe ich schon Kleidung für Sie deponiert. Ich hoffe, es ist für Sie etwas Passendes dabei. Ach ja, zum Bad müssen Sie leider über den Hof gehen. Ich weise Ihnen den Weg.«

»Über den Hof. So. Ja. – Vielen Dank. Vielen, vielen Dank, Madame Le Braz. Ich … Ich bin … Youma?«

Verstört folgte die Frau ihrer Gastgeberin.

Eine Stunde später saß die Familie mit ihrem Gast zu Tisch. Youma erfuhr, dass Pierrick, der Hausherr, zweiundsechzig Jahre zählte. Florence, seine Frau war etwas jünger. Die weiteren Wortwechsel fanden überwiegend mit Florence und Fabien statt. Pierrick war sehr schweigsam. Wenn er sich äußerte, benutzte er ausschließlich wenige Satzbrocken in bretonischer Sprache. Einmal hob er nur kurz eine Augenbraue, als das Essen serviert wurde. Florence hatte ein üppiges Mahl aus Meeresfrüchten anzubieten. Dabei entstand eine peinliche Situation, die Fabien souverän entschärfte. Denn er erkannte schnell, dass Youma keine Meeresfrüchte verzehren mochte.

»Das macht nichts, Youma. Es kommt häufiger vor, dass der Gaumen unserer Gäste etwas anderes gewohnt ist. – Mutter, wir haben doch noch von dem Eintopf. Mit den Coco-Bohnen. Vielleicht mag sie …«

Doch Fabien wurde von seinem Vater unterbrochen, nachdem dieser ganz kurz verschwunden war und mit einem großen Teller zurückkehrte, auf dem sich mehrere runde Gebäckteilchen stapelten.

»Kouign-amann«, fügte Pierrick entzückt hinzu, während er Youma mit leuchtenden Augen diese Köstlichkeit überreichte. Auch Fabien strahlte über das ganze Gesicht, als er übersetzte:

»Bretonischer Butterkuchen!«

Alle lachten. Pierrick goss Cidre aus einem Krug in eine Bolée. Er reichte sie Youma. Dann füllte er weitere Keramikschalen und sprach feierlich:

»Yec'hed mat!«

»Zum Wohle!«, wiederholte Fabien in deutscher Sprache, derweil Youma nach vielen Stunden zum ersten Mal wieder ein verhaltenes Glücksgefühl empfand. Sie fühlte eine zunehmend innige Verbundenheit zu ihren Gastgebern.

4 Youma

Seit ihrer Ankunft im Castel de Poul Stripo bei Pors Scaff waren einige Tage vergangen. Youma fühlte sich wiederhergestellt. Zumindest körperlich. Wenn man von einigen wenigen Spuren ihrer Blessuren absah, den paar Kratzern und den kleineren Hämatomen. Hautverfärbungen, die bereits bunt schillerten. Aber Youma litt umso mehr an dem Zustand ihres erheblich eingeschränkten Erinnerungsvermögens. Immerhin hatte sie inzwischen das aktuelle Tagesdatum erfahren. Der Kalender zeigte Freitag, den 24. Mai 2019 an.

Sie hatte während der zurückliegenden Tage die nähere Umgebung ihres neuen Domizils erkundet. Dabei hatte sie sich immer mal wieder auf einer Bank jenseits der meerabgewandten Seite des Hauses ihrer Gastgeber gesonnt, so auch heute. Es war ein bescheidenes, aber hübsches Fischerhaus aus Granitstein, mit Tür und Fensterläden in kräftig blauem Anstrich. Die Steinmauer, die das kleine Anwesen umgab, hatte eine strahlend weiß getünchte Mauerkrone. So wirkte alles sehr freundlich und einladend. Für Youma gewöhnungsbedürftig und mehr als nur ein Relikt aus vergangenen Tagen war der kleine Gebäudeanbau mit dem Herzen in der blauen Tür. Wenigstens war das ehemalige Plumpsklo mit Sickergrube einem modernen WC mit angeschlossener Kanalisation gewichen. Dieser Komfort war Youma offenbar bekannt; sie wusste ihn zu schätzen. *Glücklicherweise müssen die Bewohner inzwischen auch nicht mehr eigenständig den Strom mit Hilfe eines Generators erzeugen,* war es Youma in den Sinn gekommen, als sie die Sanitäranstalt erstmalig aufgesucht und den Lichtschalter bedient hatte. – Dicht hinter dem Toiletten- und Waschhaus, an dem ein einseitig offener Unterstand für Gartengerät und allerlei Gerümpel grenzte, erhob sich ein Koloss von Fels, an dem ungezügelt Efeu hochkletterte. Zu seinem Fuß: Opuntien mit ihren gelben und orangefarbenen Blüten. Besonders markant in diesem idyllischen Bild war ein uralter Kamelienbaum, dicht belaubt und mit üppiger tiefroter Blütenpracht. Malerisch auch die Tamarisken, dazu mannshohe Pflanzen mit merkwürdig geformtem Stamm, an denen sich eine Vielzahl blauer Blüten befand. *Riesen Natternkopf* hatte Florence dieses eigentümliche Gewächs benannt. Dazu ungewöhnlich große Gänseblümchen an langen Stängeln. Und dann fiel ein großes Areal ins Auge, überzogen von gelben, blauen und pink-lilafarbenen Bodendeckern mit einer verschwenderischen Blütenfülle.

Das meiste war überaus schön anzusehen und trug gewiss zur Erholung bei. Allein, Youma verspürte einen zunehmenden Tatendrang, endlich Ermittlungen zu ihrer Person aufzunehmen. Leider waren die Möglichkeiten sehr begrenzt. Youmas Zufluchtsstätte war zu abgelegen von der nächsten etwas belebteren Ortschaft. Außerdem gab es im Castel de Poul Stripo weder einen Telefon-, noch einen Internetanschluss. Auch fürs Mobiltelefon war keine Verbindungsmöglichkeit vorhanden. Immerhin: Diese modernen Errungenschaften waren Youma offensichtlich nicht fremd. Wie ihr überhaupt inzwischen manches vertraut schien.

Vertraut war für Youma auch das alltägliche Bild, Florence bei der Arbeit anzutreffen und deren konsequente Weigerung, sich helfen zu lassen. Das war obendrein vor allem deshalb ungewöhnlich und bemerkenswert, weil Florence offensichtlich eine Gehbehinderung aufwies, die ihr in ihrem Bewegungsspielraum unübersehbar zu schaffen machte. Jetzt war sie im Schatten des Felskolosses an einem uralten steinernen Backofen beschäftigt. Während sie den Ofen für das bevorstehende Brotbacken vorheizte, wurde sie von Youma angesprochen:

»Florence, ich habe Ihre Freundlichkeit, Ihre Fürsorge und Gastfreundschaft schon zu lange strapaziert. Ich bin zu der Ansicht gekommen, dass ich besser bald Kontakt mit der Polizei aufnehmen sollte. Da kann man mir doch bestimmt weiterhelfen, finden Sie nicht?«

Für einen Moment erlebte Youma ihre Gastgeberin sprachlos. Zunächst wurde sie argwöhnisch beäugt. Dann verfinsterte sich der Blick zusehends. Youma bemerkte, dass der immer mal wieder eher unnachgiebig wirkende Gesichtsausdruck der Krankenschwester auch daher rühren mochte, dass ihre Augenbrauen nahezu zusammengewachsen waren. Das gab den Gesichtszügen manchmal sogar einen bedrohlichen Ausdruck. So auch in diesem Moment, als Florence etwas unwirsch erwiderte: »Die Polizisten sind größtenteils im Einsatz bei einer Demonstration in Paris. Da wird man kaum Zeit für Sie oder unsereins haben.«

»Dann das Konsulat. Die deutsche Botschaft wird sich gewiss kümmern. In Deutschland wird mich doch sicher jemand vermissen.«

»Das mag sein«, räumte Florence ein, wobei nun auch noch ein merkwürdigerweise leicht verärgerter Unterton mitschwang. »Aber wenn eine Namenlose mit immensen Gedächtnislücken ohne Ausweispapiere dort erscheint, läuft sie auch Gefahr, in … in so eine Heilanstalt abgeschoben zu werden. Wenn Sie Pech haben, werden Sie im Bezirkskrankenhaus in irgendeine Zwangsjacke gesteckt. Oder man stellt Sie mit Pillen oder Beruhigungsmitteln ruhig, wenn Sie rebellieren.« Florence malte ein Schreckensszenario.

»Youma, ich kenne das. Bei meiner Arbeit im Kranken-haus kommt es immer mal wieder vor ...« Florence brach den Gedankengang ab und fuhr fort: »Sie sollten wissen ...«

»Aber ich bin doch nicht verrückt«, entgegnete Youma. »Und wenn Sie für mich bürgen, Madame? – Ich weiß, Sie haben mir schon so viel geholfen ... Ich möchte auch nicht, dass Sie mich für undankbar halten, aber ...«

»Wir trauen unseren Behörden nicht wirklich.« Florence sprach nicht gerade mitfühlend, sondern eher mit Vehemenz: »Man hat uns schon früher manches Mal übel mitgespielt. Nein, auch Pierrick wäre sicher nicht bereit ... Und selbst wenn ... Stellen Sie sich doch einmal vor, was Sie davon hät-ten, wenn Sie in Ihr vermeintliches Zuhause zurückkehrten, wo Sie niemanden kennen? Wie muss es Ihnen ergehen, wenn Sie spüren, dass möglicherweise ein Ehemann, viel-leicht sogar Ihre Kinder, Fremde für Sie sind? Wäre das nicht unerträglich? Und wenn man Sie bei Ihrer Arbeitsstelle nicht gebrauchen kann, weil Sie Ihren Aufgaben eventuell nicht mehr nachkommen können. Wenn ... Ach Youma, ich ver-stehe Sie ja, aber ... Hier, in diesem Umfeld, wo Ihr Unglück begonnen hat ... Hier ist die Wahrscheinlichkeit bestimmt größer, dass Ihre Erinnerungen zurückkehren. Geben Sie sich noch etwas Zeit! Genießen Sie Ihren Aufenthalt als Urlaub! – Ich mache Ihnen einen Vorschlag: Erkunden Sie mit Fabien unsere schöne Küste. Vielleicht hilft Ihnen das weiter!«

Fast unmerklich nickte Youma. Etwas widerwillig ver-suchte sie den Rat von Florence zu berücksichtigen, den Wink ihrer meist liebenswürdigen Gastgeberin in ihrer doch so rauen Schale zu beherzigen. Youma spürte eine Träne, die sie eilig wegblinzelte. Es fiel ihr schwer, eine mürrische Ant-wort der Enttäuschung zu unterdrücken. Aber sie wollte sich zwingen, nicht zu impulsiv oder überstürzt zu handeln. Das war sie ihren großherzigen Gastgebern doch schuldig.

Schweigsam und zerknirscht öffnete sie die Haustür. In einer Art Windfang streifte sie ihre Schuhe ab und zog sich dicke Stricksocken an. Ein kurzer Blick in die Höhe: Direkt vor ihr führte eine schmale gewundene Treppe ins Dachgeschoss, wo sich das Schlafzimmer von Florence und Pierrick befand. Auch Fabien bewohnte dort behelfsweise eine kleine Kammer, da er Youma sein Zimmer überlassen hatte. Diesen Weg verfolgte sie nicht. Stattdessen betrat sie hinter einem dicht gewebten schweren Vorhang die zwar abgenutzten aber blank geputzten dunklen Bohlen in einem sehr überschaubaren Wohnraum, dem ein ebenfalls kleines Esszimmer angeschlossen war. Trotz der sehr begrenzten Raumfläche drängten sich einige massive antike Möbel in den Stuben und sorgten für ein beengtes Raumgefühl. Wahrscheinlich war es aber vor allem die im Moment eher bescheidene Stimmung und scheinbar ausweglose Lage, die dafür sorgten, dass Youma es empfand, als würde ihr der Hals zugeschnürt. – In der stets tadellos aufgeräumten Küche bediente sie sich an einem Glas Wasser. Dann warf sie sich in dem ihr zur Verfügung gestellten Zimmer, in dem sie nach ihrer Ankunft erstmalig aufgewacht war, aufs Bett. Sie hatte inzwischen erfahren, dass diese Stube vor etlichen Jahren bis zu seinem Tod von Fabiens Großvater bewohnt worden war. Als Fabien älter geworden war, hatte *er* sie in Beschlag genommen. – Eine Weile haderte Youma mit ihrer Situation, mochte sich aber nicht damit abfinden, dass sie zur Passivität verdammt war. Sie erhob sich wieder und begab sich grübelnd ans Fenster. Während sie hinausschaute, beobachtete sie einmal mehr, dass ihr Gastgeber Pierrick scheinbar ziellos zwischen den Felsen von Pors Scaff umherirrte.

Etwas später genoss sie es, als sich Fabien um sie kümmerte. Von ihm ließ sie sich einen unweit gelegenen tiefen Felseinschnitt zeigen, in den das Meer donnernd eindrang: Es war die tosende Felsspalte *Le Gouffre*, in der sich schon mancher zu Tode gestürzt hatte, wie Fabien erklärte.

»Darum hat man dieses Gebiet auch für Besucher weiträumig abgesperrt. Außerdem will der Besitzer dieser Unterkunft unbeobachtet bleiben«, fügte er hinzu. Dabei schaute er zu einem pittoresken kleinen Haus, das zwischen einigen riesigen Felsungetümen gebaut wie eingeklemmt wirkte. »Er möchte dort nicht immerzu von Touristen fotografiert werden«, erläuterte Fabien, wobei er etwas wehmütig sprach. Er murmelte noch etwas scheinbar Unverfängliches, doch aus den Gesprächsfetzen konnte Youma immerhin schlussfolgern, dass es sich dabei um eine unschöne Familienangelegenheit handeln musste. Aber sie vermied es, zu insistieren.

Tags darauf reiste sie mit Fabien zur weiter westlich gelegenen Île Grande, über die sie erfuhr, dass hier und bei den kleineren Inselchen drumherum einst Granit gehauen wurde.

»Das Steinehauen bei Wind und Wetter muss ein hartes Geschäft gewesen sein«, erklärte Fabien. »Ähnlich hart wie die Arbeit auf dem Inselarchipel unweit meines Zuhauses. Zum Beispiel auf der Île des Femmes. Dort trockneten die Frauen vor Zeiten die Algen, die auf dieser Insel bei Ebbe leichter zugänglich waren. Der getrocknete Tang wurde als Heizmittel benutzt oder verbrannt und die Asche als Dünger verwendet.«

»Aber die Algen werden auch heute noch geerntet und getrocknet, oder? Am Tage nach meiner Ankunft beobachtete ich, wie sie von Ihrer Mutter verheizt wurden. Beschäftigt sich auch Ihr Vater Pierrick damit, wenn er zwischen den Felsen …«

»Vater? – Ach nein, das würde ihm nicht einfallen«, unterbrach Fabien die Frage. »Nein, nein, das macht die Mutter. Nebenbei. Neben ihrer Beschäftigung als Krankenschwester. Manchmal helfe ich ihr beim Algenfischen. Das gibt dann einen kleinen Nebenverdienst, weil einige Algensorten auch für die Kosmetikindustrie benötigt werden. – Übrigens: Wir ergreifen zwischendurch auch immer mal die Gelegenheit, von unserem *braunen Gold* zu pflücken. Das sind *die* Algen, die an den Felsen wurzeln. Frisch gepflückt nutzen wir sie gerne zum Garnieren von Speisen, zum Beispiel auch auf Buchweizenpfannkuchen. Tja, Algen werden von uns häufig zum Verzehr verwendet, die … die auf Ihrem Speiseplan eher nicht zu finden sein werden, stimmt's?«, fragte er jetzt etwas amüsiert.

»Vermutlich kaum«, antwortete Youma vage, wobei ihr einmal mehr bewusst wurde, dass ihr in den letzten Tagen und Stunden zunehmend deutlich geworden war, was sie mochte oder welche Abneigungen sie verspürte. Das wurde ihr auch in dem Moment klar, als Fabien über *Algen für die Kosmetikindustrie* sprach. Da glaubte sie von sich zu wissen, dass sie nicht zu der Spezies von Frauen gehörte, für die Make-up im Allgemeinen und das Ritual des Schminkens am Morgen im Besonderen lebenswichtig sind. Daher vermisste sie die diversen Beauty-Produkte auch nicht. *Wenngleich die ungeschminkte Wahrheit meines momentanen Daseins oft zu trostlos ist,* dachte sie bei sich und fühlte ein Unbehagen. Doch im nächsten Moment schmunzelte sie. Sie verlor zunehmend die Scheu, ein offenes Wort zu sprechen. Sie mochte Fabiens Charme, sein souveränes und gleichzeitig bescheidenes Auftreten. Nichts schien ihn aus der Ruhe zu bringen. *Ist er ein Sonnyboy?* Youma war fasziniert, wenn aus seinen Augen ein Lächeln und Wärme strahlten. Zwar schien seine Fröhlichkeit und Unbeschwertheit auch nicht grenzenlos zu sein, dennoch war er meistens unkompliziert, und so rückte Youma immer mehr damit heraus, was sie bewegte:

»Ich habe manchmal den Eindruck, Ihre Mutter möchte mich am liebsten gar nicht mehr gehen lassen. Wenn ich sie bei ihrer Arbeit doch nur mal entlasten dürfte«, sprach sie, während sie an einer ornithologischen Station vorbeispazierten.

Fabien schaute Youma fragend an, die hinzufügte: »Nun, Ihre Mutter Florence hat mir doch diesen Namen sicher nicht ohne Grund gegeben, habe ich recht? – *Youma, die Erwünschte.*«

Da verdüsterte sich Fabiens Gesicht. Er warf Youma einen flüchtigen Blick zu, der ihr verriet, dass er nicht sicher sei, ob er mit der Sprache herausrücken wollte. Schließlich ließ er sich auf einen der Granitblöcke nieder, die als Überbleibsel aus der Zeit des Gesteinsabbaus übriggeblieben waren und den Weg säumten. Auf den Boden blickend hielt er seinen Kopf nach vorne gebeugt, während er die Ellenbogen und Unterarme auf die Oberschenkel stützte und sich die Hände rieb. »Youma war das erste Kind meiner Eltern, das nur wenige Wochen nach der Geburt gestorben ist«, bemerkte er knapp. »Es geschah genau dort, wo wir gewesen sind, in der Nähe von Le Gouffre. Dort, in unserem *ehemaligen* Haus zwischen den Felsen.«

Fabiens Tonfall in der Stimme klang nüchtern. Dennoch glaubte Youma gehört zu haben, dass da auch Bitterkeit mitschwang.

5 Drei rote Nelken

Familienangelegenheiten, Geheimnisse, Leid und Vergangenheitsbewältigung, dachte Youna über das, was Fabien ihr offenbart hatte. »Jeder hat sein Päckchen zu tragen«, murmelte sie. »Ich auch«, seufzte sie.

Es war Sonntag. Nun war sie schon fast eine Woche hier, an der Côte d'Ajoncs. Die langen Phasen der Untätigkeit und Ungewissheit wurden zunehmend unerträglich. Trotz mancherlei Unternehmungen, bei denen sie die Umgebung des Leuchtturms Phare de Mean Ruz bewusst mied, schleppten sich die Stunden und Tage dahin. Es hatte mal aufregende Momente gegeben, als ihr ein verrückter Gedanke durch den Kopf geschossen war. Da war es ihr vorgekommen, als habe sie sich schon einmal auf einem der Ausflugsboote befunden, die immer mal wieder an der Küstenline vorbeifuhren. Dann konnte sie nur mit Mühe dem Drang widerstehen, ihr augenblickliches Heim mit den fürsorglichen Gastgebern zu verlassen. Doch den Gedanken daran, sich schließlich weiteren fremden Menschen ausliefern zu müssen, die es möglicherweise weniger gut mit ihr meinten, konnte sie ebenfalls nicht ertragen. Er wurde schnell verworfen. Es war alles so … schwierig. Wenn nur ihre Gedächtnisprobleme nicht wären.

Eigentlich fühle ich mich hier ganz wohl, gestand sie sich dann wieder ein. Dabei kam ihr nicht zuletzt Fabien in den Sinn.

Normalerweise arbeitete er ja im Office de Tourisme bei der Plage de Trestraou, etwa eine halbe Stunde Autofahrt entfernt. Dort galt es unter anderem, den Besuchern Hotelzimmer und Ferienquartiere zu vermitteln, Informationsbroschüren und Ortspläne auszuhändigen, Veranstaltungskalender zu aktualisieren, in einem kleinen Souvenirshop zu bedienen, Eintrittskarten für Kultureinrichtungen, Sehenswürdigkeiten und Veranstaltungen zu verkaufen und für die Unterhaltung von Strandbesuchern zu sorgen. Da hatte er mit einer Surf- und Segelschule zusammenzuarbeiten und bei der Organisation und Durchführung von Volksfesten mitzuhelfen. Noch befand man sich außerhalb der Hauptsaison, sonst hätte er sogar stundenweise Badeaufsicht zu leisten oder für die Sauberkeit des Strandes zu sorgen gehabt. Meist war er am Abend ziemlich geschafft. Um so höher rechnete Youma ihm an, dass er in seiner knapp bemessenen freien Zeit mit ihr die Umgebung erkundete und sich nach Kräften bemühte, dabei geduldig, gutmütig und tiefenentspannt zu wirken.

Fabien begleitete sie auch am heutigen Sonntag wieder. Als sie barfuß über einen breiten Sandstrand liefen, auf dem ein riesiger Schwarm kleiner Sardellen angeschwemmt worden war, die nun von unzähligen Möwen verspeist wurden, traute sich Youma zu fragen:

»Fabi, wissen Sie, was komisch ist?«

»Was denn?«

»Es vergeht kaum ein Tag, an dem ich Ihren Vater nicht zwischen den Felsen wandeln sehe. Meist gedankenverloren.«

»Was natürlich nur bei Ebbe möglich ist«, antwortete Fabien, wobei er sich um einen belustigten Tonfall bemühte.

»Ist es ein … Ist es ein *Tick* von ihm?«

Beinahe bereute Youma diese direkte Frage. Doch Fabien schien ihre Formulierung zu überhören.

»Das macht er schon immer so. Ich kenne es nicht anders. Ich denke, das ist bedeutungslos.«

So sprach Fabien zwar bagatellisierend, grübelte dabei allerdings zu offensichtlich. War ihm dieses Thema doch zu heikel?

»Manchmal habe ich den Eindruck, er und ich … wir sind uns gar nicht so fremd. Als hätten wir ähnliche Probleme. Als suchte auch er nach Erinnerungen in der Vergangenheit. Wenn ich ihn so sinnieren sehe …«

»Ich denke, es ist eher wie ein Ritual«, wehrte Fabien ab. »Wie wenn Leute wenigstens einmal am Tag irgendeinen Spaziergang machen müssen. Andere gehen ins Fitnessstudio. Ich kannte mal jemanden, die musste immerzu einen Blick in ihr *Lädchen* werfen, eine kleine Boutique, wenn sie sich in der Nähe befand. So ist das. Vater zieht sich in *seine* Welt zurück, zu der er niemandem Zutritt gewähren möchte.«

»Hat er etwas zu verbergen? Ich meine, weil auch Ihre Mutter mal andeutete, dass er und auch sie mit den Behörden irgendwie … nicht zurande käme.«

»Vater? – Kaum. Naja. Vielleicht. Es gibt schon Behörden, mit denen er …« Jetzt stammelte Fabien. »Wissen Sie, er ist früher mal Polizist gewesen. Wollte für die Bürger da sein. Hat wohl auch den Idealen seines eigenen Vaters nacheifern wollen. Irgendwann konnte man ihn nicht mehr gebrauchen. Er hat etwas Mühe, sich mit Niederlagen abzufinden.«

»Wer hat das nicht? – Aber sagen Sie, Fabi, er war mal Polizist? Da hat er doch bestimmt noch Verbindungen, die mir helfen könnten …«

»Hat er nicht. Nicht mehr. Will er auch nicht mehr. Er zieht sich gerne in sein Felsenreich zurück. Das scheint ihn zufriedenzustimmen. Soll er doch, wenn's ihm Kraft gibt.«

»Das ist merkwürdig.«

»Merkwürdig?«

»Mir geht es auch so. Wenn ich hier mit Ihnen unterwegs bin … Oder wenn ich über mich selbst grübele und dabei zwischen den Felsen … Diese Gegend … Sie scheint etwas Magisches auszustrahlen. Etwas … Belebendes. Etwas Ermutigendes. Hier, in Pors Scaff, ist es so anders, als bei den roten Granitblöcken dort drüben, im Westen, wo ich geflohen bin und Angst hatte. Todesangst. Aber hier … Obgleich dieses Gestein viel schroffer ist und dabei gleichzeitig viel … labiler. Hier habe ich das Gefühl, die Zinnen würden mich nicht abweisen. Im Gegenteil: Sie laden ein. Sie rufen mir zu. Sie fordern mich auf, dass man sie erkundet, das man in ihnen lebt. Dass man *mit* ihnen lebt. Es klingt … absonderlich, nicht wahr?«

»Ich weiß nicht, ob das mein Vater auch so empfindet.«

»Hm.« Youma zuckte kurz mit den Schultern und hob eine Hand, die sie abwechselnd nach rechts und links schwenkte. Zweifelte sie? Wägte sie ab? Rätselte sie? – Sie schaute sinnierend in die Ferne. Dann wandte sie sich wieder Fabien zu:

»Fabi?« Youma zögerte kurz, ihre Bemerkung zu vollenden. »Ich möchte nicht zu persönlich werden. Aber … Nun, es ist etwas … Es ist etwas beklemmend.«

»Sprechen Sie's aus«, wurde sie von Fabien ermuntert.

»Ich denke an diesen Felsen, der so aussieht wie eine Schwurhand …«

»Das ist der Roc'h Hudour, die Hand des Magiers«, wurde Youma unterbrochen.

»Immer wenn Ebbe ist, bringt Ihr Vater dort zwei, drei Nelken hin. Fast täglich. Fast immer sind es rote Nelken.«

Fabien blieb abrupt stehen. Er sammelte sich. Dann schaute er Youma tief in die Augen, während seine Miene ernst wurde. Schweren Herzens und mit einem ungewöhnlich eigentümlichen Tonfall in der Stimme verriet er:

»Youma, Sie … Sie müssen wissen, dass mein Vater dort – es war … es war im Jahr 1993 – dass mein Vater Pierrick

damals bei der Hand des Magiers meinen Großvater tot aufgefunden hat. Michel Le Braz. Erschossen.«

Fabien schluckte und ergänzte, während er auf den Boden
schaute und mit Youma in langsamen kurzen Schritten wei-
terging: »Ich war zu jener Zeit noch nicht fünf Jahre alt. –
Mein Vater erzählte mir später, dass Großvater Michel
ehemals ein angesehener Bürgermeister gewesen sein muss.
Bei den Bretonen beliebt. Engagiert. Bei unseren Politikern
in Paris unerwünscht.«

Fabien machte eine kurze Pause. Dann fuhr er berichtend
fort: »Angeblich hatte der ... « Fabien überlegte kurz und
schien zu rechnen, »hatte der inzwischen Neunundsiebzigjäh-
rige noch am Morgen seines Todestages eine schlimme
Nachricht aus der Hauptstadt erhalten, die er neben einer
Reihe anderer merkwürdiger und viel älterer Unterlagen bei
sich trug, als Vater ihn fand.«

Fabien sprach jetzt bedacht: »Vater ist seit jener Zeit kein
besonders umgänglicher Mensch mehr. Großvaters Tod hat
ihn doch ziemlich aus der Bahn geworfen. Einerseits bemüht
er sich um Zurückhaltung. Das macht ihn sehr einsilbig.
Andererseits spürt man, dass da in seinem Inneren etwas ist,
das ihn sehr rebellisch macht. Das ist bei verschiedenen
Gelegenheiten in den vergangenen zwei Jahrzehnten immer
mal wieder ausgebrochen. Das mag auch damit zusammenhängen, dass man ihm nach Großvaters Tod wegen einer
möglichen Befangenheit nicht erlaubte, selbst zu ermitteln ...
Auch wenn Vater seine Kontakte nutzte und sich beispiels-
weise seine eigene Vermutung bestätigen ließ, dass es sich bei
Großvaters Waffe um eine alte 6mm Taschenpistole gehandelt haben muss«, ergänze Fabien, der abschließend bemerkte: »Man hat übrigens nie herausbekommen, ob dies Großvaters eigene Waffe gewesen ist. Nach Angaben der Staatsanwaltschaft wurde später jedenfalls festgestellt, dass sich
mein Großvater angeblich dem Leben selbst ein Ende gesetzt
hat. Was mein Vater Pierrick aber auch heute noch arg in

Zweifel zieht. – Wissen Sie, Youma, wenn meinen Vater Gefühle der Verbitterung übermannen, dann besucht er auch heute noch den Roc'h Hudour, wo sich seine Unzufriedenheit, sein Groll … seine Frustration in eine melancholische Traurigkeit verwandelt. Er scheint dann verschiedene emotionale Phasen zu durchleben, die ihm schließlich die Kraft geben, einen neuen Tag durchzustehen. Dafür bringt er an Großvaters Sterbeort die Nelken als Opfer. Sie müssen wissen, die Nelke gehört zu den Blumen der Druiden – die weisen, spirituellen und naturverbundenen Gelehrten unserer keltischen Vorfahren. Die Nelke ist gleichsam ein Symbol. Sie steht für den Kämpfer bei seinem Einsatz für die Gerechtigkeit und die Wahrheit.«

Fabiens Offenbarungen machten Youma betroffen. Sie spürte aber auch seine Beklemmung, als er schilderte, was sich damals zugetragen haben musste. Natürlich konnte er nur skizzieren, was man ihn im Laufe der Jahre hatte wissen lassen. Das war nicht viel, und gewiss gab es da noch jede Menge Unbekanntes …

6 Havarie mit Folgen

CHER MONSIEUR LE MAIRE
MONSIEUR MICHEL LE BRAZ,

NACH FÜNFZEHN SEHR LANGEN VERHANDLUNGSJAHREN
FREUEN WIR UNS IHNEN MITTEILEN ZU KÖNNEN, DASS
DIE US-GESELLSCHAFT DER *AFO FOR FREEDOM* 1,3 MRD
FRANCS ÜBERWEISEN WIRD ALS ENTSCHÄDIGUNG FÜR DIE
UNANNEHMLICHKEITEN, DIE DIE BÜRGER FRANKREICHS
NACH DER HAVARIE DES ÖLTANKERS 1978 HABEN HIN-
NEHMEN MÜSSEN.
UNSERE ANWÄLTE EMPFEHLEN UNS, DASS WIR UNS DAMIT
ZUFRIEDENGEBEN SOLLTEN – VOR ALLEM IN ANBE-
TRACHT DER ZAHLREICHEN UNGEREIMTHEITEN JENER
ZEIT IN DER BRETAGNE.

GEZ. JEAN BAPTISTE DE GROUSSAY
SECRETAIRE D'ÈTAT

15. Oktober 1993. Dem ehemaligen Bürgermeister standen
die Tränen in den Augen, als er murmelte:

»Jean Baptiste de Groussay. Wieder *er*. So eine Dreistigkeit. Er schreibt *mir*. Warum nicht Jerome Janicot, dem amtierenden Bürgermeister?

Cher Monsieur Le Maire … Le Braz. Reine Provokation von diesem Halunken. Er scheint es auf uns abgesehen zu haben. Und dann diese Unverfrorenheit: *Unannehmlichkeiten*«, grummelte Michel Le Braz. *Das ist nur die Hälfte von dem, was wir mit unserer Klage beantragt haben – ein Bruchteil von den Kosten, die uns nicht nur an der Küste, sondern in der ganzen Bretagne entstanden sind*, dachte er.

»Wir sind immer die Dummen, Pierrick«, sprach er resigniert zu seinem Sohn. »*Wir* waren diejenigen, die – entgegen dem Willen unserer Regierung – das US-Unternehmen verklagt haben. Jetzt tritt Paris als großherziger Sieger in dieser Auseinandersetzung auf. Dabei möchte ich nicht wissen, wie viele Francs sich die Hauptstädter selbst unter den Nagel gerissen haben. Und dann dieses lächerliche Resultat.«

Le Braz klang verbittert: »Und für was? – *Unannehmlichkeiten für die Bürger Frankreichs.* – Es waren *unsere* Soldaten in der Bretagne, die uns bei den Säuberungen an der Küste unterstützt haben. Es waren *unsere* Leute, Austernzüchter, Algenfischer, Seeleute, Bauern, Händler, Hoteliers, Verwaltungsangestellte … einfach jeder … Tausende Freiwillige … Männer, Frauen, Kinder und Greise, die das Öl noch in fünf Metern Tiefe aus dem Sand geholt haben, die es von den Felsen gekratzt haben, mit Bürsten geschrubbt. Es waren *unsere* Mediziner und deren Helfer, die sich um die verletzten und sterbenden Tiere gekümmert haben. Deren Gefieder vom Öl verkrustet war. Die im Ölschlamm erstickt sind. Es waren *unsere* Bürger, die sich bemüht haben, die Schäden schnellstmöglich zu beseitigen, damit der Tourismus keinen weiteren Schaden nahm. – Steuern über Steuern dürfen wir nach Paris entrichten, aber Hilfe haben wir kaum erhalten. Da reicht es auch nicht, dass der Staatschef sich einmal kurz blicken lässt. Dem geht's ohnehin nur darum, sich in Szene zu setzen, damit er das nächste Mal wieder gewählt wird.«

»Ich weiß, ich weiß. Vater, das hast du zigmal beklagt«, erwiderte Pierrick. »Aber dir ist auch bekannt, dass wir vielleicht nicht ganz unschuldig dabei waren.«

»*Wir?*« – Michel Le Braz wurde laut. »Dieser Säufer Iven Pongar, der seine Wachsamkeit vernachlässigt hat!«

»Haben könnte«, präzisierte Pierrick.

»Ja, ja. Deine Polizeigenossen haben ihm nichts nachweisen können.«

»Zumindest nicht genug, dass es für die Staatsanwaltschaft gereicht hätte, Anklage zu erheben.«

»Die, die haben schon bei vielen Schiffsunglücken vor unserer Küste versagt. Das weißt du.«

Zornerfüllt öffnete Michel Le Braz in seiner Schreibstube einen Aktenschrank und griff nach einer Tasche. Hektisch zog er daraus einige Unterlagen hervor. Dann schnappte er sich von einem Schrankbord eine Brille, die er sich erregt aufsetzte.

»Dies … und das … und das … und auch dies.«

Lautstark knallte er Akten auf den Tisch. »Es ist heute nicht viel anders als damals. Immerzu hat man unserer Familie übel mitgespielt. Und das waren nicht wir. Nicht wir Bretonen. Nein, stets waren es die hohen Herren aus Paris, die uns immerzu bevormunden wollen.«

»Immerhin hat uns das Ministerium versprochen, dass wir bald eigene Hochseeschlepper bekommen, damit sowas nie mehr passiert. Und außerdem solltest du nicht unfair werden, indem du diese völlig verschiedenen Vorgänge miteinander verknüpfst, die nichts miteinander zu tun haben. Die Umweltkatastrophe nach dem Tankerunglück hat in keiner Weise direkt mit uns persönlich zu tun, mit unserer Familie oder damit, dass wir unser Haus räumen mussten.«

»*Die* Katastrophe? – Es passiert immer wieder. Erst 1967 die Torrey Canyon, die vor der Küste Südenglands sank und auch uns enorme Schäden hinterlassen hat, dann 1978 die AFO…« Der alte Le Braz schnaubte: »American Future Oil For Freedom.« Aus jedem der Worte troff Ironie. »Zukunfts-Öl für die Freiheit Es könnte geradezu lächerlich sein, wenn's nicht so traurig wäre«, deklamierte er nun spöttisch und fügte hinzu: »Zwei Jahre später der Tanker Tanio. Kurz zuvor der Frachter Gino. Über vierzig Schiffe in wenigen Jahren, die kenterten, zerbrachen oder zusammenstießen. – In diesem Land ändert sich nichts. Und dann? Dann wollte Paris uns das Atomkraftwerk Plogoff vor die Nase setzen. Und das soll man *nicht persönlich* nehmen?«

Michel Le Braz klaubte hektisch seine Unterlagen zusammen. »Ich muss an die frische Luft. Nachdenken«, fügte er hinzu. Noch immer erregt schlüpfte er in ein Paar Stiefel, warf sich einen Mantel über, klemmte die Aktentasche unter den Arm und stapfte mit grimmiger Miene nach draußen.

Seufzend bereitete sich auch Pierrick für einen Aufbruch vor. Er war im Begriff sich zur Klinik zu begeben, um seine Frau Florence von der Nachtschicht abzuholen. Noch einmal sah er seinem Vater kurz nach, der geradewegs zum Roc'h Hudour, zu seinem Lieblingsfelsen, trottete. Die erst kürzlich eingesetzte Ebbe machte es möglich.

»Komplotte, Verschwörung!«, murmelte Michel Le Braz derweil, während er mit Befriedigung daran dachte, wie er mit Hunderten von Kollegen im Protestzug in die Hauptstadt gereist war und sechs mit Ölschlamm gefüllte Kübel vor den Élysée-Palast ausgekippt hatte. – Ein Bretone ließ sich schließlich nicht so einfach unterkriegen.

Sein nächster Gedanke brachte die Frustration zurück, als er die lausige Vergangenheit noch einmal Revue passieren ließ. Wesentliche Teile der Aktenlage zu der Havarie kannte er nahezu auswendig. Neben dem Kapitän des Tankers hatten einige Personen Dreck am Stecken gehabt. *Dreck, jawohl. Dreck, den wir zu entsorgen hatten …*

16. März 1978. Der Sonnenaufgang war kaum wahrzunehmen gewesen. Dicker Nebel schluckte die Sonnenstrahlen und hinterließ ein undurchsichtiges Einheitsgrau. Dazu tobte dieser urgewaltige Sturm mit Windstärke zehn.

Ich habe schon vielen Stürmen ins Auge geschaut, aber dies ist schlimmer als ein Abenteuer, dachte der Erste Offizier der *AFO For Freedom.* Er wirkte blass. Er wartete auf Befehle. Doch den Kapitän schien nichts aus der Ruhe zu bringen.

»Mensch, Hunter, Sie machen ja ein Gesicht wie sieben Tage Regenwetter. Was ist los?« Der Kapitän reichte seinem Nautiker einen Flachmann, doch Offizier Hunter lehnte ab. Ihm reichte es schon, die Alkoholfahne seines Vorgesetzten ertragen zu müssen.

»Sir, Sie wissen, was passieren wird, wenn die Küste, ja die *gesamte* Vegetation, von unserer dunklen zähen Brühe verschlungen wird und die Tiere dabei verenden werden?«

In Gedanken daran, dass das Schiff über zweihunderttausend Tonnen Rohöl geladen hatte, wagte Hunter, diese Frage zu stellen. Es hatte ihm viel Überwindung gekostet, dem Schiffsführer indirekt seine Meinung zu äußern, ohne dass sie als Kritik aufzufassen war.

»Sie lehnen sich weit aus dem Fenster, Hunter.« Der Kapitän sah seinen Untergebenen von der Seite an. »Aber das ist in Ordnung so. Ich schätze Ihr Verantwortungsbewusstsein. Zumal Sie gleich dem Zweiten Offizier meine Stellvertretung übergeben können, wenn ich mich eine Weile in meine Koje zurückziehe.«

»Aber Sir, Offizier Bradley hat keine Lizenz. Außerdem ist er noch viel zu unerfahren … Da draußen … Selbst die Leuchtfeuer sind kaum zu erkennen. Ich möchte zu bedenken geben …«

»Was?«, wurde Hunter angefahren. »Das da, das ist doch nichts. Oder glauben Sie noch an Klabautermänner, die sich bei der leichtesten Trübung über uns hermachen werden?«

»Natürlich nicht, Sir. Nicht an Klabautermänner. Aber ich glaube an die Gefahren, die uns unter Wasser drohen. Hier wimmelt es doch nur so von Riffen. Und das bei den weit über zwanzig Metern Tiefgang der *AFO*.«

»Also gut. Wenn Sie Ihren Aufgabenbereich im Griff haben, dann übernehmen Sie selbst das Kommando. Hunter, Sie sind doch ein erfahrener Seemann. Und das Schlimmste haben wir doch längst hinter uns. Problematisch war's auf dem Atlantik, als wir um die westliche Spitze der Bretagne manövrieren mussten.«

»Aber …«

»Nichts *aber*. Sie wissen, dass das Öl auf dem kürzesten Weg zu den Raffinerien nach Rotterdam muss. Und wenn wir noch einen Halt in England einlegen wollen, dann … Hunter, Sie machen das schon!«

»Aber …«

»Das ist ein Befehl, Offizier Hunter! – Ich hau mich aufs Ohr. Und wenn was Unvorhergesehenes … Dann geben Sie meinetwegen Alarm! Außerdem wissen Sie, wo Sie mich finden können.«

»Ay, ay, Sir!« Förmlich wurde der Befehl von Hunter entgegengenommen.

Offizier Hunter überprüfte anhand der Instrumente auf der Kommandobrücke noch einmal die ordnungsgemäße Beladung des Tankers. Das Schiff war seetüchtig. Zur Sicherheit ließ er von dem Zweiten Offizier die Funktionsfähigkeit der Navigationseinrichtungen zusätzlich überprüfen und kontrollierte die Wachbereitschaft des Funkoffiziers. Entgegen der Anordnung des Kapitäns ließ er wenigstens etwas das Tempo drosseln. Dennoch verspürte er ein selten mulmiges, fast flaues Gefühl in der Magengegend. Er hatte allen Grund dazu.

Eher, als ihm lieb war, bekam er von einem Bordingenieur die Meldung, dass die *AFO* einen Ruderschaden habe. Als wenig später die Steuerungsanlage komplett ausfiel, gab er Alarm. Über Funk ließ er Warnungen an andere Schiffe absetzen und den Tanker stoppen. Die *AFO* war nicht mehr manövrierfähig.

Als der Kapitän missgelaunt auf der Brücke erschien, wurde ihm die Position des Schiffes beschrieben.

»Wir haben ein Problem, Sir. Laut der Koordinaten sollten wir uns in der Nähe der Sept-Îles befinden. Vom Küstenleuchtturm bei Perroz-Gireg empfangen wir jedoch keine Signale. Wir wissen also nicht wirklich, wie nah wir der Küste tatsächlich sind.« Hunter wies auf das vor ihnen liegende Kartenmaterial. »Wir sollten einen Schlepper anfunken!«

»Zu teuer.« Auf einmal wirkte der Kapitän ziemlich wortkarg. Er nahm den Ernst der Lage scheinbar nicht mehr auf die leichte Schulter. »Ich hoffe, die Besatzung arbeitet an der Reparatur?« Es war mehr eine Feststellung als eine Frage.

»Die Techniker haben schon mitgeteilt, dass die gebrochene Steuerungshydraulik auf See nicht zu reparieren ist.«

Wütend schlug der Schiffsführer mit einer Faust auf den Kartentisch. »Na, dann in Gottes Namen. Ist ein Hochseeschlepper in der Nähe?«

»Die *La Manche*. Ein deutsches Schiff unter französischem Kommando.«

»Was? Ein *deutsches* Schiff? – O my goodness. Dann müssen wir mit elendig langem Gefeilsche rechnen. – Lassen Sie den Anker werfen«, seufzte er theatralisch. Verärgert verließ er die Kommandobrücke und begab sich zu einem Teil der Crew. Es galt, die Mannschaft zu beruhigen. Was gab es da besseres, als mit den Matrosen Billard zu spielen. –

Es war schon nach Mittag, als die *La Manche* eintraf. Wie vom Kapitän befürchtet, trat der Bootsführer des Hochseeschleppers in langwierige Verhandlungen ein, um sich seine Dienste vergüten zu lassen. Als man sich endlich einig geworden war, mussten die Kapitäne feststellen, dass die *La Manche* nicht leistungsfähig genug war, um den riesigen

Tanker mit dem Bug in den Wind zu drehen. Auf diese Weise hatte er sich von der Küste entfernen sollen.

»Die Schlepptrosse ist gerissen!« Offizier Hunter schrie gegen den Wind. Nervös hangelte er sich an der Reling des schlingernden Schiffs entlang. »Und auch die Ankersteuerung ist ausgefallen! Das Schiff driftet ab!«

»Ein größerer Schlepper ist unterwegs«, meldete der Funker, »aber ob der rechtzeitig eintrifft, ist fraglich.«

Der Funker sollte recht behalten. Der Wind, der inzwischen in Orkanstärke aus Westen blies, ließ die manövrierunfähige *AFO For Freedom* unaufhaltsam auf die Küste zutreiben. Schon wenig später mühten sich Hubschrauberpiloten, die Besatzung von Bord zu holen. Gerade noch rechtzeitig, bevor der Tanker auf einen Felsen prallte. Im Nu waren auf der Steuerbordseite große Teile der Schiffshülle aufgerissen und Löcher in die Tanks geschlagen. Unaufhörlich drang das Öl aus dem havarierten Schiff, das bald in Schieflage geriet.

»Wir bleiben an Bord, notfalls die ganze Nacht«, wies der Kapitän seinen Ersten Offizier an.

So lange mussten die beiden Seeleute nicht warten. Denn gegen Mitternacht wurden auch sie von Bord geholt. Einige Stunden später brach die *AFO For Freedom* auseinander.

15. Oktober 1993, fünfzehn Jahre nach der Katastrophe. Noch immer schlenderte Michel Le Braz zwischen den Felsgebilden von Pors Scaff hin und her, als er durch den ohrenbetäubenden Lärm einer heftigen Detonation aus seinem Tagtraum gerissen wurde. Er blickte auf und sah in nördlicher Richtung eine Staubwolke aufsteigen. »Pongar tut es schon wieder. Immer wieder«, grollte er wutschnaubend.

Die Wolke aus Staub und kleinen Steinsplittern zog über Le Gouffre hinweg. »Er ruiniert noch die ganze Küste mit seinen Sprengungen«, führte der alte Le Braz sein Selbstgespräch schnauzend fort. »Er ignoriert jegliche Auflagen des

Naturschutzes, nur um sich seinen eigenen persönlichen Hafen anzulegen, während wir wegen unserer zerklüfteten Küste große Umwege in Kauf nehmen müssen, um von See her an Land gehen zu können. – Nur, damit ihn auch ja niemand mehr bei seinem Treiben beobachten kann.«

Le Braz blickte mit Argwohn auf den Mauerring, den sich Iven Pongar als Sichtschutz um sein Anwesen gezogen hatte. *Und ich habe es nicht geschafft, ihm sein schäbiges Handwerk zu legen.* Mit Wehmut dachte er an das ehemalige Haus seiner Familie. Das schöne Haus zwischen den Felsen. *Maison de l'amitié, Haus der Freundschaft,* ging ihm durch den Kopf. »Das war einmal«, grantelte er trübsinnig. Und mit einem ironischen Unterton höhnte er: »Jetzt nennt es sich *Castel du Grande Pongar.* – Der große Pongar. An Überheblichkeit nicht zu überbieten. Dieser Nichtsnutz.« Er schleuderte seinem verhassten Nachbarn noch einige heftige Verwünschungen hinterher. »Soll er doch seinen Leuchtturm in die Luft jagen«, maulte der ehemalige Bürgermeister, wobei er sich nach Westen wandte und den Blick weit übers Meer richtete. In die Ferne, wo sich irgendwo hinterm Horizont der Phare de Mean Ruz an der Küste der Côte de Granit Rose erhob. »Er kommt seinen Dienstpflichten doch ohnehin nie gewissenhaft nach«, lamentierte Le Braz und bedauerte einmal mehr, dass man den Tunichtgut nach dem Tankerunglück nicht zur Rechenschaft gezogen hatte.

Da nahm Michel Le Braz bei Le Gouffre für einen Moment eine Frauengestalt wahr. Doch seine Aufmerksamkeit wurde abgelenkt, als sich hinter einem nahen Felsenhaufen ebenfalls etwas bewegte. Hinter dem Roc'h Diaoul, dem steinernen Antlitz eines Teufels, zeigte sich eine männliche Gestalt. Le Braz musterte den Ankömmling mit zusammengekniffenen Augen. Diese Person hätte er hier und gerade jetzt am allerwenigsten erwartet. *Wie lange war es her seit …* Würde es zur Konfrontation kommen?

Das ist doch nicht möglich, ging es ihm durch den Kopf. *Sicher ein Trugschluss* ... Verdutzt rieb er sich die Augen. Als er erneut zu dem Felsen mit dem Teufelsgesicht schaute, war die Erscheinung verschwunden. Was er gesehen zu haben glaubte, war nicht zu fassen. Verhalten ging er einige Schritte auf das Felsgebilde zu, um sich zu überzeugen. *Ein Hirngespinst?,* fragte er sich. Doch noch bevor er eine Antwort erhielt, kam es bei Le Gouffre erneut zu einer Explosion. Erschrocken wandte sich Le Braz um. Nun war er etwas verwirrt. Seine Gefühlsregungen wechselten. Er war zornig wegen der Machenschaften des Iven Pongar, und im nächsten Moment dominierte Verblüffung ob der vermeintlichen Illusion, die ihn etwas überrumpelt hatte. Eine Weile pendelte er in dem Felsengewirr von Pors Scaff hin und her. Er begann an sich selbst zu zweifeln, da er seinen einstigen Widersacher nicht entdecken konnte. Und doch sollte das Befremden kein Ende nehmen. Als er bei seinem Lieblingsfelsen, dem Roc'h Hudour, ankam, wurde er wiederholt in Erstaunen versetzt. *Diesmal* ... Diesmal hielt eine Person mit einem zunächst triumphierenden Lächeln, dann mit einem kalt abweisenden, feindseligen Blick auf ihn zu. Irritiert und mit Empörung über diese Unverfrorenheit runzelte Le Braz die Stirn. Dann sah er mit Verdruss der Begegnung mit diesem handlungsunfähigen Schlappschwanz und Jammerlappen entgegen.

Notorischer Lügner, verschwenderischer Wichtigtuer, geltungssüchtiger Machtmensch, gingen ihm die Attribute durch den Kopf, während sich sein Gegenüber bedrohlich und unaufhörlich näherte.

Es war der letzte Gedanke des Alten gewesen.

7 Mutabor

1,3 Milliarden Franc, rief sich Youma ins Gedächtnis, als sie am Mittwoch in der zweiten Woche ihres Aufenthalts bei herrlichem Sonnenschein wieder einmal das Felsenmeer aufgesucht hatte, das nach Einsetzen des Niedrigwassers aus den Fluten des *Mor Breizh*, des Ärmelkanals, aufgetaucht war. *Umgerechnet 190 Millionen Euro, hat Fabi gesagt.* Das war nicht viel. Genauer: Es war tatsächlich ein schlechter Scherz und muss für den alten Le Braz eine Niederlage gewesen sein, die er in seiner Rolle als ehemaliger Bürgermeister sehr persönlich genommen hatte. Der alte Mann tat ihr leid. *Gut vorstellbar, dass er nicht nur erzürnt sondern sogar verzweifelt war,* mutmaßte Youma. *Es muss ihn zu einer enormen Unzufriedenheit und zu einer nie zuvor gekannten Übellaunigkeit geführt haben. Schlimm. Schlimm. Aber dass er sich deswegen erschossen hat?* Youma war skeptisch.

Um keinen Fehltritt zu tun, lief sie mit Bedacht über den noch teils glitschigen Meeresgrund. Als sie bei der dem Meer zugewandten Seite des Roc'h Hudour ankam, sah sie wieder rote Nelken, die in einer Halterung am Felsen steckten.

Und Pierrick? Wie muss es ihm damals und in der Folge ergangen sein?, sinnierte sie. Erst die Tanker-Katastrophen, dann die Erlebnisse mit der kleinen Youma, die nur wenige Wochen alt geworden war. Kurz danach wurde der Familie das Dach über den Köpfen genommen. *Warum? Das ist mir nicht klar. Vielleicht wird Fabi dazu noch ein paar Einzelheiten verraten.* Später folgte dieses unschöne Erlebnis mit Pierricks Vater. *Wird Pierrick Schuldgefühle gehabt haben?*, fragte sich Youma. Schließlich war das letzte Gespräch mit seinem Vater nicht sehr harmonisch verlaufen, bevor der sein Leben verlor. *Und dann war auch der berufliche Werdegang von Pierrick als Polizist scheinbar von Rückschritten und Niederlagen gekennzeichnet.* »Dramen«, seufzte Youma halblaut und kletterte in dem Felsen herum.

Während die Felszinnen der *Hand des Magiers* von der Uferseite wie eine Schwurhand aussahen, verlieh an der zum Meer hin gelegenen Seite des Roc'h Hudor eine Nische unterhalb des Gipfels der Steinwand dem Felsgebilde eher die Form eines überdimensionalen Stuhls. *Thron des Magiers*, fantasierte Youma immer, wenn sie diesen Bereich betrachtete. Wenn sie die wie glatt polierte Fläche in Augenschein nahm, die zum Hinsetzen einlud. Oder wenn sie das ebenfalls von der Kraft des Meerwassers geschliffene Gestein musterte, das als eine Art Rückenlehne durchgehen mochte.

Am Rande dieser vermeintlichen Rückenstütze war die Halterung angebracht, in der sich wieder Blumen befanden. Pierrick war offensichtlich schon dagewesen und hatte seine tägliche Gabe abgelegt.

Durch das Licht der Sonne angestrahlt, war Youma heute veranlasst, das in den Fels getriebene schmiedeeiserne Gestänge für die Blumen näher zu inspizieren. Wobei es nicht die Vorrichtung an sich war, die ihre Neugier weckte, sondern eher deren Umgebung. Denn erstmalig wurde sie auf eine Gravur aufmerksam, die sie bisher übersehen hatte, die aber wohl noch vor gar nicht langer Zeit erneuert worden war. Mit den Fingern zog sie die Buchstaben nach, die zum Teil schon wieder von Flechten überzogen waren:

M. *L.* B.
C.

Waren das Initialen? – Für M, L, B kam Youma spontan eine Idee: *Michel Le Braz*. Das schien auf der Hand zu liegen. Aber wofür stand das *C*, das mittig darunter vermerkt war? Außerdem war nicht nur das *C*, sondern auch das darüber befindliche *L* etwas anders gestaltet. Hier bot sich Youma keine Assoziation oder Erklärung an.

Rechts daneben schien ein fremdartiges Wort eingekerbt zu sein: *Gwirionez*. – Auch dieses Wort sagte Youma nichts.

Mit Blick auf die Einkerbungen ließ sie sich auf der Sitzfläche des Felsenthrones nieder. Eine kleine Weile brütete sie noch über mögliche Bedeutungen ihrer Entdeckung. Dann gab sie es auf. Vielleicht war dieses fremde Wort eins dieser unaussprechlichen bretonischen Begriffe. *Sei's drum,* sagte sie sich und blickte versonnen aufs Meer hinaus. Sie würde Fabien befragen.

Fabien.

Youma machte sich bewusst, wie sehr sie schon nach den wenigen Tagen ihrer Bekanntschaft die Vertrautheit mit ihm genoss. Um die dreißig Jahre, hatte sie sein Alter geschätzt. Sie rechnete kurz. Er sei noch nicht fünf Jahre alt gewesen, als der alte Michel 1993 starb, hatte er gesagt. 1988 geboren. Also ungefähr dreißig. Sie hatte mit ihrer Schätzung nahezu richtig gelegen. Also – War er in *ihrem* Alter? Da sie ihr eigenes Alter nicht kannte und es auch nur bedingt einzuschätzen wusste, war sie einen Moment lang betrübt. Doch sie vermochte das Gefühl zu verdrängen, und ein Lächeln huschte wenig später über ihr Gesicht, als sie wieder an Fabien dachte. Sie fand ihn … ganz interessant? *O nein,* dachte sie, *eher nett … Nicht doch* – sie korrigierte sich erneut. *Sympathisch. Ja, das ist er,* machte sie sich klar. Wieder sah sie in Gedanken seine Blicke. Seine Gesten. Seine Stimme. Sie hörte ihm gerne zu. Er war … nicht hässlich. Schien auf seine Figur zu achten. Oder gehörte er zu den Glücklichen, denen das gute, beinahe athletische Aussehen in die Wiege gelegt ist? Sie fand Gefallen an seinem freundlichen Gesicht mit den fein durchzogenen Lachfalten, die seine dunkelbraunen Augen besonders zur Geltung brachten. Sonne und Wind hatten seiner Haut einen ansprechenden Teint verliehen. Ein kurzer, perfekt getrimmter Bart rundete die gepflegte Erscheinung ab. Dabei sorgten die meist störrisch abstehenden nicht zu kurz geschnittenen Haare für ein nicht zu bieder und ernstes Aussehen. Fabien war kein Draufgänger, aber auch kein Langweiler. Er war ein unternehmungsfreudiger und meist gute Laune verbreitender Mann. Dazu passte auch seine durchweg legere Kleidung, wenn er sich in ausgewaschenen Jeans, in Sneakers und – wenn nötig – mit Kapuzenpulli über einem T-Shirt sehen ließ. Selbst das offiziell für die Touristeninformation uniforme auberginefarbene Oberteil mit dem für die Côte d'Ajoncs symbolhaft verwendeten goldfarbenen Motiv eines stilisierten Stechginsters stand ihm ausgezeichnet. – Youma war gerne mit ihm unterwegs. Wenn man von ihrer beklagenswerten Situation mit den Erinnerungslücken absah … Ihre Gedanken gingen zurück zu einem Moment während der gemeinsamen Unternehmungen dieser Tage. Da waren sie an einen recht breiten Graben gelangt. Fabien hatte elegant einen weiten Satz über das Hindernis gemacht. Dann hatte er sich gestreckt, um ihr eine Hand zu reichen. Was folgte, war wie eine fließende geschmeidige Bewegung: Sie hatte die Hand ergriffen, während sie abgesprungen war. Er hatte sanft, aber bestimmt gezogen. Und an der anderen Seite des Grabens war sie ihm lachend in die Arme gefallen. Sie hatte die Wärme gespürt, die von seinem Körper ausging. Leider hatte er sie wenige Augenblicke später wieder freigegeben. Aber die Berührung hatte lange nachgewirkt …

MU - TA - BOR, durchfuhr es Youma plötzlich.

MU - TA - BOR. – Es dauerte, bis sie begriff, dass sie bei ihrer Schwärmerei für Fabien dem Zauber eines zu schönen

Tagtraums nachgehangen hatte. Und nun? – *MU - TA - BOR.* Wieder flackerten die drei Silben in ihren Gedanken auf. Doch damit konnte sie ebenso wenig verbinden wie mit dem merkwürdigen nichtssagenden *Gwirionez*. Sie richtete ihren Blick abwechselnd auf die Gravur, dann hinüber aufs offene Meer. Sie seufzte und bedauerte, dass ihre Gefühlsregung für Fabien wie eine Seifenblase zerplatzt war und ein ernüchterndes abruptes Ende gefunden hatte.

In die Wirklichkeit zurückgeholt kramte sie nun einen Skizzenblock hervor, den sie sich bei ihrem letzten gemeinsamen Ausflug mit Fabien besorgt hatte. Von der Umgebung um Pors Scaff hatte sie schon mehrere Zeichnungen angefertigt. Amateurhaft, ja. Aber es brachte ihr Zeitvertreib. Außerdem erhoffte sie sich dadurch, dass ihre Erinnerungen möglicherweise eher zurückkehren könnten.

Sie schlug den Zeichenblock auf und legte ihn auf ihren Schoß. Mit einem spitzen Bleistift fügte sie die Initialen in die mit einigen Schraffuren vorgefertigten Formationen der geheimnisvollen Felsen ein.

Als sie wieder aufs Meer hinausschaute, glaubte sie am Horizont die Segel eines Schiffs zu sehen. Sie legte eine neue Skizze an, wobei ihr die Strichführung zunächst beschwingt von der Hand ging. Auf einmal hielt sie inne. Das Zeichenobjekt war verschwunden. *Eine Luftspiegelung?,* fragte sie sich.

Es wäre kein Wunder, machte sie sich klar. *Die Sicht von hier hat schon etwas Meditatives. Fast Hypnotisierendes.* Sie machte sich bewusst, wie grandios das Sonnenlicht das Meer in Türkis-, Grün-, Blau- und Grauschattierungen schillern ließ. Dazu spürte sie jetzt eine angenehme Brise. Dann war es ihr, als hörte sie Musik. Aber es war nur ein Flüstern.

MU - TA - BOR. – Wind kam auf. Und der erzeugte offensichtlich die Töne, als er um die Felsen strich.

Youma überzeugte sich, dass die Zeit für die auflaufende Flut glücklicherweise noch nicht gekommen war.

Sie klappte den Skizzenblock zu und legte die Finger aneinander. Sie dachte nach. Dabei lehnte sie sich zurück in ihren Felsenstuhl und ließ die Seele baumeln. Wieder und wieder waren die seltsamen Geräusche zu vernehmen, die ihre Aufmerksamkeit aufs Meer lenkten. Bei einigen größeren Riffen stach ihr eine surreale Szenerie ins Auge. Sie glaubte zu sehen, wie beim Aufprallen von Wellen gegen das felsige Gestein Gischt-Fontänen hochstiegen, die vom Wind zerstäubt eine Nebelwand bildeten. Auf diese wie eine Leinwand wirkende Sprühregenfläche schien projiziert zu werden, wie das Meer atmete, wie es schmatzte, wie es nach Luft schnappte und sie wieder ausstieß, und wie es im Einklang mit den Felsen zu flüstern begann, um mit Youma den Kontakt zu suchen.

MU - TA - BOR. – Youmas Gedanken glitten ab in eine ihr nicht unbekannte Märchenwelt. Und dabei war es, als lösten sich Zeit und Raum auf.

MU - TA - BOR. – War das nicht so ein Zauberwort, das sie aus Kindheitstagen kannte? Das in einem Märchen vorkam, was man ihr allzu oft vorgelesen hatte? Mit Hilfe dessen man sich wieder in einen Menschen zurückverwandeln konnte, nachdem man zuvor die Gestalt eines Tieres angenommen hatte?

»Ich werde verwandelt werden«, murmelte Youma das lateinische Wort.

»Oder bedeutete es *Ich werde mich verwandeln*?« Sie war sich nicht sicher. Aber spielte das eine Rolle?

»Ich werde mich verändern«, war der erste Gedanke, den Youma in Worte kleidete, als sie nach einer gewissen Zeit von etwas Merkwürdigem geweckt wurde. Sie glaubte es genossen zu haben, dass sie die Seeluft tief in ihre Lunge eingesaugt hatte. Dass das Salz ihre Nase hatte freiwerden lassen. Doch dann hatte sie ein mulmiges Gefühl beschlichen.

»Widerlich«, entfuhr es ihr leise, als sie einen negativ besetzten Duft wahrzunehmen glaubte, der sie aus einem Traum gerissen hatte.

Nahezu zeitgleich erschrak sie leicht, als sie bemerkte, dass der Tiefpunkt der Ebbe scheinbar längst überschritten war. Das wurde ihr bewusst, als sie in gar nicht weiter Ferne ein historisches Segelschiff erkannte. Sie erhob sich von ihrem Felsenthron und schirmte mit einer Hand die Augen gegen die Sonne ab. Sie identifizierte das Schiff als den Kutter *Saint-Gonéry*. War das das Schiff, das am Horizont aufgetaucht war? *Gibt es es das wirklich oder war es nur Bestandteil einer Vision?*, fragte sie sich. Sie blätterte in ihrem Skizzenblock. *Tatsächlich.* Sie hatte es gezeichnet. Also war es doch Realität gewesen? Jetzt stutzte sie, denn sie war sich fast sicher, dass auch des Leuchtturmwärters Schiff, mit dem sie gerettet worden war, diesen oder einen sehr ähnlichen Namen trug. Sie bemerkte, dass sie Dinge wiedererkannte. Sie entsann sich auf Vorgänge, auf Ereignisse. Bilder erwachten. Da war nicht nur dieses altertümliche Boot, sondern sie stellte sich auch ein Motorschiff plastisch vor. Ein Wasserfahrzeug, wie sie es kürzlich schon einige Male an der Küstenlinie vorbeituckern hatte sehen können. Auf einmal hatte sie auch ein markantes Emblem unmittelbar wieder vor Augen. In Übereinstimmung damit stand der Name des Schiffes: Ein französischsprachiges Wort war es, dessen Übersetzung sie sogar zu kennen glaubte:

Papageientaucher war am Bug des Schiffes in geschwungenen Lettern zu lesen gewesen.

Unvermittelt hatte sie einen Gedankenblitz: 1-9-8-4. Aber dieser Eingebung konnte sie keine Bedeutung beimessen.

Einen größeren Stellenwert nahm der unangenehme Geruch ein, der ihr noch immer in der Nase brannte. Der

Geruch eines Rasierwassers. Ein Geruch, der sie in die Vergangenheit zurückführte.

Die Erinnerungen strömten mit solcher Macht auf sie ein, dass ihr Puls spürbar in die Höhe schoss. Schweißausbruch. Kreislaufprobleme. Wahrnehmungsschwierigkeiten. Schwindel befiel sie, der sie wieder auf ihren steinernen Sitz niedersinken ließ.

Vor ihrem inneren Auge erschien ein Arbeitskollege. *Busshart* war sein Name. *Das ist er. Ich bin mir sicher. Mit seinem hochnäsigen Gesichtsausdruck, der so wirkt, als wäre dieser Mann das außergewöhnlichste Wesen auf dieser Welt, nach dem sich alle anderen Menschen zu richten hätten. Arrogant und perfekt im Delegieren unliebsamer Arbeiten. Egozentriker. Nur von Eigeninteressen geleitet. Man möchte am liebsten nicht mit solchen Typen zu tun haben,* dachte sie. *Man sollte sie auf jeden Fall nicht zum Feind haben.*

Da war er wieder. *Busshart.* Immer wieder drängte sich sein Bild in ihr Bewusstsein. Ja. Sie hatte das Bild nie vergessen. Doch nun kannte sie wieder den Namen, der zu diesem Menschen gehörte.

Im Nebel hatte er sich an sie herangemacht. Er hatte die Hand nach ihr ausgestreckt, doch sie war abrupt zurückgewichen, als er ihr auf die Pelle gerückt war. »Marie Kaufmann! – Marie, ich bin es. Ich bin dein Miststück«, hatte er gehaucht.

Was hatte er gesagt? Allmählich dämmerte es ihr: *Marie Kaufmann, Marie Kaufmann, Marie* … So hatte er sie genannt. *Marie,* hatte er gesagt.

Nach dieser Eingebung sah sich Marie im Phare de Mean Ruz. In einem Raum, irgendwo auf der unteren Leuchtturmebene. Eine Treppe war sie jedenfalls nicht gegangen. Sie sah sich in einem Raum, in dem der unerträgliche Gestank von Robbenfellen ihr Denken so sehr beeinträchtigte. Daran erinnerte sie sich gut. Aber vieles war ihr auch von diesem Ort bisher im Gedächtnis verborgen geblieben. Oder hatte sie es verdrängt? Wie dem auch sei, es offenbarte sich ihr jetzt.

Sie war sich auf einmal sicher, aus der Höhe des Leuchtturms ein Wimmern vernommen zu haben. Das Wimmern einer Frau. Maries ohnehin schon vorhandene Sorgen und Ängste waren dadurch verstärkt worden. Es war höchste Zeit, aus diesem Loch zu verschwinden. Aber wo hatte es seinen Ausgang?

Marie stellte sich vor, wie sie die Lage erkundete, bevor sie ihren Fluchtweg entdeckt hatte: Der Leuchtturm hatte zur Landseite hin einen kleinen Anbau. Bis hier konnte sie von ihrem Lager aus gelangen. Hierhin war sie auch bereits einmal gegangen, denn nur an dieser Stelle gab es eine schmale Nische mit einem wenig einladenden Abort, wo sie ihre Notdurft verrichten konnte. Ansonsten befand sich in diesem Gebäudeteil nur viel Gerümpel. Werkzeug, Gartengeräte, Netze und andere Utensilien für den Fischfang. Auch ein Paar Gummistiefel entdeckte Marie. Eine Türe, die möglicherweise ins Leuchtturminnere führte, war verriegelt. Da auch die Eingangstüre verschlossen war, versuchte Marie sich durch eine der wenigen sehr schmalen Öffnungen, durch die einzig und allein ein wenig Tageslicht in das Gebäude dringen konnte, einen Eindruck von der äußeren Umgebung zu verschaffen. Marie erkannte, dass zu der Außentüre eine gemauerte Brücke führte. Über diese Brücke war Marie zum Leuchtturm geführt worden. Von Iven Pongar, dem Leuchtturmwärter. Ihr Retter hatte eine weiße Stahltüre geöffnet und Marie zum Eintritt in den Bau am Fuße des Leuchtturms aufgefordert. Mit viel Kraftaufwand hatte er anschließend diese Türe wieder geschlossen. Er hatte ihr etwas Warmes zu Essen und zu Trinken gereicht, ihr ein provisorisches Lager gewiesen und ihr trockene Kleidung gegeben. Zwar war es viel zu große Männerkleidung gewesen, aber …

Marie lugte wieder nach Draußen. Jenseits der Brücke stand ein Geländewagen mit Ladefläche. Pick-up sagte man wohl dazu. Mit diesem Fahrzeug war sie einen kurzen Weg gefahren worden, nachdem Iven Pongar nach der Rückkehr im Anschluss an ihre Rettung sein Schiff an einer Anlegestelle gesichert und einiges an Gerätschaften und die Fracht lebloser Tiere auf die Ladefläche gepackt hatte. – Marie wich ein wenig von ihrem Ausguck zurück. Denn bei dem Fahrzeug machte sie einen Mann aus, der mit Pongar in ein Gespräch vertieft war. Es war offensichtlich kein besonders harmonisches Miteinander. Es war der Mann, der ihr so viel Angst eingeflößt hatte. Der sie belästigt, bedroht und von dem Ausflugsschiff gestoßen hatte. Immerhin vermochte sie jetzt zu deuten, um was es bei dem Gespräch zwischen den beiden Männern ging. Man feilschte um Geld für gewisse Dienste.

Maries Ängste steigerten sich zur Panik. Erstmalig fühlte sie sich eingesperrt. Hektisch wühlte sie sich durch den Kram, der sich in dem Anbau befand. Sie fand keinen Ausgang. Verzweifelt ging sie zu ihrem Lager zurück, wo sie schon einmal einen Luftzug gespürt zu haben glaubte. Eine leichte Brise, die ihr den Gestank der Tierfelle um die Nase geweht hatte. Ekel überkam sie, als sie einen Stapel der Tierhäute beiseite räumte. Wieder nichts. Hastig nahm sie sich einen weiteren Stapel vor. Durch ihre Ungeduld hinterließ sie ein beeindruckendes Chaos. Doch diesmal schienen sich ihre Mühen auszuzahlen. Marie glaubte eine Bodenluke zu erkennen. Sie stolperte über die Tierfelle, als sie sich aufmachte, um aus dem Nachbarraum eine Eisenstange zu holen. Die Gummistiefel brachte sie gleich mit. In aller Eile zurückgekehrt führte sie die Stange durch den metallenen Ring, und es gelang ihr, die Luke anzuheben. Eine hölzerne Stiege führte in die Tiefe.

Da geschah es.

Marie glaubte, zusammen mit einem jungen Mann in eine bodenlose Tiefe zu stürzen. Alles schien sich um sie herum zu drehen. Schließlich kam es ihr vor, als würde sie mit einem schrecklichen Schrei irgendwo aufschlagen.

Die Vision war nur von kurzer Dauer. Sie zitterte, als sie sich wieder in der Wirklichkeit wähnte. Es war eine dunkle Realität. Lediglich vereinzelte schmale Ritzen im schlecht gefugten Mauerwerk boten ein wenig Helligkeit in dieser Schwärze. Es dauerte, bis sich Marie beruhigt, die Augen an die neuen Lichtverhältnisse gewöhnt und sie sich orientiert hatte. Erst jetzt konnte sie sich weiter vorwärtsbewegen.

Der Abstieg hatte sie in gewölbeartige Kammern geführt. Fässer befanden sich hier, Körbe, Reusen, defekte Schemel, ein Sammelsurium an altertümlichen Büchern, Folianten, Gemälde aller Art und Größe, Zeitungen, alles Mögliche an Gegenständen, die vielleicht als Requisiten in Piratenfilmen hätten Verwendung finden können. Dann fand sie die Stelle, die offensichtlich für den Luftzug sorgte. Es war eine schmale Öffnung, die mit Gitterstäben aus Eisen versehen war. Nach einer ersten Enttäuschung bemerkte Marie, dass sich die Absperrvorrichtung problemlos nach unten klappen ließ, wenn man eine zusätzliche Halterung umlegte. Als sie den Blick senkte, sah sie auch eine Anzahl kleinerer ziegelartig behauener Granitblöcke umherliegen. Sie fügte einige der Steine pyramidenartig aufeinander, kletterte vorsichtig auf diese Anhäufung und gelangte so bis an die Öffnung. Jetzt war es ihr möglich, sich mit etwas Mühe hindurchzuzwängen. An der Außenmauer fand sie Halt an einigen Felsvorsprüngen. Sie konnte nicht umhin, einen kurzen Blick über das Meer zu wagen. Den Horizont begrenzte eine Gruppe kleinerer und größerer Inseln. – Endlich traute sie sich, auf den steinigen Boden zu springen. Schnell wurde ihr klar, dass sie sich in einer mannshohen Lücke zwischen riesigen rundlichen Felskolossen befand. Sie überzeugte sich davon, dass niemand in der Nähe war. Als sie die Brücke beim Leuchtturm, den Pick-up und die beiden Männer sah, wusste sie, dass sie einen gehörigen Umweg in Kauf zu nehmen hatte, um ungesehen aus diesem Felsenmeer herauszukommen. Sie begann mit einer wilden planlosen Kletterei in dem Felsenchaos, bei der die übergroßen Gummistiefel eher hinderlich als nützlich waren.

An dieser Stelle riss der Film in Maries Erinnerungsvorstellungen. Die Geräusche, die der immer heftiger werdende Wind zwischen den Felsen von Pors Scaff verursachte, holten Marie in die Gegenwart zurück.

Sie hatte Tränen des Glücks in den Augen. An so viele Details konnte sie sich wieder erinnern. Sie wusste inzwischen, dass es sich bei dem Felsenmeer um einen Teil der Côte de Granit Rose handelte, der Rosa Granitküste. Dass es sich bei der Inselkette um die Sept-Îles handelte, denen sie einen Besuch hatte abstatten wollen. Dort, wo das Unheil seinen Anfang genommen hatte. Und – das war am wichtigsten – endlich wusste sie wieder, wer sie selbst war. Jetzt würden sich ihre Ängste vor ihrem Verfolger besser ertragen lassen. Nein, keine Ängste mehr. Sorgen, ja Sorgen musste sie sich wohl noch machen.

Außerdem musste nun einiges geklärt werden. Was war als erstes zu tun? Viele Schritte gingen ihr fast zeitgleich durch den Kopf. *Zuallererst muss ich Fabien und seinen Eltern Bescheid geben.*

Von Euphorie beseelt packte Marie ungestüm ihre Sachen zusammen.

In ihrem Enthusiasmus registrierte sie nicht, dass die soeben noch deutlich spürbare Luftströmung mit einem Male wieder nachließ. Das Klima war wieder angenehm mild, der Himmel wolkenfrei, die Luft klar und rein. Aber die auflaufende Flut trieb unermüdlich die Wellen voran.

8 Die Tätowierung

Marie hatte die Beine in die Hand genommen und war eiligst zum Castel de Poul Stripo zurückgekehrt. Energisch riss sie die Haustüre auf. Dann polterte sie jubilierend ins Haus:

»Der Schlüssel, ich habe ihn gefunden!« Marie warf ihr Skizzenbuch mit den halbfertigen Entwürfen auf den Tisch. Dann goss sie sich ein Glas Wasser ein.

»Der Schlüssel?« Florence schaute entgeistert. Sie verstand nicht. Natürlich. Wie sollte sie den Gefühlsausbruch ihres Gastes auch deuten können.

»Der Schlüssel. Zu mir selbst!« Marie trank hastig. »Es wird alles wieder klar, ich kann mich an die wichtigsten Dinge vor meinem Gedächtnisverlust erinnern. An fast jedes Detail! – Stellen Sie sich vor, Florence: Ich befand mich auf einer Schiffstour zu den Sept-Îles. Wir hatten beinahe die Insel der Vögel, die Île Riouzig, erreicht. Dann war eine dichte Nebelbank aufgezogen. Und kurz danach, da ist es passiert!«

»Langsam, langsam, Youma. Eins nach dem anderen. Was ist wann passiert?«, fragte Florence noch immer etwas begriffsstutzig.

Marie stellte das Glas Wasser beiseite und nahm überglücklich ihre Gastgeberin in die Arme. Derweil sah sie, wie Pierrick ruhelos seine Hände knetete.

»Nicht *Youma,* Florence. – Marie. *Marie* ist mein richtiger Name. Ich weiß wieder, wer ich bin!«

»Tatsächlich?« Die Miene von Florence blieb ausdruckslos. »Das ist … das ist ja wunderbar«, ging es ihr nun über die Lippen, wobei wider Erwarten wenig Begeisterung mitschwang. Auch Pierrick zeigte eher Unbehagen als Freude. Doch das schien Marie zu übersehen.

»Ich weiß jetzt wieder beinahe alles. Wer ich bin. Dass ich in Deutschland für eine Zeitung gearbeitet habe. Was mich hergeführt hat. Und ich kenne nun auch den Grund für den Verlust meines Erinnerungsvermögens!«

Marie war in Hochstimmung. »Ich war eine verlorene Seele, und jetzt …«

Gerade wollte sie ansetzen, über Details zu berichten, als die Haustür aufgerissen wurde. Auch Fabien hatte einen Auftritt, bei dem er in Euphorie ausbrach. Vor den verdutzt dreinblickenden Eltern trat er auf Marie zu, hob sie mit Schwung in die Höhe und vollendete eine tollkühne Drehung, bevor er sie wieder absetzte: »Marie! Marie Kaufmann! – Sie heißen Marie Kaufmann!«, verlieh er erregt und sogar etwas ergriffen seiner Freude Ausdruck. Er strahlte Marie an: »Ich habe Ihren Namen in der Passagierliste eines Ausflugsbootes entdeckt und …«

Marie starrte Fabien glücklich an: »Das hast *du* herausbekommen?« – Oha, war ihr da gerade ein Fauxpas unterlaufen? Erstmals hatte sie Fabien geduzt. Und mehr noch: Sie stellte sich auf die Fußspitzen und hauchte ihm einen Kuss auf eine Wange. Dann griff sie eine seiner Hände und zog ihn übermütig durch die Haustür ins Freie. Dort ließ sie ihn stehen und rannte ungestüm los. Einmal blickte sie kurz zu ihm zurück und rief ihm etwas zu, während er ihr wie überrumpelt hinterherschaute. Dann folgte er ihr bei ihrem Lauf immer weiter an der Bucht von Pors Scaff entlang. An einem versteckt gelegenen Sandstrand, an dem sie sich schon einige Male zum Picknick niedergelassen hatten, holte er sie ein.

Ausgelassen wie ein frisch verliebter Teenager hüpfte sie um ihn herum, alberte, kicherte und ließ sich schließlich fangen. Fabien nahm Marie in die Arme, blickte sie zärtlich an und ... nahm dann wieder einen körperlichen Abstand ein. Mit einem sanften Ton in der Stimme erläuterte er, dass er die Passagierlisten der Ausflugsboote untersucht habe.

»Neben dem Namen *Marie Kaufmann* fand sich noch ein weiterer deutscher Name: *Ronny Busshart*, ein Journalist einer süddeutschen Zeitung.« Fabien zerrte einen Ausdruck aus einer Hosentasche und überreichte Marie eine Abbildung. »Auf der Grundlage meiner Entdeckung habe ich im Büro gezielt im Internet nachgeforscht. Dies ...«

»Im Internet?« Marie unterbrach Fabien. Sie war sehr verwundert. »Hattest du diesmal Empfang?«

»Mit viel Geduld. Die Leistungsfähigkeit des Servers schwankt zwar stark, aber manchmal ...« Er zeigte auf seinen Ausdruck. »Dies ist ein Mitarbeiter des *Württemberger Kuriers*.«

»Jawohl. Das ist er«, stellte Marie entschieden fest. Er ist ein Arbeitskollege. – Weißt du, Fabi, kurz bevor du erschienen bist, hatte ich deinen Eltern mitgeteilt, dass meine Erinnerungen zurückgekehrt sind. – Und das da ... das ist der Mann, der mir schon seit jeher nachstellt und der mir die ganze Zeit über so viel Angst eingejagt hat. Dieser Mann hat mich von dem Schiff gestoßen.« Und ergänzend murmelte sie: »Es war dichter Nebel aufgezogen. Man konnte nur noch wenige Handbreit weit sehen. Niemand anders wird es bemerkt haben. Und meine Hilferufe hat offensichtlich auch niemand gehört.«

»Ein *Arbeitskollege* hat ... Bist du sicher?«, formulierte nun auch Fabien in der vertraulichen Anrede und fragte dabei überrascht und in einem gleichzeitig bestürzten Ton.

»Ja. Ja, ja, ja. Ganz gewiss.«

»Das ist ein schwerwiegender Vorwurf, Youma, ... äh, entschuldige – Marie, wollte ich sagen.«

Wieder starrte Fabien sie eindringlich an, wodurch sich Marie verunsichern ließ. »Ich glaubte, ich wäre mir ziemlich sicher. Aber … vielleicht. Ich weiß nicht. Es ist nur … « Und jetzt zögerte Marie: »Natürlich könnte es auch passiert sein, weil das Schiff möglicherweise gegen ein Hindernis gestoßen ist. Einen Felsen. Eine Sandbank. Aber davon weiß ich tatsächlich nichts.«

»Das wäre sicher bekannt geworden.« Fabien war skeptisch. »Dann wäre das Schiff gewiss beschädigt gewesen. Aber es ist nicht … Es gibt keine Meldungen. Hm.« Auch Fabien wurde jetzt unschlüssig. »Andererseits. Wenn er vielleicht doch … Wenn dieser Mann möglicherweise doch …«

Fabien zog verschiedene Eventualitäten in Betracht. »Vielleicht war es ja auch ein Versehen.«

»Vielleicht.« Marie wirkte ratlos. »Immerhin weiß ich jetzt wieder bestimmt, dass ich eine Weile im Wasser getrieben hatte. Glücklicherweise hatte ich eine Planke zu fassen bekommen, die da irgendwo herumschwamm. Und als sich der Nebel etwas lichtete, wurde ich von einem bärtigen Mann in das Beiboot eines Segelschiffes gezogen. Der hat mich schließlich zu dem Leuchtturm gebracht, wo er mir heißen Tee angeboten und warme Kleidung zur Verfügung gestellt hat. Er hat mir einen Brei zum Essen gegeben und immerzu den Namen *Phare de Mean Ruz* genannt. Ich war wohl zu angeschlagen, habe etwas geschlafen. Dann, später, habe ich erst wahrgenommen, in was für einem schäbigen Loch ich mich da befand. Irgendwo im Leuchtturm habe ich zudem eine Frau gehört. Sie weinte.«

»Eine weinende Frau?« Fabiens Augen verengten sich zu einem zweifelnden Blick. »Naja, man munkelt schon seit langem, dass dort immer mal wieder die ein oder andere …« Fabien unterbrach seinen Gedankengang. »Hm. Der Leuchtturmwärter und auch der Leuchtturm selbst haben nicht den allerbesten Ruf.«

»Ich hatte jedenfalls ein ziemliches Unbehagen. Ich fühlte mich eingesperrt und bin in Panik geraten, als ich die Stimme von eben jenem Mann gehört habe.« Marie zeigte wieder auf das Bild von Ronny Busshart. »Keine Ahnung, wie und warum der ausgerechnet zu diesem Leuchtturm gekommen ist. Ich weiß nur noch, dass Busshart dem Leuchtturmwärter vorgeworfen hat, er sei seinen Aufgaben nicht gewissenhaft nachgekommen. Der Kapitän des Ausflugsbootes habe im Nebel die Orientierung verloren. Es seien keine Signale vom Leuchtturm zu sehen gewesen.«

»Dann war dieser Busshart womöglich gar nicht wegen dir bei dem Leuchtturmwärter«, spekulierte Fabien. »Oder er wollte eventuell auch nur in Erfahrung bringen, ob jemand etwas von deinem Verbleib gehört hatte. Vielleicht … – Übrigens, der Leuchtturmwärter heißt … Ach, wir sprachen ja schon von ihm. Iven Pongar.«

»So hatte er sich mir vorgestellt.« Marie nickte.

»Wie du schon weißt, sind er und unsere Familie leider keineswegs freundschaftlich miteinander verbunden. Iven Pongar hat uns seinerzeit mit einigen dunklen Machenschaften aus dem Haus getrieben. Aus dem Haus zwischen den großen Felsen. Dort drüben, bei Le Gouffre.«

»Ah«, machte Marie und dachte sofort wieder an ihre eigene Geschichte: »Jedenfalls bin ich dem Leuchtturm und den Männern damals irgendwie entkommen und … Naja. Den Rest kennst du! – Ob mein Kollege, der Busshart weiter nach mir sucht?«

Erstmalig begann sich Marie darüber Gedanken zu machen, ob sie jemals wieder an ihren Arbeitsplatz zurückkehren könnte. Einzelne, noch konfuse Gedankenfetzen waberten durch ihre Überlegungen. Für den Moment verdrängte sie diese wirren Grübeleien. *Soll sich doch der Kollege Chefreporter zum Teufel scheren*, zog sie ein vorübergehendes Fazit.

Der nächste Gedanke: Sie musste sich bei ihrer Mutter melden. Die sich zwar nach der Trennung von Maries Vater, einem rabiaten Psychopathen, seit einigen Jahren mit einem neuen Verehrer in Südspanien amüsierte und nur selten Kontakt mit Marie pflegte. Dennoch, es war dringend. Marie war wieder eingefallen, dass sie kurz vor der Reise in die Bretagne mit ihrer Mutter telefoniert und versprochen hatte, sich alsbald zu melden. Also war es überfällig nach der ungewollten Sendepause.

»Und bei deinem Mann, deinem Lebensgefährten oder deinen Kindern?«, fragte Fabien neugierig.

»Nichts dergleichen.« Im Moment war Marie froh, dass es da niemanden gab, der sehnlichst ein Lebenszeichen von ihr erwartete. »Aber natürlich bei meinem Arbeitgeber. Das hat jedoch einen Haken: Dann weiß Busshart definitiv, dass ich bei dem Vorfall nicht umgekommen bin ...« Mit Beklemmung schluckte Marie ein paarmal kräftig und setzte schließlich den Gedanken fort: »Und im schlimmsten Fall wird er es wieder versuchen ... – Oh, es ist alles so kompliziert.«

»Eine Vermisstenmeldung ist bei der Polizei übrigens nicht eingegangen – weder vom Veranstalter der *Sept-Îles Navigation*, weder vom Kapitän des Schiffes, noch von dem Deutschen«, bemerkte Fabien nebenbei.

»Ach, woher weißt du *das* denn?« Marie war überrascht.

»Ich sitze doch an der Quelle«, antwortete Fabien knapp. »Ich absolviere bei der Gendarmerie Nationale von Perroz-Gireg seit einem halben Jahr ein Praktikum – tageweise, wenn es meine Arbeit beim Office de Tourisme erlaubt. Und wenn ich nicht gerade mit dir unterwegs bin«, fügte er beiläufig hinzu.

Davon hatte er Marie bisher nichts erzählt. Auch seine Eltern hatten eine solche Information wohl für nicht erwähnenswert erachtet. Marie hingegen war geradezu überrumpelt von der Nachricht, und sie war sich im Augenblick unschlüssig, ob ihr dieses Wissen geholfen hätte oder ob es bedeutungslos war. Oder hatte Fabien ihr die Information bewusst vorenthalten? Dieser Gedanke versetzte Marie einen kleinen

Stich. Eine vermeintliche Unaufrichtigkeit passte so gar nicht in das bisherige unbeschwerte Vertrauensverhältnis zu ihm. Aber – was bildete sie sich da eigentlich ein? Was konnte sie schon erwarten? Durfte sie irgendwelche Ansprüche stellen?

In diesem Moment wurde ihr bewusst, dass es da scheinbar ein Quentchen Zuneigung gab. Offensichtlich lag ihr irgendetwas an Fabien. Und diese Gefühle offenbarten sich jetzt, da sich kleine Teufelchen meldeten: Irritationen, Zweifel, Argwohn. *Ob es wohl noch mehr Geheimnisse in dieser Familie gibt?*, ging es Marie durch den Kopf.

Doch die Bedenken, gepaart mit ein wenig Missstimmung, waren wie hinweggefegt, als Fabien aufstand und Marie anlächelte:

»Weißt du, die Flut steht optimal. Und bei dem schönen Wetter, würde ich am liebsten im Meer baden.«

Marie war hin- und hergerissen. Eigentlich gab es doch jetzt dringlicheres zu erledigen. Außerdem könnte Fabien doch wenigstens einiges zu seinem Praktikum erzählen. Das waren schließlich interessante Neuigkeiten. Andererseits …

»Das wäre schön, ja!«, platzte es entgegen Maries Überlegungen aus ihr heraus. Gefühl und Vernunft schienen ein Eigenleben führen zu wollen. »Gibt's da ein Problem?«

»Nur ein unbedeutendes«, neckte Fabien. »Ich habe ganz zufällig keine Badehose dabei.«

»So?« Marie spürte, wie sie glühende Wangen bekam. Doch sie war fest entschlossen, sich nichts anmerken zu lassen. Sie grinste ein wenig: »Ich auch nicht«, war ihre lapidare Erwiderung. Sie erhob sich und entledigte sich nach und nach ihrer Kleidungsstücke.

Wenige Augenblicke sahen sich die Beiden etwas verlegen an. Als dann auch Fabien endlich seine Hüllen fallengelassen hatte, sprangen sie erst zögernd und dann mutig in das kühle Nass, tollten umher, bespritzten sich und bewarfen sich mit Algen. Sie hatten Spaß. Sie schwammen um die Wette. Dann ließen sie sich von den Wellen der auflaufenden Flut ans Ufer tragen. Am Strand zurückgekehrt trockneten sie sich mit ihrer Wäsche gegenseitig ab. Sie schlüpften in Slip und Boxershort, streiften sich ein Shirt über und wärmten einander. – Sie hatten zueinandergefunden.

Maries Finger liebkosten zaghaft Fabiens Gesicht, glitten über eine kleine Narbe und zogen die Linien seines Mundes nach, der nach ihnen schnappte. Dann begann er, ihre Zärtlichkeiten zu erwidern. Er streichelte über ihr Haar, hauchte sanfte Küsse über ihren Scheitel, auf die Stirn und ihre geschlossenen Augenlider. Sie kuschelten sich aneinander und irgendwann trafen sich auch ihre Lippen zum ersten Mal …

Marie war ein wenig benommen von den zärtlichen Berührungen, als sie ihren Kopf neigte und ihre Stirn an Fabiens Schulter lehnte. Während sie noch seine Küsse auf ihren Lippen schmeckte und fühlte, wie er mit seinen Fingern kreisende Bewegungen über einen ihrer Arme vollzog, die sie um ihn gelegt hatte, blickte sie hoch und entdeckte eine kleine Tätowierung unterhalb seines rechten Ohrs. Mit den Fingern zeichnete sie die kreisrunden Bögen eines Symbols nach. »Das habe ich schon mal irgendwo gesehen«, flüsterte sie und hauchte einen zarten Kuss darauf.

»Es ist ein Zeichen aus der keltischen Mythologie«, erklärte Fabien. »In unserer Familie tragen alle Männer diesen Talisman als Abwendung vom Bösen hinter dem rechten Ohr. Vielleicht hast du es schon mal bei Vater Pierrick entdeckt. Auch Großvater Michel hatte solch eine Triskele – hat mir Vater mal verraten.«

»Abwendung vom Bösen?«, echote Marie. »Ich denke gerade an den Leuchtturmwärter, mit dem ihr offensichtlich auf Kriegsfuß steht. Oder habe ich da was falsch verstanden?«

»Ich selbst bin nicht begierig darauf, diese Familienfehde weiter auszutragen, das solltest du wissen. Wenn sich eine Möglichkeit böte, würde ich versuchen, die eingerissenen

Brücken zu Iven Pongar wieder aufzurichten. Vor allem, wo wir Nachbarn sind. Aber ich fürchte, das ist ein langer, steiniger Weg. Da liegt zu viel im Argen.«

»Hm«, machte Marie. Ihre Gedanken begannen in eine andere Richtung zu driften. Irgendwann äußerte sie: »Fabi … entschuldige, aber im Moment denke ich an vordergründig Notwendiges, was … was *meine eigene* Zukunft betrifft. Fabi, du könntest mir behilflich sein. Ich muss mich doch jetzt dringend um neue Dokumente bemühen. Ausweis. Führerschein. Kreditkarten. Sicher wäre es von Vorteil, wenn ich belegen könnte, dass ich den Verlust bei der Polizei angezeigt habe.«

»Darauf wollte ich dich ohnehin schon angesprochen haben. Du müsstest dringend eine Déclaration de perte, eine Verlusterklärung, anzeigen. Und dann … für die Ausreise nach Deutschland … wann auch immer … benötigst du einen Reiseausweis. Den musst du beim Generalkonsulat beantragen.«

»Mich da zu melden, davon hat mir Florence aber schon am zweiten Tag, abgeraten. Sie sagte, wegen ihrer Probleme mit den Behörden …«

»Ach ja, die Mutter …« Fabien unterbrach Marie und schüttelte etwas ungehalten den Kopf. »Sie leidet manchmal unter zu viel Argwohn. – Keine Sorge, ich werde dir behilflich sein. Außerdem könnte ich noch etwas anderes für dich erledigen. Bevor du deinen Arbeitgeber anrufst, wäre es vielleicht ganz nützlich, noch etwas über deinen Kollegen Busshart herauszubekommen. Ich habe da schon so eine Idee. Weißt du, ich vergaß zu erwähnen, dass dein Kollege auf dem Schiff auch etwas verloren haben muss. – Hier …«

Fabien kramte in einer seiner Hosentaschen. »Sein Ausweis steckte bei der Passagierliste. Dadurch bin ich überhaupt erst auf seinen Namen aufmerksam geworden. Es würde mich sehr wundern, wenn wir deinen Kollegen nicht nochmal zu Gesicht bekämen, früher oder später.«

Teil 3: September 1913

9 Bretagne – Enez ar Breur

Direktor Lou Cadet war unzufrieden. Das Leben auf der Insel war bei weitem nicht so, wie er sich das bei der Übernahme seines neuen Postens als Fabrikdirektor erhofft hatte. Beruflich nicht. Privat ebenfalls nicht.

Missmutig stapfte er zwischen den Fabrikhallen auf der Enez ar Breur herum. Es gab Ärger mit der Armeeführung. Zum wiederholten Male war ein Schlachtschiff explodiert. Und nun machte man *ihn* dafür verantwortlich. Es drohte ein Skandal. Die Qualität des Pulvers sei miserabel, hatte man ihm vorgeworfen. In einem Brief, den er heute erhalten hatte, wurde ihm gedroht, dass man in Erwägung ziehe, die bereits erteilten Aufträge zu stornieren.

Zu allem Unglück musste er auch noch mit Verdächtigungen leben. Es gab Versuche, ihm zu unterstellen, er würde mit den Deutschen sympathisieren. Gegen solche Gerüchte konnte er sich kaum zur Wehr setzen. Da war er nahezu machtlos. Beinahe. Nur durch solides Wirtschaften und optimale Produktionsergebnisse würde er seine Kritiker mundtot machen können. Darum erwartete er umso mehr von seinem Chefingenieur, dass die Anlagen in der Baumwollfabrik und der Pulvermühle zuverlässiger funktionierten. Was nutzte die gute Ausbildung der Arbeitskräfte, wenn die maschinellen Voraussetzungen für eine reibungslose Produktion nicht gegeben oder nur unzureichend waren.

Es war zum Streit mit dem Konstrukteur gekommen. Mit dem Entwickler, der nur wenige Jahre jünger war als Lou Cadet, der aber der Schwarm fast aller Weibsbilder war, die im Betrieb von Cadet angestellt waren. Hinter vorgehaltener Hand wurde gemunkelt, dass der Chefingenieur sogar mit Madame Cadet ein Verhältnis habe.

»Würde mich nicht wundern«, grantelte Cadet.

Die Ehe des Fabrikdirektors war nicht glücklich. Wie sollte sie auch? Madame Cadet verging vor Langeweile auf der Insel. Ihren meist griesgrämigen Ehemann mochte sie nicht mehr ertragen. Das lodernde Feuer der Verliebtheit war nach der Eheschließung schnell verloschen. Selbst ein kleiner Funke glomm nicht mehr, denn Lou Cadet hatte keine Zeit für seine Frau. Er war wohl nur noch mit den Zahlen verheiratet, mit den Kosten und den Gewinnen der Fabrik, die in einem ebenfalls ungesunden Verhältnis zueinander standen. So besagte es die Buchhaltung. – Madame Cadet war inzwischen aus dem ehelichen Bett und Schlafzimmer ausgezogen.

In dieser Situation war Amelie der einzige Lichtblick für Lou Cadet. Sein *heller Stern am Firmament.* Leider verheiratet mit Jacques Le Braz, der in der Pulvermühle arbeitete.

Lou Cadet seufzte, als er sich den Wohnbaracken der Mitarbeiter näherte. Vor Nummer neun blieb er stehen. Er überzeugte sich davon, dass er nicht beobachtet wurde. Dann trat er an ein Fenster, an das er im Rhythmus des Morsecodes klopfte. *Dein armer Teufel ist da*, sollte das bedeuten. Ja, so nannte sie ihn. Das war sein Kosename. *Armer Teufel.*

Lou Cadet hoffte darauf, dass sein *heller Stern* den armen Teufel auch heute wieder ein wenig beglücken würde.

Teil 4: Gegenwart

10 Marie Kaufmann

Donnerstag, 30. Mai: Christi-Himmelfahrtstag. Das Office de Tourisme hatte geschlossen. So war es möglich gewesen, dass Marie in Fabiens Büro ungestört hatte telefonieren dürfen.

Die wegen der eineinhalbwöchigen Funkstille nur unwesentlich verstimmte Mutter hatte nicht großartig besänftigt werden müssen. »Mein Gott, Kind, du bist erwachsen«, hatte sie fast ungerührt von sich gegeben, was Marie dazu bewogen hatte, sie nicht mit Details ihrer Erlebnisse zu belästigen. Einige belanglose Phrasen – *Wetter gut, Unterkunft spitze, schöne Gegend, wie geht's selbst?* – das war's auch schon.

Anschließend hatte Marie über eine Notfallnummer bei ihrer Bank ihre Kreditkarte sperren lassen.

Wegen ihrer Ausweise musste sie nichts unternehmen. Denn sie hatte sich inzwischen an die Unterkunft erinnert, in die sie sich nach ihrer Ankunft in der Bretagne vor knapp zwei Wochen eingemietet hatte. Bei dieser Erkenntnis hatte sie eine Erklärung für die Zahlenfolge gefunden, die ihr im Strom der Erinnerungen immer wieder in den Sinn gekommen war: *1.9.8.4.* – Nein, es waren nicht die Ziffern ihres Geburtsjahres. Das war zwei Jahre später, wie sie nun wusste. Auch bezogen sich die Zahlen nicht auf den Titel des Orwell-Romans. Nein, es hatte sich um einen Tresor-Code

91

gehandelt. Im Safe ihres Hotelzimmers der *Résidence Des Sept-Îles* waren ihre Dokumente abgelegt, die sie nun mit einem unglaublichen Gefühl des Frohsinns an sich nahm.

Doch das war's nicht allein, was sie im Wertschrank wiederfand: Sie langte nach ihrem Handy, das sie vor ihrer Schiffsreise zurückgelassen hatte, da sie in dieser Region Frankreichs ohnehin keinen oder nur gelegentlichen, oft instabilen Empfang hatte. Es konnte nun immerhin zum Fotografieren herhalten, nachdem die Kompaktkamera bei dem unfreiwilligen Bad im Ärmelkanal verloren gegangen war.

Ein weiterer Griff in den Safe brachte einen Briefumschlag hervor. Nachdem Marie ihn geöffnet hatte, zählte sie die darin befindlichen Banknoten. Jetzt hatte sie wenigstens wieder eine beträchtliche Summe Bargeld zur Verfügung. Natürlich fiel ihr dadurch ein weiterer Stein vom Herzen. Nun hatte sie also nicht nur in ihrem Bewusstsein zu ihrer *Identität* zurückgefunden. – Florence hatte gestern irgendetwas von der »Rückkehr einer *wahren prätraumatischen Persönlichkeit*«, von »*prätraumatischer Belastungsstörung*« und ähnlichem gesprochen. Marie hatte die medizinische Begrifflichkeit nicht genau durchschaut, was für sie gegenwärtig aber auch nebensächlich war. – Wichtig allein war, dass sie jetzt in besonderem Maße zu schätzen wusste, dass sie wieder frei und unabhängig Entscheidungen treffen konnte und sich nicht mehr ausschließlich der Gutmütigkeit und Großzügigkeit ihrer Gastgeber ausgesetzt sehen musste.

Ihrem Reisekoffer entnahm sie ihre einst mitgebrachten Kleidungsstücke und verteilte sie auf dem Bett. Sie begutachtete die Garderobe und wählte eine naturfarbene luftige Leinenhose, ein dunkles smaragdgrünes Shirt und stellte sich bequemes Schuhwerk zurecht. Im Bad legte sie die Wäsche ab, die Florence ihr zur Verfügung gestellt hatte.

Als sie sich geduscht, angekleidet und anschließend im Spiegel angesehen hatte, war sie sehr glücklich. »Jawohl, Marie Kaufmann. Das – bist – du«, sprach sie zu ihrem Abbild.

Sie vollführte einige halbe Drehungen, nahm dabei eine aufrechte Haltung ein und ließ den Blick abwärts gleiten bis zu ihren schlanken Beinen. Hatte sie in den wenigen Tagen abgenommen? Egal. Sie war zufrieden mit sich. Das von Sonne, Wind und Wetter leicht gebräunte Gesicht war voller Sommersprossen. Die rostbraunen Haare mit einigen vom Sonnenlicht aufgehellten Strähnen hatte sie zu einem Pferdeschwanz zusammengebunden. Die Gesichtszüge mit einem heiteren Lächeln wirkten entspannt. Konnte sie jetzt positiv in die Zukunft blicken?

Im Spiegelbild entdeckte sie auf einem Beistelltisch ihren dort platzierten Laptop. Sie drehte sich um, setzte sich in einen Sessel, öffnete die Abdeckung des Computers und rief die vor ihrem Urlaub gespeicherten Dokumente auf. Alles war noch vorhanden. Sie ertappte sich bei dem Gedanken, wie überraschend wichtig ihr diese moderne Technik selbst im Urlaub offensichtlich doch war. Das hätte sie früher nicht für möglich gehalten. *Sieh an*, sagte sie sich, als sie ein weiteres Verzeichnis ihres Textverarbeitungsprogramms öffnete. Da hatte sie Berichte über die Tankerunglücke gespeichert. Jetzt konnte sie viel anschaulicher nachempfinden, was Fabien ihr berichtet hatte, als er vom Tod seines Großvaters erzählt hatte, zu dessen Lebzeiten das Tankerunglück der AFO, der *American Future Oil*, geschehen war. – Marie schloss das Programm und fuhr den Computer herunter.

Noch einmal griff sie in ihren Koffer und holte ihre mitgebrachte Reiseliteratur hervor. Sie blätterte darin. Auf einer Landkarte vergegenwärtigte sie sich ihren aktuellen Standort. Unweit von der Plage de Trestraou befand sich das Hotel, in das sie sich zu Urlaubsbeginn eingecheckt hatte. Wenn sie aus dem Fenster schaute, blickte sie auf eine Anlegestelle. Hier war das Schiff losgefahren, von dem sie bei den Sept-Îles in das unschöne Abenteuer gestürzt war. Beim neuerlichen Blick auf den Straßenplan wandte sie sich nach Osten. Und da ... da befand sich Pors Scaff. Ja, sie hatte sich mit

Hilfe von Fabiens Kartenmaterial schon einmal gut orientieren können. Aber hier und jetzt … das waren *ihre* Unterlagen. Das waren ihre *eigenen* Orientierungshilfen. Sich hiermit zurechtzufinden war so … war so viel bedeutsamer, so viel zufriedenstellender. Marie juchzte und drehte sich vor Begeisterung einmal mehr um sich selbst. Sie fühlte sich wie runderneuert. Körperlich und seelisch regeneriert. Und auch mit aufkeimendem Optimismus versehen gegenüber ihren Widersacher Ronny Busshart.

Es war ein Lichtblick, der zusätzlich verstärkt wurde, als es an der Zimmertüre klopfte und Fabien erschien. Auch er hatte gute Nachrichten. Er war erfolgreich bei der Realisierung seiner gestern entwickelten Idee gewesen: Er hatte sich in seiner Rolle als Mitarbeiter der Gendarmerie telefonisch beim *Württemberger Kurier* gemeldet und um ein Gespräch mit dem Angestellten Ronny Busshart gebeten. Der Mitarbeiter sei nicht anwesend, hatte man den Anrufer zunächst abzuwimmeln versucht. Als Fabien jedoch informierte, dass der Reporter in Frankreich sei, seinen Personalausweis offensichtlich verloren habe und ohne Reiseausweis das Land nicht verlassen dürfe, hatte man zähneknirschend preisgegeben, dass der Kollege Busshart zu Recherchen an die Atlantikküste gereist sei. Fabien hatte das Gespräch mit dem Hinweis beendet, dass Monsieur Busshart der Einfachheit halber den Ausweis bei der Gendarmerie in Perroz-Gireg in Empfang nehmen könne. »Allerdings nur persönlich«, hatte er gesagt, was sich die Geschäftsführerin vom *Württemberger Kurier* durch einen Rückruf bei der Gendarmerie Nationale hatte bestätigen lassen.

Jetzt stand Marie vor der entscheidenden Frage nach ihrer nächsten Zukunft. Busshart war nicht in Deutschland. Würde sie daher schnellstmöglich in ihre Heimat zurückreisen wollen? – Einen Erholungsurlaub hatte sie im Grunde noch nicht wirklich genießen können. Zu den Sept-Îles war sie auch noch nicht gelangt. Das war ihr aber inzwischen tatsächlich nur noch ein zweitrangiges Anliegen. Vielmehr ... Sie schaute Fabien an, mit dem sie gerne noch ein Weilchen zusammen ... *Und Florence und Pierrick?,* fragte sie sich. Von denen mochte sie sich im Moment eigentlich auch noch nicht trennen – obwohl ... Mittlerweile war sich Marie nicht mehr sicher, ob sie weiterhin *die Erwünschte* war. In dieser Familie gab es so viel ... Geheimnisvolles. Der mysteriöse Tod von Pierricks Vater. Das merkwürdige Haus zwischen den Felsen: das Maison de l'amitié, bei dem der sonderbare Leuchtturmwärter Iven Pongar seine Finger im Spiel hatte. Apropos. Marie dachte einen Moment wieder an ihrem unliebsamen Aufenthalt im Leuchtturm. An das Schluchzen und Wimmern, das sie dort gehört zu haben glaubte. – Sie spürte, wie ihre journalistische Neugier ihre Entscheidung zu dominieren begann und ... sie empfand eine merkwürdige Sehnsucht nach dem Roc'h Hudour, der *Hand des Magiers,* diesem besonderen Felsen bei Pors Scaff ...

Dieser Drang nach der geheimnisvollen Felsenlandschaft bekam einen Dämpfer, als ein kräftiger Regenschauer niederging, während sich Marie und Fabien zum Telefonieren noch einmal zum Office de Tourisme begaben. Es war der erste Regenguss dieser Art, den Marie in der Bretagne erlebte und der eine ungewöhnliche Schönwetterperiode beendete. Vielleicht unterbrach er diese Phase ja auch nur kurz? Marie hoffte es. Aber sie wollte sich von einem möglichen Wetterwechsel nicht beeinflussen lassen. Zu ihrem weiteren Verbleib an der Côte d'Ajoncs traf sie eine Entscheidung. Jetzt hing alles nur noch von ihrem Arbeitgeber ab.

Nach dem Telefonat von Fabien, bei dem ja die Abwesenheit des Kollegen Busshart bestätigt worden war, meldete sich Marie beruhigt in der Personalabteilung des *Württemberger Kuriers.* Sie schaute darauf, in den folgenden zwei Wochen ihr Überstundenkontingent abbauen zu wollen. Zwar zierte man sich zunächst mit einer Genehmigung, dann entsprach man aber doch – wenn auch nur mit Widerwillen – Maries Begehren, nachdem sie zugesagt hatte, die verlängerte Abwesenheit nicht mehr nur zu privaten, sondern auch zu dienstlichen Zwecken nutzen zu wollen. Sie könne ja so etwas wie eine Reisereportage verfassen, hatte sie angeboten.

»Fabi, ich bleibe noch zwei Wochen!«, teilte Marie nach diesem Telefonat mit. Es war für sie sehr schön zu sehen, wie Fabien sich darüber freute.

»Wirst du wieder in der Résidence wohnen?«, fragte er verhalten.

»Wenn du und deine Eltern … Wenn ihr mich noch ein Weilchen ertragen könnt, dann komme ich gerne wieder mit zu euch nach Pors Scaff«, antwortete Marie.

Fabien zog eine Schnute und schüttelte scheinbar skeptisch den Kopf. Mit einem langgezogenen »Tjaaaaa«, gab er zu verstehen, dass er sich dies »möglicherweise, eventuell, vielleicht« vorstellen könne. »Aber allerhöchstens zwei Wochen«, fügte er neckend hinzu, was ihm einen ordentlichen Knuff einbrachte.

11 Initialen

Es war Abend geworden, als Fabien und Marie wieder nach Pors Scaff zurückkehrten. Es regnete noch immer. Während Fabien die Scheibenwaschanlage seines Autos mit Wasser auffüllte, strebte Marie zu dem Toiletten- und Waschhäuschen. Dabei vernahm sie einen heftigen Wortwechsel, der aus einem leicht geöffneten Fenster des Castels de Poul Stripo drang. Florence und Pierrick stritten sich. Auch wenn die Auseinandersetzung in bretonischer Sprache geführt wurde, so verstand Marie doch, dass sie selbst offensichtlich Gegenstand dieser Kontroverse war. Als sie wenig später das Haus betrat, hatten die Differenzen ein Ende gefunden. Dennoch empfand Marie ein Unbehagen, als sie Florence fragte, ob sie noch ein Weilchen ihre Gastfreundschaft in Anspruch nehmen dürfe.

Florence musterte Marie einige Augenblicke in ihrem neuen Outfit. Während die Angesprochene die benutzte Wäsche ihres Gastes in einen Wäschekorb gab, taxierte auch Marie ihre Gastgeberin. Erstmals drang das Erscheinungsbild der alten Frau überdeutlich in Maries Bewusstsein. So intensiv hatte Marie den Zustand dieses in ihrem Äußeren unscheinbaren Wesens noch nie wahrgenommen. Wie verhärmt, erschöpft und zunehmend freudlos ihre Gastgeberin wirkte. Dabei war sie doch stets emsig. Beflissen. Bemüht, es allen recht zu machen. Nahezu selbstlos aufopferungsvoll. Geradezu altruistisch.

Kaum vernehmlich stimmte Florence Maries Ansinnen zu und rückte schließlich zögerlich mit einem eigenen Anliegen heraus:

»Mein Mann Pierrick lässt fragen, ob Sie wohl auf ein Wort in sein Arbeitszimmer kommen könnten, Youma? – Oh, Entschuldigung, *Marie* natürlich. Pardon.«

Jetzt war Marie überrascht. In Pierricks Arbeitszimmer war sie bisher noch nicht gewesen. Zwar hatte man ihr den Zutritt nie ausdrücklich verwehrt. Aber es hatte sich keine Gelegenheit ergeben, schon alleine, weil Pierrick bislang noch selten das Gespräch mit ihr gesucht hatte. Und bei den insgesamt eher seltenen Begegnungen hatte Fabien immer übersetzen müssen. So antwortete Marie mit Erstaunen und gab zu bedenken: »Natürlich. Selbstverständlich gerne. Aber … die Verständigung ist nicht unproblematisch, wie Sie wissen.«

»Das muss Sie nicht sorgen, Sie werden sehen. Gehen Sie nur, Marie.«

Marie nahm ihren Skizzenblock, der seit der gestrigen Rückkehr von den erinnerungsreichen Erlebnissen bei der *Hand des Magiers* noch immer auf dem Tisch im Wohnraum lag. Mit einem zaghaften Klopfen trat sie an die Tür zum Büroraum. Pierrick öffnete selbst die Tür, bat Marie ins Zimmer und schloss die Tür hinter ihr wieder zu. Kurz blickte sich Marie im Raum um. Auch hier herrschte – wie im gesamten Haus – eine akribische Ordnung. An der Innenseite der nun geschlossenen Tür hing ein Plakat mit einem Satz in deutscher Sprache:

»Menschen, die ihre Amtsautorität missbrauchen, haben nur Verachtung verdient.«

Marie schaute Pierrick verblüfft an. Sie teilte diese Ansicht. In Erinnerung an ihren Chefreporter musste sie unbedingt zustimmen. Aber deswegen war sie wohl nicht hier.

»Marie, Ihnen sind die Inschriften am Roc'h Hudour aufgefallen?« – Es war eher eine Feststellung als eine Frage. »Ich habe Ihre Zeichnung gesehen.« Mit einem Kopfnicken wies Pierrick auf Maries Skizzenblock.

Es war der längste Satz, den Marie je von Pierrick gehört hatte und dann auch noch in deutscher Sprache.

Ohne auf Pierricks Bemerkung einzugehen, stellte Marie eine Gegenfrage: »Oh, Sie sprechen Deutsch?«

»Mein Vater Michel hat mich seit frühester Kindheit angehalten, die deutsche Sprache zu erlernen«, stellte Pierrick fest und erklärte: »Zu seinen Maximen gehörte es, dass es wichtig sei, die Sprache des früheren Feindes zu beherrschen. Nur so sei die Voraussetzung für eine gute Völkerverständigung gegeben.«

Marie nickte. »Und auch Florence und Fabien sprechen diese Sprache.«

»Florence und ich kennen uns schon seit frühester Kindheit. Sie ist ebenso wie auch ich mehrsprachig aufgewachsen: Französisch. Deutsch. Natürlich ist uns auch das Bretonische nicht fremd. Und: Wir hatten uns bei unserer Verlobung versprochen, dass wir diese Kenntnisse und Fertigkeiten an unsere Kinder weitergeben wollten.«

»Wovon dann auch Fabien profitiert hat.«

Pierrick nickte zustimmend.

»Aber, Pierrick, verraten Sie mir, warum Sie – seitdem ich hier bin – ausschließlich bretonisch gesprochen haben, wo wir uns doch viel besser hätten verständigen können.«

Pierrick seufzte: »Ich bin ein sehr sturer Mensch, Marie. Und außerdem etwas … eigenbrötlerisch. Verstehen Sie? – Ich wollte Sie erst etwas näher kennenlernen.«

»Und das haben Sie jetzt?«

»Da es sich herausgestellt hat, dass Sie für eine Zeitung arbeiten … Ich nehme an, Sie sind Journalistin?«

Marie nickte.

»Dann könnten Sie mir … uns … möglicherweise behilflich sein.«

Aha, deswegen also nur, dachte Marie, wobei sie sich fragte, warum sich Pierrick ausgerechnet von einer Journalistin Hilfe erhoffte. *Und dann noch von einer Deutschen, die der französischen Sprache kaum mächtig ist. Der die hiesigen Lebensgewohnheiten nicht vertraut sind. Die keinerlei Zugang zu irgendwelchen Informationsquellen besitzt, keinerlei Kontakte …*

»Ich? Ihnen behilflich? – Natürlich, liebend gern. Vor allem, wenn ich daran denke, dass Sie und Florence und auch Fabien für mich alles getan haben in meiner Not. Aber, wobei … und *wie* sollte ich Ihnen helfen können?«

»Die Inschrift am Roc'h Hudour …«

»Ach ja, danach haben Sie eingangs gefragt.«

»Die Initialen. Interessieren Sie sich dafür?«

»Sie sind schon etwas ungewöhnlich. Vor allem an dieser Stelle. An diesem Fels.« Marie schlug den Skizzenblock auf und zeigte auf ihre Zeichnung.

Pierrick wies Marie einen Sitzplatz an, wobei er weitersprach: »Wie deuten Sie diese Buchstaben?«

»Hm. Ich vermute, dass *MLB* die Initialen Ihres Vaters sind. Mit diesem merkwürdigen Wort *gwirionez* kann ich nichts anfangen.«

»*Wahrheit.* Es ist das bretonische Wort für Wahrheit.«

»Wahrheit? – Hm. Dann haben Sie diese Gravuren vorgenommen? Sicher in Erinnerung an den Tod Ihres Vaters. Stimmt's?«

»Hat Fabien Ihnen davon erzählt?«

Marie nickte bestätigend. »Und er hat gemeint, dass Sie von der Selbsttötung Ihres Vaters nicht überzeugt seien. Gehen Sie davon aus, dass ihn jemand … umgebracht hat?«

»Es gab keinerlei … ich betone, *keinerlei* Hinweise darauf – weder am Todestag selbst, noch in den Zeiten davor –, dass mein Vater selbst … das wäre für meinen Vater keine Option gewesen.«

»Also ein Verbrechen? Haben Sie einen Verdacht, wer Ihren Vater ermordet haben könnte? Hatte er Feinde?«

Pierrick lächelte kurz und runzelte dabei die Stirn: »Danach haben mich die damals diensthabenden Gendarmen auch als erstes gefragt.«

Als Marie nichts erwiderte, ergänzte er: »Nun, er war ehemaliger Bürgermeister. Als Bürgermeister kann man es sicher nicht allen Menschen recht machen. Aber wenn es da etwas gab, wenn irgendjemand einen Anlass zu solch einem Verbrechen gehabt haben sollte – warum hat ein Täter dann so lange gewartet? Vater Michel hatte sein Amt schließlich schon sieben Jahre zuvor wegen seines Alters niedergelegt. Und wenn Sie mich nach einem *Verdacht* fragen ... mit Verdächtigungen muss man sehr vorsichtig sein.«

»Sicher. Das wird gerade für Sie, als ehemaliger Polizist, gewiss eine Grundhaltung sein.«

»Für einen Ermittler bei der Mordkommission unbedingt. Aber ich bin Gendarm gewesen. Ich hatte für Ruhe und Ordnung im ländlichen Raum zu sorgen. Ich bin dem aber wohl nur unzureichend gerecht geworden, meint man.«

»Meint wer?«

»Der Polizeipräsident. Hat Druck von Oben bekommen. Aus Paris. Die Gendarmerie war früher dem Verteidigungsministerium unterstellt. Seit ein paar Jahren auch dem Innenministerium. Da bin ich einem hohen Herrn zu sehr auf die Füße getreten. Aber lassen wir uns darüber ein andermal sprechen.«

Marie beobachtete, dass Pierrick bei seinen Darlegungen mit Daumen und Zeigefinger seiner Rechten die Haut der linken Handoberfläche massierte. Er bemerkte, dass Marie sein unbewusstes Verhalten betrachtete und erklärte dazu: »Hat mir mal jemand empfohlen für den Fall, dass mich das Bedürfnis nach Nikotin oder Alkohol überkommen sollte.«

Ist die augenblickliche Situation für ihn so stressig?, fragte sich Marie. Doch sie sagte nichts und nickte nur. Sie versuchte

Verständnis zu zeigen. Pierrick kehrte zum eigentlichen Gesprächsthema zurück:

»Auf jeden Fall halte ich mich damit zurück, Verdächtigungen laut auszusprechen. – Mich interessiert momentan etwas anderes: Was halten Sie von dem anderen Buchstaben?«

»Das mittig unter dem *L* angebrachte *C*?«

Ein verhaltenes Nicken zur Bestätigung.

»In der Tat habe ich mir darüber auch Gedanken gemacht, aber keine Erklärung dafür. Gehe ich recht in der Annahme, dass die Gravur des *C* nicht von Ihnen stammt?«

Wieder nickte Pierrick, der ergänzte: »Aber auch das Wörtchen *gwirionez* stammt nicht von mir. Ich habe es nur immer mal wieder erneuert. Ausgekratzt. Da es zu verwittern drohte.«

»Sie haben dieses Wort also schon vorgefunden. So wie auch den Buchstaben *C*?«

»Nicht nur das *C*. Nein, es waren die beiden Buchstaben *L* und *C*. Sie waren *untereinander* in den Fels gekratzt.«

Marie schaute noch einmal auf ihre Zeichnung:

M. *L*. B.
   C.

»Ich verstehe. Und Sie haben das bereits vorgefundene L einfach genutzt für die Initialen M*L*B. Michel Le Braz.«

»So ist es, Madame.«

»Und ich ahne, dass Sie selbst keine Vermutung für das untereinander angebrachte *L / C*. haben. Richtig?«

»Es lässt mir absolut keine Ruhe. Ich denke, dass die Gravur von meinem Vater selbst stammen könnte. Wenn ich bedenke, wie oft er sich im Alltag am Roc'h Hudour herumgetrieben hat. Es war immer sein Lieblingsplatz. Und ausgerechnet dort ist er gestorben.«

»Die *Hand des Magiers* ist auch *Ihr* Lieblingsplatz, oder?«

»Seitdem Vater tot ist, ja. Schon seit Jahren hoffe ich immerzu auf irgendeine Eingebung. Eine Erklärung. Warum Vater dort gestorben ist. Und was es mit den Initialen auf sich hat.«

»Ich verstehe Sie, Pierrick. Mir geht es ähnlich. Das heißt genaugenommen: Ich hatte bereits meine Eingebung. Ich habe dort meine Erinnerungen wiedererlangt. Ist es ein magischer Ort? Ich meine, den Namen für diesen Fels wird es nicht ohne Grund geben, oder?«

»Wussten Sie schon, dass es dort früher auch einen steinernen Tisch gab? Ein Tisch mit einer eingravierten Triskele.«

»So ein Zeichen, wie es Fabien rechts unterhalb seines Ohres trägt?«

Pierrick wandte sich zu Marie und ging in die Hocke, sodass sie einen Blick auf seinen Hinterkopf werfen konnte. Er schob die Haare am unteren Rand hoch. Auch hier zeigte sich das Symbol.

»Das Zeichen tragen alle Männer der Familie.«

»Auch Ihr Vater Michel?«

Pierrick erhob sich wieder. Er drehte sich um und ging einige Schritte bis zur Längswand des Raumes. Marie hatte dort bereits drei Bilder entdeckt: Ein Ölgemälde im Querformat mit einer sturmgepeitschten Küstenlandschaft. Pors Scaff. Die Hand des Magiers, die Schwurhand. Ein Bild voller Dramatik. So hatte Marie die Szenerie noch nie gesehen. Sie war sichtlich beeindruckt. Da gab es auch den besagten steinernen Tisch.

Links und rechts von diesem Landschaftsbild hingen zwei Portraits. Pierrick wies auf das an der rechten Seite angebrachte Portrait.

»Das ist mein Vater Michel. – Sehen Sie hier?« Pierrick deutete auf einen unscheinbaren Fleck. Ein Pinselstrich, der knapp unterhalb des rechten Ohres zu sehen war. Dieser dunkle Farbtupf konnte möglicherweise die Tätowierung andeuten, die sich im Wesentlichen hinter dem Haupt befinden würde.

»Seit wann tragen Sie diese Tätowierung?«, fragte Marie.

»Schon immer. Ich kenne es nicht anders.«

»Das heißt, dass man es Ihnen als Kleinkind gestochen haben muss? Möglicherweise sogar schon bald nach Ihrer Geburt?«

»Gut möglich. Wir haben es Fabien verpasst, als er zwei Jahre alt war.«

»Ein Talisman?«

Pierrick hob kurz die rechte Schulter. »Es ist etwas Irrationales. Und doch bekennen wir uns dazu. Aberglaube? Unreflektierte Tradition? Ich weiß es nicht. Für Viele gilt es als das keltische Zeichen der Unendlichkeit des Lebensrades. Für uns ist es vor allem ein Zeichen dafür, dass wir zusammengehören. Wie ein Name. – Sehen Sie?«

Pierrick wandte sich dem anderen Bild zu. »Das ist Michels Vater. Also mein Großvater. Auch er trägt dieses Zeichen. Unverkennbar.«

Marie starrte gebannt auf die Portraits, die hinsichtlich des formalen Aufbaus und der Farbgebung vieles gemeinsam hatten. Aber nicht nur. Auch die Ähnlichkeit der beiden Abbildungen hinsichtlich der Augenfarbe, der Kopfform und der Gesichtszüge mit denen von Pierrick und Fabien war verblüffend.

»Das ist Ihr Großvater? Wie hieß er?«

»Wir wussten es lange nicht. Vater Michel hat nie über ihn gesprochen.«

»Haben Sie nie gefragt?«

»Einmal. Danach nie wieder. Vater Michel war damals sehr erzürnt. – Warum? Ich weiß es nicht.«

»Sie sagten, Sie wussten es *lange Zeit nicht?*«

»Es ist uns nur mit mühevollen Nachforschungen gelungen, an eine Geburtsurkunde von meinem Vater zu kommen. Er selbst gab vor, dass ihm sein Abstammungsnachweis kurz nach meiner Geburt abhanden gekommen sei. *Auch darum* gab es wohl Probleme, als es eines Tages notwendig wurde, Besitzansprüche von unserem Haus zwischen den Felsen zu dokumentieren – das Maison de l'amitié, in dem Vater aufgewachsen und das auch für mich viele Jahre mein Zuhause gewesen ist.

»Dann ist es Ihnen schließlich irgendwann gelungen, an eine Information zur Abstammung Ihres Vaters zu kommen?«

»Er ist der Sohn von Amelie Le Braz und ihrem Mann Jacques, der als Soldat aus dem Ersten Weltkrieg nie zurückgekehrt ist. Vater Michel wurde demnach am 28. Juni 1914 geboren.«

»Moment. Am 28.06.1914, sagten Sie?«

Pierrick nickte wieder. »Ein historisches Datum.«

»War das nicht der Tag des Attentats von Sarajevo?«

»Das Ereignis, das gemeinhin als Auslöser für den Großen Krieg angesehen wird.«

»Was wissen Sie sonst noch, Pierrick? – Ich meine, es wundert mich, dass Sie nie über Ihre Mutter sprechen. Gibt's von den Ehefrauen keine Bilder?«

»Wir haben keine. – Vater hat auch kaum über meine Mutter gesprochen. Meine Mutter ist kurz nach meiner Geburt gestorben. Sie war wohl noch sehr jung. Während mein Vater schon dreiundvierzig Jahre alt war.«

»Das heißt …« Marie überschlug die Zahlen. »Sie sind also 1957 geboren. Natürlich. Ich erinnere mich. Bei unserem ersten Gespräch, nachdem Sie mich in Ihrem Haus aufgenommen hatten, hat Florence verraten, dass Sie zweiundsechzig Jahre alt sind.«

Pierrick nickte und ergänzte: »Florence ist drei Jahre jünger.«

»Und was war mit der Mutter von Ihrem Vater Michel? – Ich meine, nachdem Ihr Großvater nicht aus dem Krieg …«

Marie schaute auf das linke Portrait, das mithin also Jacques Le Braz abbildete. »Hat seine Frau, also Michels Mutter, wieder geheiratet?«

»Soweit wir wissen, nicht. Sie hat im Maison de l'amitié ihren Sohn alleine großgezogen. Mit ihrer Arbeit als Wäscherin und Algenfischerin hat sie sich finanziell über Wasser gehalten. Vater Michel war ungefähr fünfundzwanzig Jahre alt, als der Westfeldzug der Deutschen zur Besetzung Nordfrankreichs führte. Später musste er Zwangsarbeit beim Aufbau des Atlantikwalls verrichten. Er hat darüber nie gesprochen. – Seine Mutter hat er übrigens nie wiedergesehen.«

»Oh!« – Marie fand spontan keine passendere Formulierung, die das für den Betroffenen schreckliche Erleben angemessen gewürdigt hätte.

»Wie kann ich Ihnen helfen, Pierrick?«, fragte sie nach einigen Sekunden des Schweigens noch einmal.

»Ich wäre glücklich, wenn ich etwas darüber erfahren könnte, wer *LC* ist«, murmelte Pierrick. »Aber insgeheim erhoffe ich mir immer noch Hinweise, warum mein Vater Michel damals zu Tode gekommen ist. Vielleicht gibt es da Zusammenhänge. Wenn Sie mir … Wenn Sie mich dabei unterstützen würden. Wissen Sie, das Problem ist, dass wir keine öffentlichen Befragungen vornehmen können. Aber … vielleicht kommen Ihnen Ideen. Denn ich … Ich werde bald wahnsinnig, wenn ich zu keinen Antworten kommen kann.«

»Hm.« *Keine Befragungen, keine Quellen, keine Unterlagen.* Marie runzelte die Stirn und rekapitulierte:

»LC kann nicht für den Vornahmen von Michels Mutter stehen. Die hieß Amelie, sagten Sie. – Seine Frau vielleicht?«

Pierrick schüttelte verneinend den Kopf: »Meine Mutter hieß Marie-Ange.«

»Eine … «, Marie zögerte, »eine *weitere* Frau?«

»Eine Geliebte, meinen Sie? – Wer weiß. Ich glaube es nicht. Da hätten wir doch vielleicht schon mal etwas davon gehört.«

Marie trat an das Gemälde, das Pierricks Großvater Jacques zeigte und betrachtete eine untere Bildecke genauer. Sie wies auf die kaum zu entziffernde Signatur des Künstlers. »Ein Aufstrich mit einer heruntergezogenen Linie und einer nach rechts geführten Welle. Gefolgt von einem Halbrund mit wiederum nach rechts auslaufender Linienführung.«

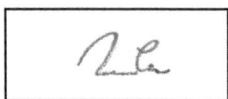

»Wahrscheinlich haben Sie die Ähnlichkeit der Signatur mit den Initialen *LC* auch schon bemerkt. Könnte *LC* für den Maler oder die Malerin stehen?«

Wieder schüttelte Pierrick zweifelnd den Kopf: »Natürlich habe ich mir darüber auch schon den Kopf zerbrochen. Denkbar ist es, dass hier eine Erklärung verborgen ist. Halte ich aber eher für unwahrscheinlich. – Ich schätze, dass dieses Bild vor 1914 angefertigt worden ist. Bevor Jaques Le Braz in den Krieg gezogen ist. Wer sollte da …«

»Oder es wurde später – zum Beispiel von seiner Frau Amelie – in Auftrag gegeben. Ein Bild, das nach einer Vorlage, zum Beispiel einer Fotografie, angefertigt wurde. Vielleicht zum Gedenken an Amelies Ehemann – Ihren Großvater?«

»Das wäre natürlich möglich. Aber warum sollte mein Vater Michel auf dem Fels die Initialen dieser Signatur verewigen?«

»Wenn es denn Ihr Vater war, der die Gravur angebracht hat. – Und: Vielleicht gibt's da tatsächlich etwas, wodurch eine Verbindung zwischen dem Namen des Künstlers und den Initialen herzustellen wäre. Zugegeben. Das sind alles Spekulationen. Möglicherweise Überlegungen, die weit hergeholt sind. Unmöglich sind sie aber nicht.«

Marie rätselte kurz. »Das bringt alles nichts«, stellte sie fest. »Das macht mich im Moment wirklich sehr ratlos, Pierrick. – Ich verspreche Ihnen aber, ich will mir meine Gedanken machen. Ich kann noch zwei Wochen bleiben. Das habe ich mit meinem Arbeitgeber abgesprochen.«

»Das höre ich gerne, Marie!« Pierricks Augen leuchteten kurz auf. »Sie können natürlich auch weiterhin bei uns wohnen, wenn Sie möchten. Ich bin sicher, auch Florence wird sich darüber sehr freuen. – Vielleicht erfahren wir doch noch, warum mein Vater sterben musste.«

Marie spürte, dass Pierrick die nun schon über fünfundzwanzig Jahre zurückliegenden Begebenheiten immer noch Kummer bereiteten. Dass er nach wie vor trauerte. Aber mehr noch, dass er darunter litt nicht zu wissen, wie sich die damalige Tragödie tatsächlich zugetragen hatte. Marie fühlte mit ihm. Ja, sie empfand tiefes Bedauern. Ihr Gastgeber grämte sich. Er schien irgendwie … sehr einsam zu sein. Er fokussierte sich auf die Felsgravuren. Als ob ein Verständnis für die Bedeutung der Initialen die Wahrheit über das tragische Ereignis ans Licht bringen könnte. Es drängte sie jetzt geradezu danach Pierrick zu helfen. Im Moment sah sie ihre Möglichkeiten jedoch sehr begrenzt. Sie würde sicher tief in die familiären Verhältnisse und ihre Vergangenheit eintauchen müssen. Würde Florence das zulassen? Marie dachte dabei an den jüngsten Streit der Beiden, und so fragte sie behutsam:

»Pierrick, kurz vor unserem Gespräch hatten Sie mit Ihrer Frau Florence eine … eine Meinungsverschiedenheit. Dabei ging es auch um mich. Stimmt's?«

»Nicht der Rede wert«, winkte Pierrick leicht verärgert ab, wobei sich sein Gesicht kurz verfinsterte. »Sie meint, ich solle die Vergangenheit endlich ruhen lassen. Außerdem möchte sie nicht, dass ich Sie mit unseren Anliegen behellige. Das sei *viel zu persönlich*. Aber …«

In einem Augenwinkel Pierricks glänzte eine Träne. Er schniefte und ergänzte: »Ich kenne doch niemanden, der unvoreingenommen die Geschehnisse betrachten könnte. Der die Wahrheit ans Tageslicht bringen könnte, der … Ich meine, als Journalistin muss Ihr moralischer Kompass doch die Wahrheit sein, oder?«

Oh Mann. Da hatte aber jemand einen sehr wunden Punkt getroffen. *Der Mann hat Nerven,* seufzte Marie gedanklich. Und dabei sollte gerade *sie* dafür prädestiniert sein, um zu …?

Im Augenblick fühlte sich Marie eigentlich nur überfordert.

12 Neugier und Ausdauer

Am anderen Morgen waren die Bewohner vom Castel de Poul Stripo schon früh auf den Beinen. Fabien war bereits zu seiner Dienststelle, dem Office de Tourisme bei der Plage de Trestraou, unterwegs. Er würde zwei Plätze auf einem der Schiffe buchen, das ihn in zwei Tagen mit Marie zu den Sept-Îles bringen sollte. Diesmal hoffentlich ohne Störungen oder unliebsame Abenteuer. – Pierrick hatte in Plougouskant zu tun. Und Florence war auf einem Artischockenfeld tätig.

Nach einem typischen französischen Frühstück hatte sich Marie noch einmal die Portraits in Pierricks Büro angesehen. Er hatte ihr uneingeschränkten Zutritt gestattet. Eine Unterstützung durch sie war ihm offensichtlich sehr wichtig. Leider gewann sie kaum neue Erkenntnisse. Es wuchs lediglich die Überzeugung, dass mögliche Antworten auf Pierricks Fragen vermutlich am ehesten irgendwo in den Bereichen der Familienkonstellationen zu finden wären.

Ich muss das Ganze systematisch angehen, dachte sie, *sonst werde ich nie einen Überblick über die Familienverhältnisse gewinnen.* Und sie entschied, ein erweiterbares Diagramm anzulegen:

Von Fabien wusste sie, dass der Großvater Michel neunundsiebzig Jahre alt war, als er 1993 starb. Also musste er 1914 geboren sein, was Pierrick bestätigt hatte. Pierrick hatte zudem die Namen der Eltern von dem alten Michel genannt. *Amelie und Jacques.*

Ja. Und dann hatte sie bei dem Gespräch mit Pierrick erfahren, dass er selbst zweiundsechzig Jahre zählte und seine Frau Florence drei Jahre jünger sei.

Und über Fabien war ihr schon bekannt, dass er im Todesjahr von Michel knapp fünf Jahre alt gewesen war. Er war 1988 geboren, rekapitulierte sie.

Somit konnte sie als erstes notieren:

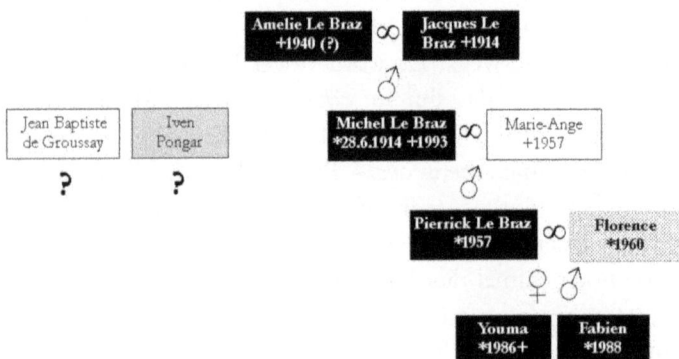

Dann dachte Marie daran, dass es Verbindungen zum Leuchtturmwärter *Iven Pongar* und zum Anwalt *Jean Baptiste de Groussay* gab. Doch das war noch zu präzisieren. *Und nun?* Für den Moment war sie mit ihrem Latein am Ende. *Wenn ich nach einer Eingebung suche, sollte ich zum Strand gehen,* dachte sie. *Wobei ein wenig sportliche Betätigung, etwas Joggen, auch nicht schaden kann.*

Und so begab sie sich, in Sportkleidung gehüllt, auf den Weg, um über den Küstenpfad nach Pors Scaff zu laufen.

Am heutigen Morgen stand die Flut besonders hoch. Von den Felseninseln im Meer, so auch vom Roc'h Hudour, war kaum etwas zu sehen. Beim Joggen musste sie gehörig Obacht geben, denn es ging phasenweise nur über schmale Pfade, über Stock und Stein. Irgendwann wechselte sie in einen schnellen Schritt. Dann verflachte das Tempo zu einem Streifzug, den Marie zu einem Rundgang ausdehnte. Das heißt, sie nahm einen Rückweg, der rund zweihundert Meter weiter im Landesinneren durch mooriges Gelände führte.

Die Sonne schien bereits warm, was eine intensiv grün-schillernde Eidechse möglicherweise bewogen hatte, aus ihrem dornenreichen Versteck am Wegesrand zu schlüpfen. Marie studierte das neugierige Tier einige Minuten, das sehr viel Ausdauer bewies und sich auch nicht durch ihre Anwesenheit irritieren ließ. Zumindest solange, wie Marie sich still verhielt.

Ausdauer. Neugier. – Ausdauer und Neugier sind wohl auch bei Nachforschungen zu Pierricks Familienangelegenheiten vonnöten, ging es Marie durch den Kopf.

Nach dieser kurzen Pause erreichte Marie den Artischocken-acker, auf dem Florence den Boden lockerte. Die essbaren knospigen Blütenstände begannen zu reifen. Die ersten Artischockenköpfe wurden nach der diesjährigen guten Witterung mit anhaltenden Trockenperioden sogar schon geerntet.

»Ist das Ihr Acker, Florence?« Bevor Marie die Frage stellte, hatte sie ihre Gastgeberin begrüßt.

Florence nickte. »Gepachtet. Kleiner Nebenerwerb. Und damit Pierrick was zu tun hat.«

»Also baut Pierrick die Artischocken an?«

»Wenn *ich* es nicht gerade zwischen meinen Diensten in der Klinik tue«, seufzte sie.

Oh je, staunte Marie, *hier schuftet sie auch noch.*

»Nein, oft erntet auch Pierrick das Gemüse und verkauft es meist eigenständig. Aber ab und an hat er Hilfe, so wie ich heute.«

Florence schaute hinüber auf die andere Seite des Feldes. Da war eine Frau in Maries Alter im Einsatz.

»Loan wohnt in Pors Hir. Das ist auf der gegenüberliegenden, östlichen Seite unserer Halbinsel. Normalerweise ist sie in einer Crêperie oder beim Parc à huîtres, einem Austernpark, zu Hause. Wenn bei uns die Saison für Artischocken und anderes Gemüse beginnt, kommt sie gelegentlich vorbei und packt mit an. – Übrigens: Die ersten Früchte werden soeben auf dem Markt von Plougouskant gehandelt.«

»Durch Pierrick?«

Florence nickte. »Wir haben auch noch eine kleine Parzelle für den Tomatenanbau und ein Erdbeerfeld. Aber nur für den Eigenbedarf. – Hier …« Florence reichte Marie einen Grubber und demonstrierte ihr, wie der Boden zu bearbeiten wäre, ohne dass die Pflanzen Schaden nähmen. »Bei unserer kleinen Anbaufläche lohnt sich kein maschineller Einsatz. Dennoch muss Feldhygiene betrieben werden; notfalls auch per Hand. Wir haben leider nur steinigen Boden. Das ist nicht so günstig. Artischocken brauchen gut gedüngten, mit Humus verbesserten Boden. Hier, auf dem mittleren Teil der Parzelle, stehen die jüngeren Pflanzen. Hier muss gelockert und das Unkraut beseitigt werden. Ich werde in den äußeren Regionen von den älteren Pflanzen noch etwas Gemüse ernten. Denn heute soll es Artischocken-Creme-Suppe geben.«

Marie war verwundert. Erstmalig hielt Florence Marie zur Mitarbeit an. Nun gut. Sie ließ sich nicht zweimal bitten. Während sie den steinigen Boden bearbeitete, bemerkte Marie, dass sich Florence einen Moment innerlich zu amüsieren schien. Es erwies sich, dass sie an die Suppe dachte:

»Fabien mag sie am liebsten mit Oliven und Mandeln«, rief Florence über eine kleine Distanz hinweg. »Fabi meint, dann gelten sie als *besonders erotisch anregend*.«

»So?« Jetzt musste auch Marie schmunzeln. Sie hatte nicht den Eindruck, dass Fabien diesbezüglich einer Hilfestellung bedurfte.

Eine Weile half sie mit, den Acker zu bearbeiten. Als Florence eine Pause einlegte, schien Marie die Gelegenheit günstig, ihre Gastgeberin zu Iven Pongar zu befragen.

»Besitzt Ihr Nachbar Pongar auch ein Artischockenfeld?«

Florence lachte laut auf: »Der und Landwirtschaft? Das wäre für den mit viel zu viel Arbeit verbunden.«

Marie verstand. Sie näherte sich Florence, die sich auf einen umgestülpten Korb gesetzt hatte. Marie hingegen stützte sich auf den Grubber.

»Ihr Mann Pierrick quält sich wegen mancher ungelöster Fragen zu seiner Familiengeschichte, grübelt über seines Vaters Tod und ... über gewisse Initialen am Roc'h Hudour. Er glaubt, weil ich Journalistin bin, könnte ich vielleicht etwas Licht in das Dunkel bringen.«

Florence nickte wieder einige Male mit dem Kopf. Dann schaute sie Marie an: »Er vertraut Ihnen. Er hatte in den letzten Jahren nicht viele Menschen um sich, denen er seine persönlichsten Gedanken offenbaren wollte. Er hofft darauf, dass Sie ... dass Sie durch Ihre Ermittlungen etwas herausfinden könnten. Mit einem ganz anderen Gedankenansatz, meine ich. Sein eigenes ewiges Kopfzerbrechen führt doch zu nichts. Es macht ihn noch ganz krank.«

»Ich habe ihm versprochen, zu helfen, wo ich nur kann. Aber ich sehe kaum Ansatzpunkte. – Ich komme noch mal auf Ihren Nachbarn Iven Pongar zurück. Was wissen Sie über ihn?«

»Nicht viel.« Florence setzte ihren Sonnenschutz ab und wischte sich den Schweiß aus der Stirn. »Er ist hier bei uns erst nach dem Tankerunglück der AFO zum Thema geworden, als man ihm unterstellte, er habe seinen Dienst als Leuchtturmwärter vernachlässigt. Es hieß damals, in Ermangelung des Leuchtfeuers am Phare de Mean Ruz habe sich der Kapitän des Öltankers zu weit von der eigentlichen Schifffahrtsrinne entfernt gehabt, wodurch der Tanker letztlich in die gefährliche Zone der tückischen Riffe geraten sei. Zu der Zeit war Pongar ausschließlich an der Côte de Granit Rose Zuhause. Hier bei uns ist er erstmalig gegen ... gegen 1985, aufgetaucht. – Er war wohl beim Amt in Plougouskant vorstellig geworden und hat sich damals erkundigt, ob das Maison de l'amitié zu kaufen sei.«

»Er wollte Ihr Haus kaufen?«

Marie deutete eine Kopfbewegung von Florence als Geste des Zweifelns. »Wir glauben eher, dass er die Lage sondieren und prüfen wollte, wer der aktuelle Besitzer war.«

»Dann ist ihm doch sicher schnell klargemacht worden, dass der hiesige Bürgermeister Michel de Braz dort wohnte.«

»Sicher wohl«, antwortete Florence.

»Das Haus stand jedoch nicht zum Verkauf, oder?«

»Natürlich nicht. Wir haben auch zunächst nichts von Pongar gehört. Bis ...« Florence schwieg eine Weile und schien zuerst nicht weiterreden zu wollen.

»Eines Tages erhielten wir von einem Anwalt ein Schreiben, in dem Schwiegervater Michel aufgefordert wurde, die Besitzverhältnisse offenzulegen.«

»Gab es dazu keine Dokumente, Urkunden oder ähnliche Informationen beim Amt?«

Florence seufzte. »Wohl nicht. Und Michel konnte auch keine Nachweise beibringen. Es gäbe kein Testament, ließ er uns zu unserer Überraschung wissen. Wenn es jemals eine Besitzurkunde gegeben hat, dann muss sie wohl – wie auch ein Testament von Michels Vater oder seiner Mutter – in den Wirren der beiden Weltkriege verloren gegangen sein. Das war seine Überzeugung.«

»Was geschah weiter?«

»Pongar legte Urkunden vor, mit denen er nachweisen konnte, dass das Maison de l'amitié schon seit Anfang 1900 im Besitz eines Advokaten gewesen war. Nach dessen Tod sei der Besitz durch die gesetzliche Erbfolge in die Hand der Ehefrau und ihrer Nachkommen übergegangen. – Natürlich hat sich Schwiegervater Michel damals anwaltlich beraten lassen. Und von diesem Anwalt erfuhr er, dass die Erbin sich wohl lange nicht für das Haus interessiert oder möglicherweise sogar erst spät von ihrem Besitz erfahren haben soll. Er ist dann aber wohl an einen Nachfahren vermacht worden, sodass irgendwann Iven Pongar der Nutznießer wurde.«

»Und die Dokumente waren echt?«

»Das schien so. Laut Aussage von Michels Anwalt bestand angeblich keine Handhabe, gegen Pongars Forderungen aufzubegehren. Wir wurden allerdings den Verdacht nicht los, dass unter den Anwälten eine Kungelei stattgefunden hat.«

»Nanu?«, fragte Marie. »Wer war denn der Anwalt der Gegenseite?«

»Das ist das Problem: Ein gewisser de Groussay. – Jean Baptiste de Groussay.«

»Den Namen habe ich schon einmal gehört.«

Florence war nun auf einmal sichtlich erregt. Sie erklärte jedoch nur vage:

»Er ist ein Mensch, der schon häufiger in Erscheinung getreten ist. So hat er damals Iven Pongar erfolgreich verteidigt, als der Leuchtturmwärter wegen des Tankerunglücks in die Schusslinie geraten war.«

»War der nicht auch dieser Pariser Politiker, der Ihren Schwiegervater Michel später in der Angelegenheit der AFO-Tankerhavarie in einem Brief über die Höhe der Entschädigungen in Kenntnis gesetzt hat?«

»Hat Fabien davon erzählt?«

»Es war doch am Todestag Ihres Schwiegervaters, oder?«

»Sie wissen schon eine ganze Menge aus unserer Familiengeschichte.« Florence erhob sich wieder, legte Korb und Messer zurecht und zog sich ihre dichten Arbeitshandschuhe an, die die Hände vor den dornigen Laubblättern der Pflanzen schützten. »Das stimmt. – Übrigens, mit diesem Anwalt hat auch Pierrick noch zu tun bekommen. Der ist nämlich dafür verantwortlich, dass Pierrick von seiner Tätigkeit als Gendarm entbunden worden ist.«

Florence drehte sich um und fügte nur kaum verständlich hinzu: »Pierrick hat durch ihn sogar seine sämtlichen Ruhegeldansprüche verloren.«

Hui, dachte Marie. *Jetzt wird mir klar, warum das Leben hier eher bescheiden ausfällt. Warum man zusehen muss, etwas Geld zu verdienen. Wobei das wohl vor allem auf Florence' Schultern ausgetragen wird. Und ... warum Fabi bei seinen Eltern wohnt. Sicher wird er sie finanziell unterstützen.*

»Ihr Mann Pierrick hat etwas über dieses Malheur angedeutet. Aber darüber wollte er ein andermal berichten. – Nun gut. Wir haben jetzt also drei – wenn auch nur sehr bescheidene – Anhaltspunkte: Zum einen ist da dieser Anwalt und jetzige Politiker, der in einer besonderen Beziehung zu Iven Pongar zu stehen scheint. Zum Zweiten gibt's da diese Frau, die vor etwa einhundert Jahren von ihrem verstorbenen Mann den Besitz geerbt hat. Wie hieß diese Frau doch gleich?«

Florence schüttelte ihren Kopf. »Tut mir leid. Ich erinnere mich nicht mehr an den Namen.«

»Schade. – Und zum Dritten: Wissen Sie etwas über den Vorfahr von Iven Pongar und darüber, warum dieser wohl von der Madame begünstigt worden ist?«

»Wir wissen nur, dass dieser *alte* Pongar, also der Großvater von Iven, ein Ingenieur aus dem Finistère gewesen sein muss.«

»Hm. – Dann noch eine letzte Frage, Florence: Hat Iven Pongar eine Frau oder gar Kinder, an die das Maison de l'amitié, also das jetzige *Castel du Grande Pongar,* irgendwann vererbt werden könnte?«

»Wir haben nur herausbekommen, dass Pongar kurze Zeit nach dem Tankerunglück in einer Beziehung zu einer Frau stand, die er bei den Säuberungsaktionen an unserer Küste kennengelernt haben muss. Wir haben aber nie wieder davon erfahren.«

Florence konzentrierte sich jetzt wieder auf ihre Arbeit und trennte erneut mit einem Messer Artischockenköpfe von den Stängeln. Während sie ihr Gemüse behutsam in den Korb legte, hakte Marie noch einmal nach:

»Und auch hier, bei seinem Haus … Da haben Sie nie jemanden gesehen? Da ist Ihnen nichts Ungewöhnliches aufgefallen?«

»Iven Pongar hat sich mit unserem ehemaligen Haus ziemlich abgeschottet. Er hat eine Mauer um seinen Besitz gezogen, zwei Seen angelegt, die den Zugang zum Haus zusätzlich erschweren und sich von der Meerseite einen Schiffsanleger geschaffen. Dafür hat er vor Jahren viele Sprengungen vorgenommen, über die sich Schwiegervater Michel immerzu maßlos aufgeregt hat.«

»Das heißt, Sie bekommen Pongar eigentlich nie zu Gesicht?«

»Selten. Wir bekommen kaum mit, ob er sich hier aufhält. Oder wen er anschleppt. Angeblich soll er überwiegend in seinem Leuchtturm zuhause sein. Da ist natürlich auch viel mehr los. Da kommen die Touristen hin. Da ist Leben. Dies hier …« Florence machte eine ausgreifende Handbewegung, »Dies hier muss für einen Iven Pongar doch die schrecklichste Einöde sein.«

»Dann hat er möglicherweise nur um des Besitzes willen hier sein zweites Nest errichtet? Oder kann er als Motiv gehabt haben, Ihrer Familie einfach nur schaden zu wollen?«

»Ich wüsste nicht, warum. Wir kennen uns im Grunde ja gar nicht. – Wer weiß, was er für die Zukunft hier beabsichtigt.«

»Wird er Ihnen weiter schaden können?« Maries Frage zielte auf den jetzigen Besitz von Pierrick und Florence, auf das Castel de Poul Suipo.

»Dieses Haus haben wir gekauft. Darüber gibt es auch einen korrekten Kaufvertrag.«

»Gibt es sonst nichts Nennenswertes, Florence?«

Florence hielt kurz mit ihrer Arbeit inne und schien in die Vergangenheit zurückzuschauen:

»Das einzig Verwunderliche ist und bleibt für mich nur eine Szene, die mir immer in Erinnerung bleiben wird. Ein bemerkenswertes Verhalten von Pongar. Es war damals, als wir aus unserem ehemaligen Haus raus mussten. Er stand Spalier, als wir unser Hab und Gut wegschafften.« Florence blinzelte eine Träne weg. Sie dachte an ihre Tochter Youma, die wenig später gestorben war. Jetzt schniefte sie: »Da hat er Schwiegervater Michel als *Bastard* beschimpft.«

Diese Information wirkte. Nach einer Denkpause fragte Marie:

»Und? Hat Ihr Schwiegervater dagegen nie aufbegehrt? Ich meine, in seiner Position als ehemaliger Bürgermeister hätte er doch sicher Möglichkeiten gehabt, oder?«

»Gegen Pongars mächtige Unterstützung im Hintergrund vermochte selbst ein ehemaliger Bürgermeister Michel Le Braz nichts auszurichten.«

Marie zog fragend die Augenbraue zusammen.

»Pongar konnte sich jederzeit Rückhalt von seinem Anwalt aus Paris holen. Ein sehr renommierter Anwalt. Von vielen gefürchtet. Schon damals.«

Marie ließ sich die Bemerkungen von Florence durch den Kopf gehen. »Was mich aber verwundert, ist dies: Konnte sich Pongar diesen Anwalt eigentlich leisten?«

Da zuckte Florence abweisend einmal mit den Schultern, bevor sie mit ihrer Arbeit fortfuhr: »Wir wissen nicht, wie sich Pongar diese Unterstützung erkauft hat«, brummelte sie nurmehr halblaut vor sich her. »Ist vielleicht auch besser so.«

Florence verstummte. Ihre Mimik machte deutlich, dass sie den Erinnerungen nichts mehr hinzufügen wollte.

13 Maison de l'amitié

In der Nacht zum Samstag. Marie fand zunächst keinen
Schlaf. Das Gesicht des Leuchtturmwärters Iven Pongar
schwirrte ihr im Kopf herum. Hier in der Nähe, bei seinem
ererbten Haus, hatte sie ihn noch nie gesehen. Auch aus der
Ferne nicht. Weder sein Pick-up noch sein Boot waren ihr
bisher aufgefallen. Nichts. Marie grübelte.

Wer ist nur dieser Pongar, der sich angeblich urplötzlich
für das Haus interessiert hatte? Und welche Rolle spielte der
Anwalt de Groussay? Inwiefern hatte Pierrick mit dieser
Person ein Problem und war sogar wegen ihr aus dem Poli-
zeidienst entlassen worden? Und bestand ein Zusammenhang
mit dem Tod von Pierricks Vater Michel? – Fragen über
Fragen. Ob Michels Tod auf Pongars Konto ging? War dem
ein Gewaltverbrechen zuzutrauen? Auszuschließen war es
sicher nicht. Pongar war jemand, mit dem gewiss nicht zu
spaßen war. – Marie seufzte. Sie hoffte darauf, vielleicht
übermorgen von Fabien Antworten zu bekommen, wenn sie
sich zu den Sept-Îles begeben würden. Diesmal möglichst
ohne Nebel.

Endlich schlief Marie ein. Sie träumte, dass sie sich in der
Nähe vom Haus zwischen den Felsen befand. Die Mauer
hatte sie irgendwie überwunden. Auch die kleinen von

121

Pongar angelegten Seen waren kein Hindernis gewesen. Marie schob einen Riegel beiseite, durch den die Eingangstür verschlossen gewesen war. In diesem Augenblick nahm sie ein Brausen wahr, untermalt vom Schluchzen einer Frau. Die Geräuschkulisse variierte zwischen Meeresrauschen und dem Tosen eines Sturms. Sie glaubte Frauengestalten wahrzunehmen. Gesichtslose Wesen, die in Form von Irrlichtern entschwanden, kleiner und kleiner wurden und sich schließlich im Nichts auflösten. Erschrocken schloss Marie die Tür wieder. Nun klang es nur noch wie ein Zischen und Summen, ein Schnarren und Brummen, bis die Töne immer leiser wurden und düster in der Ferne zu verhallen schienen. Gespenstisch wurde es, als Marie die Türe erneut öffnete und diesmal lediglich ein Murmeln wahrnahm, das ebenfalls nach einigen Momenten verebbte. *Youma komm herein,* hatte sie in dem Flüsterton zu erkennen geglaubt, als sie einen dunklen Flur betrat. Dann war Stille. Marie tappte einige Schritte weiter, bis sich eine Zimmertüre öffnete. Nur wenig später stand Marie in einem Raum, in dem die Möbel mit Laken verhüllt waren. Unbehagen empfand sie, als sie plötzlich spürte, dass sie nicht alleine war. Sie drehte sich um und sah Fabien. Fabien, der vor zwei Bildern stand und diese aufmerksam betrachtete. *Ich hab's,* hörte sie ihn sagen. *Ich habe die Lösung.* Fabien hob eines der beiden Bilder von der Wand. In diesem Moment krachte ein Schuss. Fast zeitgleich zerbarst eine Fensterscheibe. Mit dem Bild in der Hand glitt Fabien zu Boden. Da löste sich das Bild auf. Es zerfiel in unzählige kleine Puzzleteile, die wie von einem Meeresstrudel in die Tiefe gerissen wurden. Fabien schien ihnen zu folgen.

»Jonas! Nein! Pass auf! Halt dich fest!«, entfuhr es Marie, als sie verstört aufwachte. Sie brauchte einen Moment, bis ihr klar wurde, dass sie geträumt hatte. Ihr Herz schlug heftig. *Fabien. Jonas.* Die Namen geisterten durch ihren Kopf. Sie dachte an ihren verstorbenen Verlobten. Da war es wieder, ihr Trauma. Zudem kam ihr die bevorstehende Schifffahrt zu den Inseln in den Sinn. War der Traum ein schlechtes Omen?

Schweißgebadet stand Marie auf. Sie griff nach einer Taschenlampe und ging in Pierricks Büro. Die Bilder hingen noch an der Wand. Marie warf einen Blick aus dem Fenster. Es war nahezu dunkel. Nur in der Ferne flammten helle Lichtblitze eines Leuchtfeuers in regelmäßigen zeitlichen Abständen auf. Details waren nicht zu erkennen. Das Licht traf lediglich für Sekundenbruchteile auf eine milchig-weiße Nebelwand.

Marie legte sich wieder in ihr Bett. Sie schloss die Augen und stellte sich im Geiste die Küstenszenerie vor. Nebel über Pors Scaff. *Auch das noch*, ging ihr durch den Kopf, bevor sie endlich wegdämmerte.

Erster Juni. Der Samstag begann zunächst, wie der Freitagabend geendet hatte. Es war neblig. Doch die Nebelschleier lösten sich zügig auf, sodass sich Florence und Pierrick schon wenig später wieder zum Artischockenfeld begaben. Fabien hatte heute im Wassersportzentrum an der Plage de Trestraou zu viel zu tun. Eine Segel- und Surfschule führte Wettbewerbe durch, was zahlreiche Gäste und Zuschauer anziehen würde, die einer Betreuung bedurften. Er würde später in einem Gästezimmer des Office de Tourisme übernachten. Dort würde er Marie morgen beim Antritt ihrer Schiffsreise zu den Sept-Îles in Empfang nehmen. Pierrick hatte sich angeboten, den Gast mit dem Auto zur Plage des Trestraou zu bringen. Marie hatte die heutige Begleitung Fabiens ausgeschlagen mit den Worten: »Ich sollte mich besser vorsehen und bei dir nicht zu viel Verlangen und Begierde wecken. Das wäre deiner Arbeit gewiss zu abträglich.« Fabien hatte diese Anspielung verstanden, mit der sich Marie auf den gestrigen Abend bezogen hatte. Da hatte er sie nämlich nur noch kurz gesehen, während sie gemeinsam bei Tisch die Artischocken-Creme-Suppe gelöffelt hatten. »Wie äußert sich die erotische Wirkung dieses Aphrodisiakums?« hatte Marie wie nebenbei gefragt. Sie hatte sich innerlich köstlich über Fabiens irritierten Blick amüsiert. Doch schnell hatte er ihr Necken durchschaut und schlagfertig gekontert: »Nach dem Konsum von Artischocken werde ich heiß wie ein Vulkan. Du solltest dich vorsehen.« Sie gab also acht und ließ ihn heute alleine reisen. »Bei unserer morgigen Schifffahrt zu den Inseln werde ich mich auf engstem Raum deinem Begehren wohl kaum entziehen können«, hatte sie ihm zum Abschied mit auf den Weg gegeben. »Pass nur auf, dass du dann nicht baden gehst, so wie ich vor Wochen. Das könnte zu ungewollten Abkühlungen führen«, hatte sie ein wenig spottend hinzugefügt.

Es war Marie gelungen, die Gespenster des nächtlichen Traums zu vertreiben. Mehr noch: Das Erleben während des Schlafs hatte sie ermuntert, sich zu neuen Nachforschungen aufzumachen. Sie wollte es wagen, das ehemalige Maison de l'amitié etwas näher zu erkunden. Sie hatte sich zunächst dem Haus von der Westseite genähert. Dazu war es notwendig, das bei Ebbe begehbare so stark zerklüftete felsige Gebiet am Fuße des großen Schlundes Le Gouffre zu bewältigen.

Ein Brodeln, Gluckern und Zischen begleitete Marie bei ihrer Kletterei zwischen den Felsspalten. Es erinnerte sie stark an ihren nächtlichen Traum. Das schroffe Gestein hatte kaum eine ebene Oberfläche, sodass es für Marie schwierig war, einen festen Stand zu finden. Sie strauchelte sogar ein paarmal. Und sie ahnte, dass sie den Halt verlieren würde, wenn die Wellen über den riffähnlichen Untergrund spülen würden. Prompt machte sie einen Fehltritt und landete mit einem Fuß in einer mit Meerwasser gefüllten Mulde zwischen den Felsbrocken. Schuhe, Socken und Füße und auch der untere Rand ihrer Hosenbeine waren durchnässt. *Heute hätte ich Pongars Gummistiefel gut gebrauchen können*, ging ihr durch den

Kopf. Dabei fiel ihr ein, dass sich die Kleidung, die sie damals von dem Leuchtturmwärter *geborgen* hatte, noch irgendwo im Castel de Poul Stripo befinden musste. – Marie merkte, dass sie hier kaum zum Ziel kommen konnte. Jetzt näherten sich immer mal wieder auch größere Wellen, die mit ziemlicher Kraft nicht nur bis an das Gestein rollten, sondern oftmals auch darüber hinaus schossen. Sie kam nicht weiter voran. Denn plötzlich tat sich eine breite Kluft auf, die auch nicht zu umgehen war. Marie schaute hinüber zum Haus. Es kam ihr vor, als ob sich Wasser und Gestein dagegen wehrten, dass sie dem jetzigen Castel du Grande Pongar zu nahe käme.

Marie änderte ihr Vorgehen. Als sie wieder einen gut begehbaren Weg erreicht und sich von dem inzwischen nasskalten Schuhwerk getrennt hatte, lief sie zunächst bis zur Nordspitze der Küste, der Pointe du Château. Nun hielt sie von der östlichen Seite auf das Gebiet um das Haus zwischen den Felsen zu. Bei der äußeren Begrenzungsmauer gelangte sie an einen Verschlag. Wenig vertrauenserweckend war dieser Schuppen, der aus der Ferne nirgendwo zu entdecken gewesen war. Reifenspuren führten bis an diese Hütte, in der etliche Kübel, Schaufeln, metallene Schieber und zahlreiches Kleinwerkzeug gelagert waren. Meist überzogen mit eingetrockneter Ölkruste, soweit Marie das mit einem Blick durch eine kleine Öffnung beurteilen konnte. – *Privé! Entrer interdit!* Ein Schild hielt sie davon ab, in das Häuschen einzudringen. Auch das durch einen Riegel mit einem Vorhängeschloss gesicherte Tor verwehrte ihr den Zutritt. Dennoch konnte sie nicht umhin, an dem Tor zu rütteln. Ihr Herz schlug dabei rasch vor Aufregung. Doch nicht genug: Ihr Puls schnellte in die Höhe, als sich jemand hinter ihr räusperte. Marie erschrak heftig und fuhr herum.

»Was machen Sie da?«, fragte ein bärtiger in Anglermontur gekleideter Mann barsch. Er trug eine auffällig karierte

Schiebermütze mit der ungewöhnlichen Aufschrift *Porth an Navas – Cornwall.*

Auch wenn er in französischer Sprache mit einem Akzent gesprochen hatte, so verstand Marie ihn sehr wohl. Unter seinen buschigen Augenbrauen lagen seine Augen im Schatten. Dennoch spürte sie einen unruhigen feindseligen Blick. In der ihr immer noch viel zu fremden Sprache begann sie zu stottern und gab zu verstehen, dass sie eine Toilette suche. Der Mann blickte sich um, verschränkte die Arme vor der Brust und bemerkte, dass sich hier wohl kaum eine geeignete Gelegenheit befände, die Notdurft zu verrichten. »Sie sollten es *dort* versuchen.« Kurz wies er mit dem leicht erhobenen Zeigefinger seiner rechten Hand auf das Anwesen zwischen den Felsen.

»Mein Klopfen war vergebens. Scheint niemand zuhause zu sein«, gab Marie vor. »Kennen Sie den Bewohner? Könnte er in der Nähe sein?«, fragte sie.

»Kennen?«, echote der Angler. »Den alten Pongar kennt wohl niemand wirklich. Sie sollten sich vorsehen, der ist ganz scharf auf weiblichen Besuch.«

»Wie? … Wie meinen Sie das?«

»Ach, nur so.« Kurz drehte sich der Fremde in die Richtung, aus der er erschienen war, dann wandte er sich wieder Marie zu. »Ich angele häufiger bei der Pointe du Château. Da kriegt man manches Mal schon auch was mit. Zum Beispiel habe ich auch Sie gesehen und bin Ihnen gefolgt. War eben ein bisschen neugierig. Pardon. Wohl etwas *zu* neugierig.«

»Neugierig?«

»Ich dachte mir eben, Sie wären eine von den Neuen.«

»Von den Neuen?« Marie zeigte sich begriffsstutzig.

»Dachte, Sie wären eine von den hübschen Bräuten, die der Pongar hier gelegentlich anschleppt.«

»So? – Ich hatte den Eindruck, das Haus wäre ziemlich verlassen.«

»Stimmt. Pongar ist auch nicht oft hier. Nur wenn er besonders zahlungskräftige Kundschaft hat.«

»Das … Das ist also ein besonderes Etablissement?«

»Etablissement – ja, so kann man es vielleicht nennen. Pongar bringt immer mal wieder eine Braut vorbei, wenn er *spezielle* Gäste erwartet. Meist Männerbesuch, soweit ich weiß.«

»Also Männer mit viel Geld.«

»Man sieht's ja an den Schiffen, die hier festmachen.« Der Angler wies mit einem Kopfnicken zu einem Schiffsanleger. Er machte ein paar Schritte in die Richtung einer Rampe, was Marie für einen kurzen Moment gedanklich ablenkte. Sie hatte nämlich beim Laufen des Fremden die Fehlstellung seines linken Fußes wahrgenommen. *Hüftprobleme*, dachte sie. *Wie bei meiner Mutter.*

»Da steckt Kapital drin«, meinte der Angler, was Maries Aufmerksamkeit wieder auf das ehemalige Maison de l'amitié lenkte.

»Aber, was rede ich. Sie sind nicht von hier. Stimmt's?«

»Nein, ich stamme aus Deutschland. Ich war an der Côte de Granit Rose. Auf Empfehlung bin ich mit einem Bus nach Plougouskant gefahren, wollte etwas wandern, und da habe ich mich mal hierhin gewagt und … und dabei wohl etwas verirrt.« Marie blickte zu Boden. Sie schämte sich ein wenig für ihre Schwindelei.

»Kann passieren, wenn man eine Toilette sucht.« Der ironische Unterton war nicht zu überhören. Doch dann wurde der Mann wieder sachlich: »Ich stamme übrigens auch nicht von hier. Bin gebürtiger Engländer. Betreibe in Cornwall eine Austernzucht.«

Mit einem Kopfnicken wies er in die Richtung, wo irgendwo jenseits des Ärmelkanals die Südküste Englands anzunehmen war.

»My name is David Daudet«, wechselte er nun ins Englische und gab Marie zu verstehen, dass er sich schon eine

gewisse Zeit jenseits der Pointe du Château im Mündungs-
trichter des Flusses Jaudy bei einem hiesigen Austernzucht-
betrieb aufhalte, mit dessen Besitzer er Geschäftsbezie-
hungen pflege. Dann verabschiedete er sich:

»Geben Sie auf sich Acht, Madame! – Kenavo!«

Diesen bretonischen Abschiedsgruß kannte Marie inzwischen. Aber sie erwiderte den Gruß in französischer Sprache: »Au revoir!« Und leise murmelnd fügte sie hinzu:
»Goodbye, Mister! – Bye bye!«

Der Angler tippte mit zwei Fingern an seine Mütze und
stapfte davon.

Marie blickte dem Engländer hinterher. *Mannomannomann!*
Ungläubig schüttelte sie den Kopf. *Dieser Iven Pongar. Und
keiner meiner Gastgeber soll von seinem Treiben etwas bemerkt haben?*

»In was für einen Fall bin ich hier nur geraten?«, sprach sie
seufzend zu sich selbst, als sie den Weg zurück nach Pors
Scaff nahm. Für einen Moment – aber tatsächlich auch nur
für einen ganz kurzen Augenblick – wünschte sie, nicht noch
mehr dunklen Geheimnissen auf die Spur zu kommen.

14 *Echte* Freunde?

Wenige Stunden später platzierte Marie eine Tasse dampfenden Teewassers auf der Fensterbank der Wohnstube. Sie hielt einen Teebeutel in das Wasser. Dabei blickte sie abwechselnd auf die Tasse und zum Fenster hinaus. Draußen war es dunkel, und so nahm sie ihr Spiegelbild in der Fensterscheibe wahr. In Gedanken begann sie, ein Gespräch zu rekapitulieren, das sie am Nachmittag mit Florence und Pierrick geführt hatte. Ja, sie hatte Florence einmal *nicht* bei der Arbeit angetroffen oder – gewissermaßen doch? Denn sie war einer Handarbeit nachgegangen. Beim Stricken war Florence ungewöhnlich auskunftsfreudig gewesen, als Marie sie nach den Ereignissen im Jahr 1993 befragt hatte; insbesondere zu den Vorgängen, nachdem Pierrick seinen toten Vater entdeckt hatte. Und Pierrick, der in einer Zeitungslektüre vertieft war, hatte den Rückblick ergänzt.

»Ich meine mich zu erinnern«, sagte Florence, »dass wir die Garderobe gewechselt hatten, nachdem Pierrick mich damals von der Arbeit abgeholt hatte. Ich war in die Kochstube gegangen, und Pierrick hatte – eher zufällig – aus dem Fenster geblickt. Dabei hatte er in der Nähe der Felsen eine ungewöhnliche … Formation, irgendeinen Haufen, wahrgenommen. Um dieses seltsame Gebilde genauer in Augenschein nehmen zu können, lief er hinüber zum Roc'h Hudour, wo er seinen Vater entdeckte. Er stellte fest, dass Michel nicht mehr lebte. Aufgebracht kam er zurück zum Haus, rief mir zu, dass er meine Hilfe benötige. Er war panisch, fast kopflos und lamentierte, dass er Michel erschossen vorgefunden habe. Ich folgte ihm zum Felsen und musste ebenfalls erkennen, dass jede Hilfe zu spät kam. Und dann … ja dann war schnelles Handeln angesagt. Denn die Flut drohte alsbald aufzulaufen und hätte Schwiegervater und alle Spuren weggeschwemmt. Und aus der bedrohten Zone durften wir ihn ja nicht so ohne weiteres wegschaffen. Das hätte der Polizei ihre Ermittlungsarbeit zu sehr beeinflusst, wenn nicht gar unmöglich gemacht – so dachten wir … Ich glaube, ich war etwas weniger emotionalisiert als Pierrick. Jedenfalls entschied ich, dass er bei seinem Vater bleiben sollte, während ich in aller Eile nach Plougouskant fuhr, um Polizei und Arzt zu holen. In der Situation habe ich übrigens zum ersten Mal ein Telefon vermisst …«

»… das Vater Michel einige Jahre zuvor abgeschafft hat, weil er sich durch Anrufe belästigt gefühlt hatte«, murmelte Pierrick.

»Wer hat ihn belästigt?«, fragte Marie, doch Pierrick winkte nur ab: »Er mochte einfach nicht telefonieren. Und wir haben uns gefügt. Kabel für ein Telefon-Festnetz und Internet legen zu lassen ist uns inzwischen auch viel zu teuer. Und mobiles Telefon … dafür ist der Empfang – wie Sie wissen – allzu schlecht. Die Betreiber scheinen immer noch kein unternehmerisches Interesse am Ausbau des Netzes zu haben.

»Ja, jedenfalls nahm dann alles weitere seinen Lauf«, fuhr Florence mit ihrer Beschreibung fort.

»Die Gendarmen, die zu uns geschickt worden waren, kamen aus einem anderen Bezirk, weil man nicht Pierricks Kollegen aus Plougouskant mit der Angelegenheit betrauen wollte. Etwas später waren auch Beamte der Spurensicherung und ein Gerichtsarzt erschienen. Doch deren Anwesenheit war nur von kurzer Dauer gewesen. Der Arzt hatte Schwiegervater nur kurz in Augenschein genommen und war alsbald mit der Leiche und zwei Sanitätern im Krankenwagen zur Pathologie gefahren. Derweil wurden wir von den Gendarmen befragt.«

»Und das war wirklich der Hohn«, bemerkte Pierrick. »Die Kollegen waren schlecht gelaunt – vielleicht, weil sie hier nun ihren Dienst verrichten sollten, vielleicht, weil sie jetzt Berichte schreiben mussten, anstatt sich einen schönen Feierabend gönnen zu können – ich weiß es nicht. Ihr Verhör war eine reine Routinebefragung. Die Frage nach unseren Alibis, ob Vater Michel Feinde hatte, ob es Drohungen gegeben habe, ob er Schulden habe, ob er depressiv gewesen sei, ob im Haus Einbruchsspuren vorhanden seien und dergleichen. – Nein, es hatte keinen Einbruch gegeben. Und die Haustürschlüssel hatte Vater in einer seiner Taschen gehabt, als ich ihn fand. – In unserem Arbeitszimmer blätterten die Beamten dann unmotiviert und willkürlich in Büro-Unterlagen herum. Sie fanden nichts Belastendes, nichts Auffälliges. Wie auch? Wir selbst haben nichts vermisst. Es wurde auch kein Abschiedsbrief von Vater entdeckt … – Dann ließen sie uns fast grußlos zurück. Sie hatten nichts konfisziert. Nur die Spurensicherung hatte die Waffe und die Akten von den Tankerkatastrophen, die Vater bei sich getragen hatte, an sich genommen. Die enttäuschenden Mitteilungen in dem Brief des Ministers aus Paris wurden sogar als Indiz für Vaters angeblichen Selbstmord gewertet. – Nun denn, wenn es im Nachhinein noch irgendetwas zu entdecken gegeben hätte … Die auflaufende Flut hatte schon wenig später alle eventuell noch vorhandenen Hinweise oder Beweise vernichtet.«

Auf Maries Frage, woher die Beamten gekommen seien, antwortete Florence mit einem tiefen Seufzer: »Aus Perroz-Gireg.«

Das ist doch da, wo Fabi jetzt seinen Dienst versieht, wo er sein Praktikum absolviert, überlegte Marie. *Ob der da was im Schilde führt?,* folgerte sie. Sie musste ihn unbedingt danach fragen. Ihre Gedankengänge fanden aber ein Ende, als Pierrick abschließend darlegte, dass er selbst schon einen Tag später wegen vermeintlicher »Interessenskonflikte« vorläufig vom Dienst suspendiert worden sei. Und dass die für Mord- und Totschlag zuständigen Kriminalisten nur kurz involviert gewesen waren, weil die Aufnahme weiterer Ermittlungen nach der Autopsie des Arztes auf Anweisung eines Untersuchungsrichters von der Staatsanwaltschaft untersagt worden war.

»Vielleicht lag's ja auch an dem neuen Staatsanwalt, der nur wenig Engagement zeigte. Jung und unerfahren oder auch zu autoritätshörig. Leider war sein viel hartnäckiger und unbeirrbarer Vorgänger kurz zuvor befördert worden«, mutmaßte Florence.

»Jedenfalls meinte man, dass alle Indizien dafür sprächen, dass sich Vater selbst das Leben genommen habe. Wie gesagt, es wurden keine weiteren Untersuchungen eingeleitet, die die Eigentötungsvermutung hätten infrage stellen können.«

»In welchem Zustand hatten Sie Ihren Vater gefunden?«, fragte Marie, und Pierrick erinnerte sich:

»Die Kleidung war kaum ruiniert, nur die Hose ein wenig sandig und durchnässt. Ich hatte ihn an den Fels gelehnt vorgefunden. Es hatte – soweit für mich ersichtlich – keine äußere Gewalteinwirkung gegeben; abgesehen natürlich von der Schusswunde an der rechten Schläfe. Seine Gesichtszüge ließen nicht erkennen, was er im Moment seines Ablebens gefühlt haben mag. Seine Augen waren weit aufgerissen, kündeten aber weder von Erstaunen noch von Entsetzen oder Angst. Der Blick war … leer. – Geld war ihm nicht genommen worden; zumindest hatte er einige Münzen in seiner Tasche. Er hatte auch seine Brille dabei gehabt. Sie war ihm aber wohl von der Nase gerutscht und an einem Kleidungsstück hängengeblieben.«

»Die Waffe?«

»Hielt er noch in seiner rechten Hand. Beides wie auf dem Schoß abgelegt. Tatsächlich nicht untypisch für jemanden, der sich selbst …«

Marie verstand. Das konnte Pierrick Le Braz aufgrund seiner Erfahrung sicher beurteilen. Sie hatte seine Ausführungen unterbrochen. »Hatte er ein Auto, das ihm vielleicht entwendet worden war?«

»Wie gesagt, wir haben nichts vermisst. Unser Boot lag ordnungsgemäß an seinem Platz. Das Auto hatte *ich* in Gebrauch. Vater Michel fuhr schon eine Weile nicht mehr selbst.«

»Wenn es einen Mörder gegeben haben sollte, wie kann er hergekommen sein? Mit einem Fahrzeug? Einem Auto oder einem Schiff?«

»Riskant. Er kann ja kaum gewusst haben, dass er Michel hier in seinem Felsenreich würde antreffen können. Und zu Fuß? Das hätte doch höchstens eine Zufallsbegegnung sein können. Es sei denn …«

»Es sei denn?«

»Es sei denn, der- oder diejenige hätte sich schon eine Weile – oder sogar auch häufiger – hier herumgetrieben, die Gegebenheiten beobachtet und einen geeigneten Moment abgewartet.«

»Das wäre dann aber auf jeden Fall eine vorsätzliche Tat gewesen. Dann dürfte auch der Mörder die Waffe mitgebracht haben.«

»Das meine ich auch. Vaters Waffe war es gewiss nicht. Zumindest haben wir sie nie zuvor bei uns gesehen.«

»Und Fabien? Was war mit ihm zu jener Zeit? Hatte er irgendwas von den Vorgängen …«

Florence fiel Marie etwas zu brüsk ins Wort, während sie gleichzeitig mit Pierrick einen stummen, warnenden Blick tauschte: »Fabien war damals doch erst fünf.«

»Und … Sie haben doch schon Loan kennengelernt. Loan und Fabien sind ungefähr gleichaltrig. Loans Eltern hatten sich damals – eine Zeitlang *vor* dem Vorkommnis – sporadisch um Fabien … Aber das war Vater irgendwann gar nicht mehr recht gewesen, und so hatte er es sich zur Aufgabe gemacht, *sich selbst* in Zeiten unserer Abwesenheit um Fabien zu kümmern, aber …« Pierrick wurde von Florence in seinem Erklärungsansatz unterbrochen:

»Damals gab es in der Bretagne für junge Eltern eine Reihe von Bildungsgutscheinen. Es war eine glückliche Fügung, dass Fabien zu dem Zeitpunkt …«

»übrigens zusammen mit Loan …«

»… an einer Kinderfreizeitmaßnahme zur Île de Brehat unterwegs gewesen war. Er hat von all den Vorfällen nichts mitbekommen.«

»Hm. – Was geschah weiter?«

»Wir wurden aufgefordert, Vater Michel zügig zu bestatten.«

»Ein Begräbnis?«, fragte Marie. Aber Pierrick schüttelte den Kopf:

»Vaters Wunsch war es immer schon gewesen, dass seine Asche eines Tages dem Meer überantwortet werden sollte.«

»Sicher gab es zahlreiche Trauergäste? Welche Meinung herrschte denn bei denen vor? Gab es kritische Bemerkungen zur Ermittlungsarbeit der Polizei?«

Wieder schüttelte Pierrick den Kopf. Diesmal war seiner Antwort ein gewisses Maß an Verbitterung nicht zu überhören:

»Nachdem Vater 1986 sein Amt an seinen Nachfolger abgetreten hatte, war das öffentliche Interesse an ihm deutlich abgeflaut. Es gab nur wenige unbedeutende kurze Meldungen durch die Presse. Niemand wollte mehr etwas mit einem

Selbstmörder zu tun haben. Ja, falls Mord und Totschlag offensichtlich gewesen wären, dann hätten die Zeitungen bestimmt versucht, aus der Sensation Kapital zu schlagen. Oder wenn Vater nicht parteilos gewesen wäre. Dann hätte der politische Gegner … Aber bei einem Selbstmord? Eine solche menschliche Schwäche ist doch für Niemanden von Belang. Die verdrängt man, damit man sein eigenes Verhalten nicht infrage stellen muss. Das gilt vor allem für die Zeitungsmenschen. – Aber das wissen Sie doch sicher am besten, Marie. – Nein, es interessierte sich niemand mehr für Vater … und auch nicht für uns.«

Die Wahrheit. Als Journalistin muss Ihr moralischer Kompass doch die Wahrheit sein. Dieser mahnende kürzlich von Pierrick schon einmal geäußerte Satz wurde Marie in diesem Moment wieder bewusst. Aber sie nahm den Appell lediglich achselzuckend hin.

»Das war unerhört«, kommentierte Florence. »Über so viele Jahre war Schwiegervater in der Bevölkerung anerkannt, und dann verwehrte man ihm sogar das letzte Geleit.«

»Und, wie gesagt, *nicht nur ihn* bestrafte man mit dieser Ignoranz. *Auch wir* wurden in der Folge wie Aussätzige behandelt. Als ich nach einer gewissen Zeit meine Arbeit wieder aufnehmen durfte, bekam ich nur Ablehnung zu spüren. Gespräche verstummten, wenn ich erschien. Man wandte sich ab, oder man ging mir aus dem Weg.«

»Und Pierrick begann, dagegen aufzubegehren«, flocht Florence ein. »Was alles nur noch schlimmer machte. Schon bald wurde der Whisky sein bester Freund.« Sie stieß einen Seufzer aus, während sie ein Knäuel Strickgarn und das halbfertige Produkt, das einmal eine Socke werden sollte, beiseitelegte, aufstand und in der Küche verschwand. Für sie war das Gespräch mit diesem Vorwurf beendet, denn sie wusste, dass Pierrick es hasste, wenn sie ihn an diese Phase des Alkoholmissbrauchs erinnerte.

»Aber – dank meiner Frau Florence – bin ich nicht zugrunde gegangen«, erwiderte Pierrick mit einer Spur Ironie. »Die Zeit heilte die Wunden etwas. Ich habe mich politisch betätigt und mir dabei die Achtung der Anderen zurückerobert, bis … bis ich einen neuen Tiefpunkt erlitt. Bis man mich endgültig aus dem Verkehr zog, weil ich wohl etwas *zu* aufsässig geworden war. Das war …«

Pierrick brach seine Ausführungen ab. Er war offensichtlich auch heute nicht gewillt, über die Zeit danach zu reden.

»Das ist es Marie. Jetzt können Sie vielleicht besser erahnen, warum es mir ein so großes Anliegen ist, die Wahrheit über die damaligen Vorkommnisse zu erfahren. Ich kann die Vergangenheit nicht einfach ruhen lassen. Sonst wird meine Resignation endgültig sein.«

Noch immer vor dem Fenster sitzend und sinnierend trank Marie ihren Tee. Immer mehr sah sie die Notwendigkeit, noch tiefer in der Geschichte der Familie Le Braz zu graben. *Der Whisky wurde sein bester Freund.* Das kannte sie. Mit ihrem Vater hatte sie Vergleichbares erlebt, bis die Ehe der Eltern unumstößlich zerstört und das Familienleben zerrüttet war. *Ich muss weiter ermitteln,* dachte sie, *obwohl … Jetzt könnte ein notorisch skrupelloser, entschlossener und beharrlich nachschnüffelnder Ronny Busshart möglicherweise viel besser helfen,* ging es ihr durch den Kopf. *Leider gehöre ich nicht zu den Vertretern des investigativen Journalismus, des unermüdlichen Aufspürens skandalträchtiger Vorgänge. Ich bin doch bloß …* – Sie dachte an ihre Arbeit. An die Fototermine. An die Veranstaltungen, die sie zu besuchen und über die sie zu berichten hatte. Und nicht zuletzt an die vielen banalen Interviews, die sie bisher in der ihr speziell zugewiesenen Region mit Menschen des öffentlichen Lebens geführt hatte. Meist nach der Devise: Nur nicht anecken. Und jetzt saß sie hier in einem Schlamassel …

Ihr nächster Gedanke galt der Begegnung mit dem Angler am Vormittag. *Welche Rolle spielte Iven Pongar in dieser Geschichte?*

Und dieser Pariser Anwalt? – Ihre Gedanken begannen sich im Kreis zu drehen.

Sie erhob sich, begab sich in die Küche, um ihre Teetasse abzuspülen. – Was sie bisher in Erfahrung gebracht hatte, war vor allem, dass die Familie Le Braz scheinbar nicht allzu viele *echte* Freunde hatte. Womöglich gab es nicht einen einzigen. Marie kannte das aus eigener Erfahrung. *Als ich damals nach dem Unfall einen gebraucht habe ...* – Sie brach ihren Rückblick ab und besann sich wieder auf die Familie Le Braz. Kein Wunder, dass man sie mit offenen Armen aufgenommen hatte und sich jetzt auf sie fixierte.

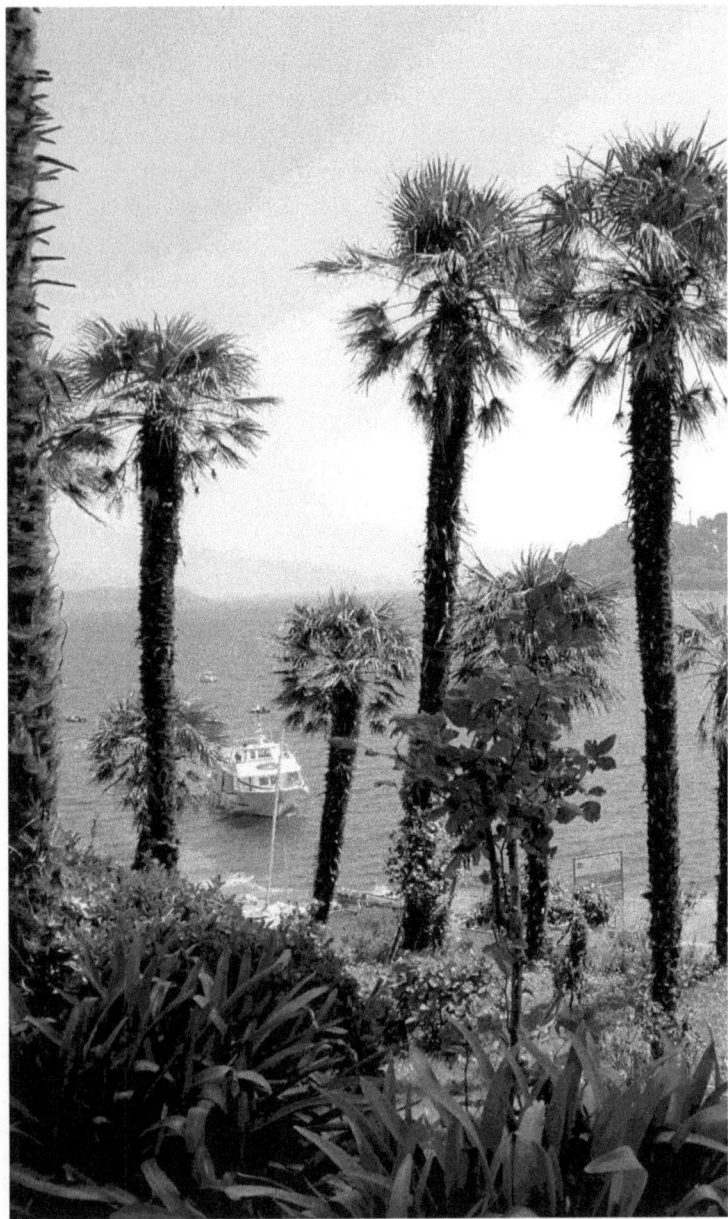

15 Zu den sieben Inseln

Es war fast so wie vor zwei Wochen bei Maries erstem Versuch, mit dem Ausflugsschiff zu den Sept-Îles zu gelangen. Der Kapitän des *Papageientauchers* beschrieb die Besonderheiten, als man an der Côte de Granit Rose vorbeischipperte. »Durch Glimmer, Feldspat und Quarz bekommt der Granit seine Färbung«, erklärte er. Die zahlreichen mitreisenden Touristen hielten ihre Kameras im Anschlag. Mit zum Teil riesigen Teleobjektiven wurde das richtige Motiv in den Felsformationen anvisiert. Dann wurden nahezu pausenlos die Auslöser bedient.

Aber etwas unterschied sich von der damaligen Situation. Am *heutigen* Sonntag war es erheblich wärmer. Und Marie hatte sich getraut, deutlich luftigere Kleidung zu tragen. Sie genoss es, von Fabien im Arm gehalten zu werden, während sie beide – im Gegensatz zu den meisten anderen Reisenden – vom Oberdeck auf das Meer hinausschauten. Noch war die Sicht klar. Die Konturen der Sieben Inseln am Horizont gut erkennbar. Irgendwann veränderte der Kapitän die Fahrtrichtung, und das Schiff drehte nach Steuerbord ab. Nun hielt es geradewegs auf die Vogelinsel *Riouzig* zu. Auch Marie und Fabien wechselten die Position. Sie begaben sich auf das Vorderdeck, von wo sie einen guten Blick auf die Insel hatten, die aussah, als sei sie bis zur Hälfte von Schnee bedeckt.

Tatsächlich wurde dieser Eindruck nur durch die unzähligen Basstölpel erweckt. An die zwanzigtausend Brutpaare hätten auf dieser Insel ihr Zuhause, erfuhren Marie und Fabien durch die Erklärungen des Kapitäns. Noch waren die Vögel, die sich mit ihrer Spannweite von zwei Metern aus über dreißig Metern Höhe in die Fluten stürzten, längst nicht im Detail zu erkennen. »Auf der Insel brüten auch noch die Papageientaucher mit ihren bunten Schnäbeln, Austernfischer, Krähenscharben und Trottellummen«, wurde den Ausflüglern schon jetzt mitgeteilt.

Der Bug des Schiffes durchschnitt die im Sonnenlicht glitzernden Wellen. Es war herrlich. Und so romantisch. So sollte es am besten nie enden. Nach den gestrigen eher betrüblichen Gesprächen, Informationen und Begegnungen träumte Marie genießerisch, während sie Fabiens Körperwärme hinter sich spürte ... Doch dieses beschauliche und wohlige Empfinden nahm ein jähes Ende.

Der *Papageientaucher* kreuzte die Route eines historischen Langustenfischerbootes. Zwei riesige rostbraune Segel waren am Hauptmast hochgezogen. Vorneweg ein weißes Dreiecksegel. Und am hinteren Mast war ein weiteres Segel befestigt. Das Boot nahm mächtig Fahrt auf.

Die Ausflügler waren von dem nostalgischen Fotomotiv begeistert. Nur Marie konnte diesem Segelboot wenig Freude abgewinnen. Zu sehr ähnelte es dem Schiff von Iven Pongar. Und düstere Erinnerungen stiegen in ihrem Gedächtnis auf. Mit einem Male war die gute Stimmung verdorben. Vorbei auch ihr Wunsch, mit Fabien ein wenig mehr zu flirten. Die Realität hatte sie wieder. Und Marie ließ sich fatalerweise dazu hinreißen, ein Thema anzuschneiden, dass auch Fabiens gute Laune mit einem Schlag zunichtemachte.

»Was treibt Iven Pongar eigentlich in eurem ehemaligen Haus?« Marie legte ihren Kopf in den Nacken, sodass sie Fabien in die Augen schauen konnte, der sich halb über sie gebeugt hatte.

»Ich weiß nicht. Was meinst du?« Sein Gesichtsausdruck verfinsterte sich. Jetzt war er kurz angebunden. »Keine Ahnung, tut mir leid.« Schon wich er Maries Blick aus und schaute wieder in die Ferne.

Marie wand sich aus seiner zärtlichen Umarmung und schaute ihn ernst an: »Fabi, sag es mir: Betreibt er dort … so etwas wie ein Edelbordell?«

Fabien gab sich zuerst den Anschein, als verstünde er nicht richtig. »Wie kommst du darauf?«, antwortete er schließlich mit einer Gegenfrage.

»Du weißt mehr, als du sagst, Fabi. Du bist bei der Gendarmerie. Du weißt, was sich in Pongars Castel und auch im Leuchtturm abspielt. Du weißt, dass Pongar unerlaubt auf Robbenjagd geht. Du weißt, dass er durch seine Sprengungen in einem Naturschutzgebiet erhebliche Eingriffe in die Natur vorgenommen hat. Vielleicht ist dir sogar noch mehr darüber bekannt, was er auf dem Kerbholz hat. Warum unternehmt ihr nichts gegen ihn?«

Fabien kratzte sich nachdenklich am Kinn. »Marie, du stellst die Frage nicht korrekt. Du fragst, warum *wir* nichts gegen ihn unternehmen. Die richtige Frage ist, warum die Beamten der Gendarmerie, vor allem aber die Zuständigen, die Kriminalpolizei und die Verantwortlichen in der Politik und sogar in den Reihen der Justiz immerzu wegsehen. Ich bin nur ein Praktikant und muss mich vorsehen, nicht in irgendwelche Wespennester zu treten. Meine Kollegen in der Gendarmerie sind wie eine Herde. Eine Herde, die zusammenhält. Da wird selbst einem Praktikanten schnell klargemacht, dass er noch nicht dazugehört, dass er Außenseiter ist, dass er sich erst anzupassen hat.«

»Und das heißt?«

»Iven Pongar ist ein Teil dieser Kommune, der hier offensichtlich uneingeschränkt akzeptiert wird. Wenn ein Gendarm auf den Gedanken käme, ohne Befugnis gegen diesen Mann aktiv zu werden, sollte er sich bewusst sein, dass er …

Das kann sehr persönliche Konsequenzen haben. Man muss wissen, wann man dem Buchstaben des Gesetzes folgt, oder wann es an der Zeit ist, wegzusehen.«

»Und da willst du Gendarm werden?«

»Um das herauszufinden, deshalb absolviere ich dieses Praktikum.«

Er nahm Marie bei der Hand und führte sie zur offenen Reling. Dort setzten sie sich nebeneinander auf eine Bank. Fabien lehnte sich zurück und verschränkte die Arme hinter seinem Kopf, als er zu erklären begann: »Für Bretonen – und insbesondere für meine Kollegen – ist *Paris* der Gegner. Da halten alle zusammen. Hier reibt man sich nicht gegeneinander auf, indem man sich zu sehr mit dem Fehlverhalten der Einheimischen oder des Einzelnen befasst.«

»Das glaubst du doch selbst nicht. Denke doch nur daran, wie man mit deinem Großvater und deinem Vater umgegangen ist. Und außerdem …« Marie schaute ihn jetzt entsetzt an. »Was du sagst, bedeutet doch, dass ihr das Illegale deckt, sogar das moralisch Verwerfliche! Nur, weil ihr mit den Hauptstädtern einen gemeinsamen Gegner habt? – Fabi, ich fasse es nicht. Das ist mir unbegreiflich!« Maries Empörung war grenzenlos. Und es fiel ihr nicht leicht, diesen Unmut nicht gegen Fabien persönlich zu richten.

Fabien wechselte die Stellung, neigte seinen Oberkörper vor und rieb sich die Hände. »Sieh nur, Marie, ich bin doch selbst ein Leidtragender.«

Etwas an Fabiens Ton verriet, dass es zu dieser Bemerkung noch mehr zu sagen gäbe. Marie gewährte ihm eine kurze Denkpause. Dann begann er etwas zu offenbaren, wobei er immer wieder ins Stocken geriet: »Es war … vor einigen Monaten, als Pongar meine … Es war Cécile aus Nantes … Er hat sie mir ausgespannt.«

»Cécile?« Ein angedeutetes Lächeln zeigte sich kurz in Maries Mimik. »Eine Freundin?«

Fabien machte eine Geste, als suchte er nach den richtigen Worten. Da hakte Marie nach:

»Du hast sie geliebt, stimmt's?«

Er blieb ihr weiterhin eine eindeutige Antwort schuldig.

»Es war im letzten Herbst ... Beim Fest-Noz. Eins unserer nächtlichen Feste unter freiem Himmel. Ein Brauchtum, das seit der bretonischen Unabhängigkeitsbewegung vor etlichen Jahrzehnten wieder in Mode ist. – Es war lustig. Die meisten der Anwesenden waren nicht mehr ganz nüchtern. Zumindest die Einheimischen.«

Es war offensichtlich, dass sich Fabien selbst ebenfalls dazu zählte.

»Wir haben getanzt, gelacht ... ja, natürlich auch ein wenig geflirtet. Am Tag danach hatte ich tatsächlich das Gefühl, dass es sich um so etwas wie eine *Liebe auf den ersten Blick* gehandelt haben könnte. Cécile und ich ... Wir trafen uns am Strand. Wir segelten zusammen. Es waren ...« Fabien seufzte ein wenig. »Ja, es waren ganz schöne Stunden. – Irgendwann zeigte sie mir ein Foto. Ein älteres Foto. Rotstichig. Etwas unscharf. Aber es war unverkennbar unser ehemaliges Haus. Das Maison de l'amitié. Noch ohne die von Pongar später errichtete Begrenzungsmauer. – Bei ihrer Großmutter, wo sie aufgewachsen sei, habe sie das Bild in einem Album ihrer verstorbenen Mutter gefunden, so sagte Cécile. Sie wollte sich das Haus einmal ansehen. Ich zeigte es ihr von Weitem und verriet ihr leichtsinnigerweise den Namen des neuen Besitzers. Wir verabredeten uns für den folgenden Tag. Doch sie erschien nicht an unserem Treffpunkt.«

Sowas kenne ich, dachte Marie. Das Erlebnis mit ihrem Verlobten ließ sie außer Acht. In diesem Moment erinnerte sie sich an ihre *erste* große Liebe. An einem Silvesterabend hatte es gefunkt. Sie hatte sich mit ihrem Freund einige Male getroffen. Dieses Gefühl mit den Schmetterlingen im Bauch – es war so unbeschreiblich gewesen. Nach nur zwei Wochen hatte die Romanze ein Ende gehabt. Marie hatte erfahren, dass ihr Schwarm nach einer unzureichenden medikamentösen Behandlung einen tödlichen Asthmaanfall erlitten hatte.

Ich bringe Männern kein Glück, kam es Marie kurz in den Sinn, und sie senkte traurig den Blick. Aber sie verdrängte den Gedanken, als Fabien fortfuhr:

»Stunden später entdeckte ich sie. Zufällig. Leider sah ich sie nur aus der Ferne. Ich beobachtete, wie sie aus einem Beiboot in Pongars Segler umstieg. Danach habe ich sie nie wieder gesehen … und auch nie wieder von ihr gehört.« Fabien verstummte.

Marie lehnte ihren Kopf an seine Schulter. »Das tut mir leid für dich.« Sie biss sich auf die Lippe. *So eine blöde Floskel*, dachte sie.

»Ach was. So plötzlich, wie die Gefühle entfacht waren, so schnell war es auch wieder vorbei.« Fabien machte eine wegwerfende Handbewegung. Er räusperte sich. Dann bedachte er Marie mit einem Augenzwinkern.

»Beinahe hätte sich Pongar ja auch deiner bemächtigt.«

Sie nickte nachdenklich. Seine leicht frotzelnde Bemerkung fand sie etwas unangemessen. Dann dachte sie noch einmal kurz darüber nach, was Fabien über die Rolle der Gendarmen gesagt hatte. *Keiner traut sich an Pongar heran. Keiner.* Und sie machte sich wieder bewusst, dass dies schon einst bei Bürgermeister Michel Le Braz der Fall gewesen war. Dass sich ebenso Pierrick seit vielen Jahren zurückhielt. Und dass selbst Fabien eher dazu neigte, am liebsten mit Pongar im Frieden leben zu wollen.

Dabei wurde Marie einmal mehr das Gefühl nicht los, dass man sie nun einband, irgendwelchen Geheimnissen auf die Spur zu kommen. *Ich werde funktionalisiert. Nun denn, ich bin bereit dazu,* stellte sie mit einem innerlichen Lächeln für sich fest.

Nach einigen Augenblicken des Schweigens bat sie Fabien, dass sie sich in den Windschatten einer Schiffswand setzen sollten. Es war ihr inzwischen doch zu frisch geworden.

Dort angekommen, wechselte sie abrupt das Thema.

»Sag mal, Fabi, wie ist dein Großvater eigentlich Bürgermeister geworden? Über seine berufliche Karriere ist mir noch gar nichts bekannt.«

»Tja, was soll ich sagen. Es war schon ein irgendwie bemerkenswerter Lebenslauf. Schließlich stammte er aus ärmlichen Verhältnissen. Ohne Vater aufgewachsen. Alleine von seiner Mutter mühsam ernährt und durchs Leben gebracht. Die Kriegszeiten und eine Gefangenschaft so leidlich überstanden. Algenfischerei. Granit hauen. Sardinenfang. Tätigkeit in einer der Konservenfabriken, wo der Fang verarbeitet wurde. Erste Erfahrungen als Landarbeiter. Dann hat er bei der Feuerwehr gedient. Sich bis zum Hauptmann hochgearbeitet. Als Vater Pierrick 1957 geboren wurde, muss sich Großvater sein Geld wohl bei der Seenotrettung verdient haben. Dann war er in einigen Vereinen aktiv und hat sich sehr für den Vogel- und Naturschutz eingesetzt. Betätigte sich politisch, wurde irgendwann auch in den Gemeinderat gewählt. Wurde Vorsitzender der örtlichen LPO. – Das ist der Verein zum Schutz der Vogelarten und ihrer Umwelt. Vielleicht erinnerst du dich, als wir auf der Île Grande waren, habe ich dir die ornithologische Station gezeigt. Dort informiert man nicht nur über die Vögel, die auf Riouzig brüten, wohin wir gerade reisen. Dort kümmert man sich vor allem um verletzte Seevögel, insbesondere um bedrohte Arten, und da hat man sich auch besonders um die Tiere gesorgt, die von den Ölkatastrophen betroffen waren. Großvater hat sich sehr um diese Station verdient gemacht. – Ja, und irgendwann ist er von seinem Vorgänger, dem Bürgermeister Daudet, *Alphonse* Daudet, protegiert worden, was ihm sehr geholfen hat. Im Jahr 1970 muss Alphonse wohl einen Schlaganfall gehabt haben. Und Großvater

Michel – inzwischen aus Überzeugung parteilos geworden, was ihm sehr geholfen hat – wurde sein Nachfolger. Sechzehn Jahre. Bis 1986, als Großvater und die Eltern das Maison de l'amitié verlassen mussten. – Zu dem Zeitpunkt war er ja auch immerhin schon zweiundsiebzig Jahre alt.«

Bei den letzten Sätzen hatte Marie nicht mehr aufmerksam hingehört. Gestutzt hatte sie, als Fabien den Namen des Bürgermeisters genannt hatte, des Amtsvorgängers von Michel Le Braz. *Alphonse Daudet.* Der Name erinnerte sie an einen Besuch in Südfrankreich. Dort hatte sie von einem Schriftsteller gleichen Namens gehört.

»Nein, damit hatte der wohl nichts zu tun, soweit ich weiß«, bemerkte Fabien zu Maries Assoziation und fügte hinzu: »Mutter Florence ist eine gebürtige Daudet. Sie ist die Tochter von unserem früheren Maire. Der war mein Großvater, mütterlicherseits.«

Ach was. Marie war perplex. Soeben war ihr aufgegangen, dass sie sich zwar schon eine Weile mit dem Leben von Michel und Pierrick Le Braz beschäftigt hatte. Die Lebensgeschichte von Florence hatte sie dabei aber vollkommen aus dem Blick verloren. *Wie konnte ich nur,* dachte sie und war gleichzeitig etwas verblüfft.

»Sag mal, Fabi, kommt der Name *Daudet* eigentlich in den hiesigen Gegenden häufig vor?«

»Nicht, dass ich wüsste«, erwiderte der Angesprochene mit einem neugierigen Blick. »Warum fragst du?«

»Och, ich habe bei einem kurzen Ausflug am Samstag einen Angler getroffen. Der hieß auch Daudet. Stammt aber aus England. Ich hatte mich schon über seinen französisch klingenden Namen gewundert.«

Fabien zuckte mit den Schultern: »Sicher ein Zufall«, erwiderte er.

Und Marie nickte verhalten. *Dem sollte ich mal nachzugehen versuchen,* dachte sie bei sich. *Bin ja schließlich hier, um Nachforschungen anzustellen* … Derweil sprach sie: »Der war es übrigens, der solche Andeutungen gemacht hat, als habe Pongar euer ehemaliges Maison de l'amitié in ein maison de prostitution verwandelt.

Fabiens Augen blitzten kurz auf. Er tat unbekümmert. Doch Marie spürte, dass der Schein trog.

Nach einer Weile des Schweigens, während der sich Beide die Seeluft um die Nase hatten wehen lassen, übernahm Marie wieder ihre *Ermittlungsarbeit.* »Fabi. – Verrate mir, was Pierricks Vorgesetzte so auf die Palme gebracht hat, dass man deinen Vater vom Dienst suspendiert hat.«

»In Ordnung«, antwortete Fabien, der seinen Kopf an die Schiffswand lehnte und die Augen schloss. »Daran wirst du sehen, was passieren kann, wenn man sich den falschen Leuten widersetzt.« Fabien hielt Maries Hand, während er tief Luft holte und zu berichten begann:

»Es war 1998, als Vater sich berufen sah, als Akteur im sogenannten *Blumenkohlkrieg* gegen Paris zu ziehen. Kurz zuvor war de Groussay …«

Marie unterbrach Fabien: »Du meinst diesen ehemaligen Anwalt?«

Fabien nickte. »De Groussay war wenige Wochen vorher noch beigeordneter Minister gewesen. Doch die Phase als ministres délégués war nur von kurzer Dauer. Als Vater seine Begegnung mit ihm hatte, war er bereits Ministre de l'agriculture. – De Groussay hat in der Politik eine wahrlich rasante Karriere vollzogen«, kommentierte Fabien scheinbar neidlos anerkennend und nahm anschließend eine Schilderung der damaligen Geschehnisse in einer Weise vor, als sei er persönlich dabeigewesen. »Zu dem Zeitpunkt war ich erst zehn Jahre alt. Doch nachdem, was ich später so gehört habe, kann ich mir gut vorstellen, wie es gewesen sein könnte …«

16 Blumenkohlkrieg und Erdbeer-Rebellion

Samedi Saint. 12. April 1998 – Der heilige Samstag ist für Christen ein Tag der Stille, des Wartens und der Kontemplation. Sie meditieren über das Leiden Jesu Christi und seinen Tod, bevor sie seine Auferstehung feiern.

Nichts dergleichen praktizierten Pierrick Le Braz und mit ihm die Bauern der Bretagne an diesem Karsamstag. Sie waren wütend. Wenn auch aus unterschiedlichen Gründen.

Die Bauern erzielten in diesen Wochen aus ihrer weißgrünen Massenproduktion, dem Blumenkohl, einen nur bescheidenen Preis. Einen Preis, der weit unterhalb der Grenze lag, die ihre Selbstkosten und Aufwendungen hätte decken können. Von Gewinnen ganz zu schweigen. Sie sahen sich als Opfer des Wetters, vor allem aber der Politik. Denn die Konkurrenz begann den Markt zu beherrschen. Die Produkte aus Spanien, vor allem aus dem Billiglohnland Marokko, wurden zuhauf importiert. Verschärfend kam hinzu, dass das Klima in diesem Frühjahr besonders mild war und die Kohlköpfe gleichzeitig auf die Märkte gelangten. Die Folge: Die Preise für die bretonischen Gemüsebauern stürzten in den Keller.

Die Wut der Bauern entlud sich, als sie etliche Tonnen ihres Gemüses in Protestfeuern verbrannten oder mit den

Lebensmitteln strategisch wichtige Straßenkreuzungen und Eisenbahnstrecken blockierten. Auch nach Paris drängten sie, wo sie mit militanten Aktionen drohten.

Pierricks Groll richtete sich stattdessen konkret gegen eine bestimmte Person und zwar gegen denjenigen, von dem er meinte, dass er seiner Familie seit jeher besonderen Schaden zufügte: dem neuen Landwirtschaftsminister de Groussay.

Das Angebot zu einem *runden Tisch* und zu Gesprächen zur Zukunftsgestaltung der Agrarpolitik, das de Groussay über einen niederen Staatsdiener hatte unterbreiten lassen, war den Betroffenen zu vage. Und so drängten Unterhändler der Bauern und mit ihnen Pierrick an der Spitze in das Landwirtschaftsministerium ein. Sie hatten den Überraschungseffekt auf ihrer Seite. Durch ihr unverfrorenes Tun überrumpelten sie die Wachhabenden, die den vermeintlich lächerlichen Haufen Unzufriedener nicht ernst nahmen. Ein Mob, der sich mal die Hörner abstoßen musste.

»Wie Paris mit uns Bretonen umgeht, ist ein Akt der Sabotage. Ein Komplott. Eine Verschwörung!«, warf Pierrick in einem Moment unbedachten Redens dem Minister an den Kopf, kurz nachdem die Gruppe das Arbeitszimmer des Politikers gestürmt hatte.

Der saß feist auf seinem Thron hinter einem mächtigen Mahagonitisch und ließ sich zunächst nicht provozieren. Erst ignorierte er die Eindringlinge und gab vor, in ein vor ihm liegendes Schriftstück vertieft zu sein. Dann schaute er auf. Für einen Moment schien es sogar, als sei de Groussay baff. Sprachlos. Verblüfft und fassungslos. Entgeistert ging sein Blick in die Runde. Ob die wilde Meute ihn doch beeindruckt hatte? Dann schlug der Minister urplötzlich mit einer Faust kräftig auf seinen Arbeitstisch und schnellte hoch.

»Le Braz, Sie reden sich um Kopf und Kragen! Das sind Töne, mit denen Sie einem gewissen ehemaligen Bürgermeister in Nichts nachstehen. Der Apfel fällt eben nicht weit vom Stamm. Aber Ihr Vater war Politiker. Hatte eben eine andere Sichtweise, die man im kollegialen Diskurs respektieren musste, selbst wenn man sie meist nicht akzeptieren konnte. Aber Sie, Le Braz, Sie sind Beamter dieses Staates. Wie Sie sich benehmen, das ist Verrat!« Wütend stieß er seinen antiken Schreibtischstuhl aus Edelholz, dessen Kissen mit dunkelroter Seide bezogen war, um. Er kam hinter seinem Arbeitstisch hervor. Er schloss ein Fenster und wandte sich mit kalter Geringschätzung an den Rest der Delegation. »Und Sie, meine Herren, was ist Ihr tatsächlicher Begehr? Wollen Sie Uns auch drohen? Wollen Sie Uns einen Schauprozess bereiten wie damals die böhmischen Aufständischen vor dem Prager Fenstersturz?«

De Groussay versuchte sich zu beruhigen. Dennoch kündete sein Gesichtsausdruck, seine Körperhaltung und auch die weißen Knöchel der zusammengeballten Fäuste von dem immensen Zorn, der sich jeden Augenblick wieder in ein Brüllen entladen konnte. »Sie wollen also eine Unterredung mit Uns. Wieder einmal.« Der Tonfall der jetzt gewählten Worte war fast schlimmer als sein Geschrei, vor dem man in Deckung gehen konnte. Er war bedrohlich. »Warum kommen Sie mit Ihren Problemchen zu Uns? Gehen Sie doch zu Ihrer Gewerkschaft! Kennen Sie nicht die politisch korrekten Wege? Stellen Sie sich doch mal vor, ein Jeder unserer zigtausend Bürger würde hier vorstellig mit seinen Wehwehchen. Wissen Sie was? Sie sollten einfach mal bei der nächsten Wahl von Ihrem Bürgerrecht Gebrauch machen, statt sich auf dem Sofa sitzend immerzu der Lethargie hinzugeben. Oh Mann! Sie wollen mündige Bürger sein? Belästigen Sie Uns nicht mit Ihren Belanglosigkeiten!« – Nach dieser Tirade nahm der Minister wieder Le Braz ins Visier: »Diese Illoyalität gegenüber Uns, den rechtmäßig gewählten Volksvertretern, ist Treuelosigkeit gegenüber den Bürgern Frankreichs. Abtrünnigkeit. Und perfide! Sie … Le Braz, Sie sind ja schlimmer als die Bimbos!«

Der Minister verlor seine Contenance. Aber auch Pierrick konnte sich nicht beherrschen.

»De Groussay, für Sie sind wir Bretonen schon immer die Bimbos gewesen!« Und Pierrick redete sich in Rage: »Monsieur, Sie sollten sich selbst einmal reden hören. Schauen Sie in einen Spiegel! Mit Ihrem Gehabe sind Sie wie ein Machtbesessener aus Zeiten des Ancien Régimes! Sie sind grob, unverfroren, beleidigend, kränkend … Sie sind untragbar für dieses Land! Pfui, sag ich nur, pfui! Erbärmlich! Und einfach nur widerlich!«

Es war ein nur kurzer Auftritt. Le Braz hatte das letzte Wort gehabt, was ihn zutiefst befriedigte. Er hatte sich umgedreht und mit seinen Begleitern das Weite gesucht. Es war ein Disput gewesen, der den Protestlern ihre Würde zurückgegeben hatte. Zumindest empfanden sie es so. Allen voran: Pierrick. Der hatte es so sattgehabt, den Unterwürfigen zu mimen, nur damit man ihn und seine Familie in Ruhe ließ. In seinem Inneren schrie es schon lange nach Rebellion. Nicht nach Anarchie. Nur nach Gerechtigkeit. *Man sollte diese Despoten windelweich prügeln*, war sein Aufbegehren, das ihm eine neue Körpersprache verliehen hatte. Er schlurfte nicht mehr müde und gebeugt umher. Der Whisky bestimmte nicht mehr sein Leben. Zwar war ihm der blanke Hass des Politikers ab sofort gewiss. Aber er hatte den Ort der Renitenz mit einem aufrechten Gang verlassen können. Zielgerichtet. Selbstbewusst.

Marie hatte ihren Ohren nicht getraut. Ungläubig starrte sie Fabien nach seinem kurzen Rückblick an. Der feixte sogar ein wenig:

»Später erzählte mir Vater zudem voller Genugtuung, dass es vor dem Élysée-Palast *Kollateralschäden* gegeben habe. So nannte er es, wenngleich es auch nur Sachbeschädigungen waren. Mit einigen Helfern hatte er das Auto des Ministers zugemüllt. Es war unter einem Berg von unzähligen Blumen-kohlköpfen verborgen.«

Fabien schmunzelte, wurde dann aber ernst:

»Natürlich war diese Disziplinlosigkeit nicht ohne Folgen geblieben. Vater bekam de Groussays ganze Härte zu spüren, als er als Ministre de la défense die Justiz dahingehend be-einflusste, dass Vater als Gendarm schließlich suspendiert wurde. Dabei hat Vater noch Glück gehabt. Denn eine Gefängnisstrafe wäre durchaus auch denkbar gewesen. Das ist für Vater wohl auch der Grund, warum er in den letzten zwanzig Jahren bemüht war, nicht mehr in den vordersten Reihen der Proteste in Erscheinung zu treten. Dafür bin ich dann in seine Fußstapfen getreten.«

»So?«

»Ich war dabei, als wir 2013 zur *Erdbeer-Rebellion* aufgerufen haben. Naja, es war eher … Eine *Werbekampagne* würde ich heute unsere Aktion nennen. Wir hatten unseren Spaß, als wir sämtliche Wände der Pariser Metrostationen mit Plakaten zugekleistert hatten. Weißt du, unsere Erdbeeren sind … einfach genial. Vor allem die, die in der Umgebung von Plougastel wachsen. Das ist im Nordwesten, im Finistère. – Nun, auf den Plakaten waren Erdbeeren abgebildet. Natür-lich. Aber ganz hübsch. Versehen mit dem typischen breto-nischen weißen Spitzenhäubchen. *Freizh,* nannten wir diese Sorte – ein Zusammenschluss des französischen Wortes *Fraise*, Erdbeere, und das bretonische *Breizh*.«

»Damit ist die Bretagne gemeint, oder?«

»Exakt. Mit einem Male hatten wir alle Aufmerksamkeit. – Aber das Großartigste war, dass über diese Aktion de Groussays Karriere einen gehörigen Knick bekam. Er hatte sich inzwischen den besonderen Titel des ministres d'Etat, des Staatsministers, erworben. Unsere – zugegebenermaßen illegale – Aktion konnte von seinem Ressort nicht verhindert werden. Wir haben ihn lächerlich gemacht. Seine Kandidatur zum Amt des Premierministers hat er dann zurückgezogen.

Man munkelt allerdings, dass es ihm derzeit zunehmend an Loyalität gegenüber seinen eigenen Reihen mangelt und er sich mehr im Hintergrund hält. Scheinbar spekuliert er darauf, sich bei nächster Gelegenheit zum französischen Staatspräsidenten wählen zu lassen.«

»Oho! – Aber ist er dafür nicht schon viel zu alt?«

Fabien winkte ab: »Er müsste jetzt etwas über siebzig Jahre zählen. Aber das bedeutet gar nichts. Mitterand ist immerhin auch knapp achtzig Jahre alt geworden und war bis etwa acht Monate vor seinem Tod noch im Amt.«

»Puh. Da ist es doch erstaunlich, dass Iven Pongar zu solch einer Berühmtheit offensichtlich einen engen Kontakt hat, oder nicht?«

»Ja, das ist wirklich außerordentlich bemerkenswert«, stimmte Fabien zu und ließ einen deutlichen Seufzer vernehmen. »Aber umso weniger traut man sich eben an Pongar heran.«

17 *Riouzig* und *Enez ar Breur*

Bei seinem letzten Satz hatte Fabien die Stimme erheblich heben müssen. Beinahe wurde sie vom stetig lauter werdenden Gekreische unzähliger Seevögel übertönt. Zigtausende Schnäbel von Möwen, Austernfischern, Basstölpeln und weit über zwanzig anderen gefiederten Tierarten ließen ihr Geschrei über das Wasser schallen.

Mit den Tieren drang aber auch scharfer Guano-Duft vor. Unverkennbar: Das Schiff näherte sich der *Île aux Oiseaux, der* Vogelinsel, der am nördlichsten gelegenen Insel der Sept-Îles. Der Kapitän drosselte das Tempo und ließ sein schwimmendes Gefährt schließlich mehr oder weniger parallel zur Insel treiben. Hier, zwischen Riffen und Felsenhaufen, war der Wellengang unspektakulär.

»Großvater Michel war nach dem Krieg oft hier draußen zum Algenfischen. Manchmal muss er sogar wochenlang auf seinem Boot geblieben sein. Er hat die Algen wohl an Fabriken geliefert, die daraus aseptische Jodtinkturen industriell produzierten, bis diese Lösungen später künstlich hergestellt wurden. Die Gegend hat ihn scheinbar sehr fasziniert. Viele Jahre danach hat er wesentlich dazu beigetragen, dass das Gebiet im Jahr 1976 zum Naturschutzgebiet deklariert wurde. Zum Schutz der brütenden Tiere bleibt uns auf der Vogelinsel übrigens ein Halt verwehrt!«, schrie Fabien Marie beinahe ins Ohr.

Wie die anderen Touristen war auch Marie beeindruckt von dem Anblick der sich in die Lüfte schwingenden Basstölpel. Aber nur wenige der weiß gefiederten Vögel mit ihren gelben Köpfen kamen ihr so nahe, dass sie mit ihrer Handykamera passable Fotoaufnahmen herstellen konnte. Da waren die Möwen deutlich weniger scheu und stibitzten sogar den Ausflüglern das Baguette direkt aus ihren Händen.

Als das Schiff einen der Insel vorgelagerten riffartigen Felshaufen passierte, entdeckte Marie eine Kegelrobbe, die sich das Sonnenlicht auf den Bauch scheinen ließ. Auf einer Spitze des Felsens trocknete ein kormoranähnlicher Vogel sein Gefieder. »Schau, Fabi, das ist wohl eine Krähenscharbe; der fehlt jegliches Weiß am Körper, oder?«

Fabien nickte, streckte fast gleichzeitig einen Arm aus und wies mit einem Finger seiner Hand in eine Richtung: »Und das da, auf dem Felsvorsprung da vorne … Das sind die Papageientaucher!« Fabien zeigte auf mehrere schwarz-weiße Alkenvögel mit ihren rot-orangefarbenen Schnäbeln.

Auch eine Engländerin hatte die putzigen Tiere entdeckt. »Look, there are puffins! How nice!« Sie war begeistert.

»Die watscheln ein wenig wie Pinguine«, kommentierte Fabien fasziniert. »Sie sind wie Clowns der Meere, les Macareux …«

»Und einige schnäbeln«, ergänzte Marie entzückt.

Fabien schaute Marie lächelnd ins Gesicht. Dann neigte er seinen Kopf, bis sich ihre Nasen berührten. Als sie sich aneinander rieben, schoss einer der Luftakrobaten, ein Basstölpel, an ihnen vorbei. Vor Schreck stießen Fabien und Marie mit ihren Köpfen zusammen. Andere Ausflügler wichen reflexartig zurück, wodurch sie ein wenig das Gleichgewicht verloren. Ein Murren war zu vernehmen, weil einer der Fotografen sich gestört fühlte. – Schnell drückte Fabien Marie einen Kuss auf die Lippen. Dann nahm er sie in den Arm, während sie sich die Stirn rieb. Als sich der kleine Tumult auf dem Boot gelegt hatte, bestaunten sie wie die meisten Mitreisenden schweigsam und ergriffen die Menge der nistenden Seevögel. Die Fotografen konnten endlich wieder ihre Kameras zücken, bis sich das Boot ein wenig von der Insel entfernte und es in einem Bogen wendete.

»Auf der Rückseite der Insel sollten die Tiere in Ruhe gelassen werden«, erklärte Fabien. Und nach wenigen Augenblicken ergänzte er: »Das Schiff wird nun direkt Kurs auf die Île-aux-Moines nehmen.«

Kaum hatte Fabien ausgesprochen, bestätigte der Kapitän das Gesagte, verwendete aber den bretonischen Namen der Insel: »Auf der *Enez ar Breur* ist ein Landgang möglich! Dort können Sie sich eine Stunde umsehen, bevor wir zurückfahren«, wies er die Ausflügler an. – In diesem Augenblick sorgte der Klingelton von Maries Handy für reichlich Verwunderung.

Irritiert zeigte sie Fabien das Display. Zwei Balken kündeten davon, dass ein schwacher Empfang gewährleistet war, was Fabien laienhaft damit zu erklären versuchte, dass auf einer der Inseln eine Sendeanlage stünde. »Speziell eingerichtet, damit eine Webcam die Bilder von der Vogelinsel zu der LPO-Station auf der Île Grande übertragen kann.« *Die wird allerdings kaum die Frequenzen eines Mobilfunknetzes nutzen*, zweifelte er jedoch sogleich seinen eigenen Erklärungsversuch an. *Ach, was weiß ich, vielleicht ist es für den Betrieb des Leuchtturms auf der Île-aux-Moines notwendig, damit irgendeine Art fernmündlicher Verbindung gegeben ist,* dachte er bei sich. *Ein Festnetz wird es hier wohl nicht geben.*

Egal, was Fabien da zum Besten gab – Marie hörte ihm kaum zu. Viel zu aufgewühlt blickte sie auf die Nachrichtenmeldung: *Dreiundzwanzig verpasste Anrufe*, hieß es da. »Nussbaum«, murmelte sie. »Freddy Nussbaum.«

Der Kollege hatte offensichtlich unermüdlich Marie zu erreichen versucht.

»Freddy Nussbaum?«, echote Fabien. Seine Miene verdüsterte sich leicht. Mit einem fragenden Blick linste er zu Maries Handy hinüber.

»Ein Mitarbeiter, der in der EDV-Abteilung beim *Württemberger Kurier* tätig ist.«

Als Marie Fabiens Gesichtsausdruck sah, glaubte sie ergänzen zu müssen: »Eine Freundschaft mit ihm wäre rein platonischer Art.«

Sie bediente die Ruftaste. Eine Telefonnummer erschien kurz. Dann war das Signal jedoch schon wieder verschwunden.

»Aus, die Maus«, bemerkte Fabien lapidar. »So schnell geht das. Das Schiff ist anscheinend schon wieder aus dem Sende- oder Empfangsbereich raus.«

Marie wiederholte die Prozedur mehrmals mit dem gleichen unzufriedenstellenden Ergebnis. Wohlwissend, dass möglicherweise doch keine Verbindung zustande käme, schrieb sie eine kurze SMS und bediente die *Senden*-Taste. Aber auch noch nach fünf Minuten fehlte das Häkchen, das bestätigen würde, wenn ihre Nachricht dem Empfänger zugestellt worden wäre. Genervt steckte sie das Handy weg.

»Wenn du willst, kannst du – spätestens morgen – vom Office de Tourisme aus anrufen, wenn vorher keine Verbindung zustande kommt«, bot Fabien beruhigend an.

Marie nickte und schaute sich um. Sie war froh, als sie die Île Bono, die größte der sieben Inseln, soeben hinter sich gelassen hatten und die Anlegestelle der Île-aux-Moines in Sicht kam. Sie hatte auf einmal das dringende Bedürfnis, ein Toilettenhäuschen aufsuchen zu müssen.

Aber Marie hatte Pech; nach dem Anlegen des Schiffes war sie nicht schnell genug gewesen. Sie fand sich an einer Sanitärstation in der Nähe eines alten Gebäudes wieder, das früher einmal zu einem Gehöft gehört haben musste. Ungeduldig hatte sie sich in die lange Schlange wartender weiblicher Schiffsreisender angestellt, die wie sie gleichermaßen ein gewisses Bedürfnis stillen wollten. Derweil trat Fabien in das ehemalige Bauernhaus ein, in das ein kleiner Kiosk mit zwei Bistro-Tischen am Eingang und mehreren Sitzgelegenheiten und Verzehrmöglichkeiten eingerichtet worden waren. An der Kiosktheke war Hochbetrieb.

Fabien wollte ein Baguette erstehen. Zudem einen starken café double für sich selbst und für Marie einen mit heißem Wasser gestreckten Espresso. Doch ebenso wie Marie Geduld aufzubringen hatte, galt es auch für Fabien, sich anzustellen und diszipliniert zu verharren. Er blickte sich um, während er darauf wartete, bedient zu werden. Da stand er nun zwischen Aufbauten von Robben, Basstölpeln und Papageientaucher in allen nur denkbaren Größen; als Plüschtiere, aus Holz, als Schlüsselanhänger, abgebildet auf Trinkbecher, Tischsets oder Feuerzeuge, als Puzzle oder als Aufkleber. Darüber baumelten Mobiles aus Schalen von Jakobsmuscheln und diversem Strandgut. Auf einem anderen Warenstand türmten sich zwischen Whisky- und Bierflaschen sowie einigen Gefäßen mit metartigem Honigessig verschiedenartige Rillettes in Konserven. Da gab es Brotaufstriche aus Austern, Makrelen oder Jakobsmuscheln, aus Enten-, Gänse- oder Schweinefleisch mit Algen. Da stapelten sich in Folie verpackte wenig vielversprechende Kouign-amann, von denen Fabien wusste, dass sie niemals so gut schmeckten wie selbst hergestellte Butterkuchen und bei den Touristen als Besonderheit der Region kaum werbewirksam durchgehen könnten. Im Gegensatz dazu: die Galettes Bretonnes. Beim Anblick des in Blechdosen oder Geschenkeschachteln abgefüllten Gebäcks und der Tüten mit Salzbutterkaramellbonbons lief Fabien das Wasser im Mund zusammen. Derweil ging es in der Schlange der wartenden Kunden nur langsam vorwärts.

Fabien ließ seinen Blick weiter durch den Raum schweifen. Fast alle Tische waren belegt. Lediglich etwas abseits in einer Leseecke saß an einem Tisch ein einzelner Gast. An diesem Tisch waren zwei Stühle noch nicht besetzt. Fabien spekulierte für einen Moment darauf, dort mit Marie den Imbiss einzunehmen, doch allzu schnell musste er von seinem Ansinnen Abstand nehmen. Überrascht trat er aus der Warteschlange und duckte sich hinter einem Postkartenständer. Er zückte seine Brieftasche hervor, entnahm ihr ein Blatt Papier, das er gespannt entfaltete und verglich die Kopie eines Ausweises mit dem Konterfei der abseits sitzenden und in einem Buch vertieften Person. Fabien war sich sicher: Das war kein Geringerer als Maries Arbeitskollege Busshart.

Während Fabien sein Interesse an den Postkarten vortäuschte, spähte er zwischen den bunten Ansichtskarten hindurch und beobachtete den Mann, der sich gelegentlich erhob und einer Regalwand zudrehte. Er blätterte in einigen Heften und griff nach diversen Büchern. Dann setzte er sich zunächst wieder und studierte in den Unterlagen. Offensichtlich machte er sich auch Notizen, und ab und an beugte er sich über die Schriftstücke und fotografierte mit einer Handykamera einzelne Seiten.

Fabien änderte seine ursprüngliche Absicht. Als er endlich bedient wurde, kaufte er keine Speisen und Getränke, sondern erwarb stattdessen *Les Nouvelles,* eine Zeitung. Er erweckte den Anschein in dem Journal zu lesen und schlenderte gemächlich hinüber zu der Leseecke. Er stellte fest, dass es sich bei den in dem Bücherregal deponierten Veröffentlichungen um Nachschlagewerke zur Fauna und Flora der Sept-Îles sowie zur Geschichte der Insel handelte. Er verweilte nur kurz in der Nähe Bussharts, um nicht die Aufmerksamkeit des Reporters auf sich zu ziehen. Immerhin gelang es ihm, einen flüchtigen Blick auf Bussharts Kritzeleien zu werfen. Und er war nicht wenig verblüfft, als er begriff, dass sich Maries Kollege mit Iven Pongar und seiner Verwandtschaft zu beschäftigen schien.

Unauffällig verließ er das Bauernhaus und kam mit Marie am vereinbarten Treffpunkt zusammen.

Er berichtete ihr von seinen Beobachtungen. Dann kamen sie überein, dass sich Fabien weiterhin an Bussharts Fersen heften wollte. Marie hingegen sollte sich abseits halten, um unerkannt zu bleiben. Und so tauchte sie im Getümmel der anderen Landgänger unter, erkundete das Gelände der Insel, erklomm die Erhebung, auf der der Leuchtturm thronte, versuchte von einem Aussichtspunkt einen Blick in ein Felschaos zu erhaschen, das einer Robbenkolonie als Sonnenbank diente und sinnierte selbst im Licht der Sonne, bis der Kapitän des *Papageientauchers* nach einer gewissen Zeit sein Schiffshorn erklingen ließ, um an die zeitnahe Abfahrt des Schiffes zu erinnern.

Beim Betreten des Wasserfahrzeugs trafen Fabien und Marie wieder zusammen. Erleichtert nahmen sie zur Kenntnis, dass Busshart offensichtlich noch länger auf der Insel zu verweilen beabsichtigte und es dadurch zu keiner Begegnung während der Rückreise kommen würde.

Wenige Augenblicke später hielt Marie ein Souvenir in den Händen. Eine blaue Blechdose mit besonders buttrigen Keksen und Biskuits sowie un Macareux, einen dieser putzigen kleinen Vögel. Die täuschend echte Nachbildung des Papageientauchers würde zukünftig eine Anrichte in Maries Esszimmer zieren. Während Marie das Geschenk von Fabien auspackte, berichtete er ihr von seinen Beobachtungen, die er zuletzt angestellt hatte, bevor er noch einmal den Kiosk aufgesucht und die Mitbringsel erstanden hatte.

Es hatte gedauert, bis Busshart den Bauernhof verlassen hatte. Er war zögerlich in Richtung der Festungsruinen gelaufen. Unterwegs hatte er immer wieder kurz verweilt, um den Boden abzusuchen. In der Nähe eines knapp fünf Meter

hohen Menhirs, der von einem Meer blaublühender Horten-
sienblüten umgeben war, war der Reporter stehengeblieben,
hatte sich niedergehockt und die Bodenbeschaffenheit ge-
prüft. Dann war er Schritt für Schritt mit konzentriertem
Blick auf den Boden ein etwa zweimal ein Meter großes
Rechteck umgangen. Nachdem sich Busshart nachdenklich
entfernt hatte, hatte sich auch Fabien die Stelle angesehen
und bemerkt, dass das Rechteck mit handgroßen Kieseln
umrandet war. Der Boden selbst war mit niedrigwachsenden
Pflanzen bedeckt. Am oberen Ende hatte sich eine grob behauene Granitplatte befunden, auf der ein Name eingraviert
war: *LOU CADET* war noch gut zu lesen gewesen. Geburts-
und Sterbedatum waren nur schwer zu entziffern gewesen.
Es mochten die Jahreszahlen 1869 und 1913 eingeprägt
gewesen sein.

Es war verwunderlich, dass sich der Zeitungsmensch für
diese mutmaßliche Grabstätte interessierte. Leider hatte Fabien keine weiteren bedeutsamen Hinweise erhalten. Busshart war irgendwann zwischen den Mauern der Festungsruinen verschwunden, und Fabien hatte ihn aus dem Blick
verloren.

Die Rückfahrt mit dem *Papageientaucher* ging sehr schweigsam
vonstatten. Fabien und auch Marie hingen ihren Gedanken
nach, während sie gelegentlich von den goldgelben Palets
bretons naschten. Für Marie drängten sich viele Eindrücke
der letzten Wochen auf:

Ihre Ankunft in der Bretagne und das Zusammentreffen
mit Busshart auf dem Ausflugsschiff. Ihr unfreiwilliges Bad
im Meer. Die erste Begegnung mit Iven Pongar. Die Flucht
aus dem Leuchtturm. Pors Scaff und die Hand des Magiers.
Die Gastgeber Florence, Pierrick und Fabien mit ihren speziellen Eigenheiten und ihrem oft merkwürdigen Verhalten.
Die sonderbare Rolle als Youma-Ersatz. Pierricks verstorbe-
ner Vater Michel. Die Initialen im Roc'h Hudour. Die roten

Nelken. Die Rückkehr der Erinnerungen. Die Sympathien für Fabien, der sie seit langem mal wieder Schmetterlinge im Bauch spüren ließ. Die heutige Inselfahrt. Die unablässigen Versuche von Freddy Nussbaum, sie telefonisch zu erreichen. Marie spürte beim erfolglosen Spekulieren über einen möglichen Beweggrund für Nussbaums Beharrlichkeit ein deutliches Unbehagen. Ähnlich empfand sie bei dem Gedanken an ein Beinahe-Zusammentreffen mit Busshart. Gottlob war das nur Fabien vorbehalten geblieben. – Ja, und dann war da natürlich Iven Pongar … immer und immer wieder. Pongar, der Widersprüchliche. Pongar, ihr Retter nach ihrem Sturz ins Meer. Pongar, der Leuchtturmwärter und vermeintliche Robbenjäger. Der Helfer nach der Ölkatastrophe im Anschluss an das Tankerunglück der AFO. Der aber den Naturschutz ignorierte, als er unerlaubterweise Sprengungen im Küstengebiet durchführte, ohne je dafür belangt worden zu sein. Pongar, der Nachbar vom Castel de Poul Stripo, der aus dem ehemaligen Besitz der Familie Le Braz ein Edelbordell gemacht zu haben schien. Mit besten Verbindungen zu einem ehemaligen Anwalt und jetzigen hochkarätigen Pariser Politiker. Pongar, über den keiner zu sagen wagt, dass man ihn vielleicht sogar für den Mörder von Michel Le Braz hält.

Die Sonne stand inzwischen tief und gestaltete den Himmel in den herrlichsten Farben. Aber nicht nur. Auch das Gestein am nahen Ufer erstrahlte nun in einem changierend glühenden Rot-Orange.

Bevor das Ausflugsschiff den Heimathafen an der Plage de Trestraou erreichte, fuhr der *Papageientaucher* am Phare de Mean Ruz vorbei. Dann zog er seine Bahn parallel zur Côte de Granit Rose. Der Kapitän wies beim winzigkleinen Fischerhafen Pors Rolland auf eine markante Felsformation. Ein Drache schien sich aus dem Fels herauswinden zu wollen. *Ein Drache*. Marie grübelte. Sie dachte an ihren Kollegen

Busshart mit seiner hinterhältigen Art. Gefährlich feuerspeiend. Ekel- und schreckenserregend. Ein Drache, in seiner Urmacht bedrohlich. – Marie dachte aber auch wieder an Pongar. Ebenfalls verschlagen. Brutal. Besitzergreifend. Ein Geschöpf der Finsternis. *Beide sind sie Ausdruck meiner existenziellen Ängste. Soll ich weiter vor ihnen flüchten? – Sollen sie sich doch gegenseitig vernichten*, wünschte sich Marie.

»Ich weiß jetzt, wie wir an Pongar herankommen«, raunte sie Fabien zu, als das Ausflugsschiff festmachte: »Busshart muss uns helfen!«

18 Ronny Busshart

Es war Montag. Beim Office de Tourisme gab es heute keinen Publikumsverkehr. Marie nutzte die Gelegenheit, von Fabiens Apparat aus endlich das Telefongespräch mit dem Kollegen Freddy Nussbaum zu führen. Während des Gesprächs wurde sie zusehends blasser, bis sie irgendwann erstarrte. Sie war fassungslos. Das, was sie erfuhr, hätte sie sich nie und nimmer träumen lassen. Am liebsten hätte sie sofort mit Fabien darüber gesprochen. Doch der war heute nach längerer Abwesenheit mal wieder in der Dienststelle der Gendarmerie im Einsatz.

Fabiens Vorgesetzte fuhren Streife. Heute hielt er alleine die Stellung in der Gendarmerie, als sich die Türe öffnete und jemand selbstbewusst die Wache betrat.

Fabien erkannte ihn sofort wieder. Es war genau jener Mann, dem er bei dem Besuch des alten Bauernhauses auf den Sept-Îles über die Schulter geschaut hatte. Der sich so intensiv für Iven Pongar und dessen Abstammung zu interessieren schien. Natürlich war es Fabien auch sogleich klar, dass es diesem Mann nur darum ging, seinen Personalausweis wiederzubekommen.

»Bonjour, Monsieur Busshart«, begrüßte Fabien, der sich gerade mit einer Akte zu beschäftigen schien, den Neuankömmling. »Bitte nehmen Sie Platz!«

Überrascht ließ sich Ronny Busshart auf der Besucherbank jenseits des Schaltertresens in der Gendarmerie von Perroz-Gireg nieder, während sich Fabien erhob und sich einem Dokumentenschrank zuwandte.

»Sie kennen mich?« Busshart neigte den Kopf ein wenig und bemühte sich um ein freundliches Lächeln.

»Ich nehme an, Sie wollen Ihren Personalausweis abholen. Oder?«

»Man hat mir gesagt, der Ausweis sei gefunden worden, und ich müsste ihn − *hier* − unbedingt persönlich entgegennehmen.«

»Oh!« Jetzt schien Fabien ein ausgesprochen bürokratisches Gebaren an den Tag legen zu wollen. »Sie hätten sich auch an eine konsularische Vertretung wenden können, aber ich dachte, mit Ihrem Besuch bei uns ließe sich das Verfahren möglicherweise beschleunigen. − Können Sie sich legitimieren?«

»Wie denn?« Busshart wirkte jetzt ungehalten. Man merkte ihm an, dass ihm dieser Behördengang überhaupt nicht schmeckte. »*Sie* haben doch den Ausweis.«

»Vielleicht haben Sie − *zufällig* − einen Führerschein dabei. Oder ein anderes offizielles Dokument mit einem Lichtbild. Dass wir uns recht verstehen: das würde zwar nur bedingt gültig sein, aber wir könnten womöglich großzügig darüber hinwegsehen …«

»Hier. Hier ist mein Führerschein.« Busshart kramte in einer Brieftasche.

»Seit wann vermissen Sie Ihr Dokument?«

»Seit meinem Anreisetag am achtzehnten Mai.«

»Sie wissen, dass in Frankreich der Verlust eines solchen Ausweispapiers *unverzüglich* bei einer Polizeidienststelle angezeigt werden muss?«

»Das habe ich wohl nicht bedacht.«

»Nun denn. Der Ausweis ist auf einem Ausflugsboot gefunden worden, mit dem Sie zu den Sept-Îles gefahren sind.«

»Das ist möglich.«

»Mit dem Schiff sind Sie allerdings einen Tag *nach* Ihrer Anreise gefahren.«

»Ist das wichtig?«

»Oh, es ist schon wichtig, dass Sie hier richtige Angaben machen.« Fabien kratzte sich hinter dem Ohr und zog tadelnd die Stirn kraus.

»Waren Sie in Begleitung auf dem Boot? Oder kennen Sie jemanden, der Ihre Anwesenheit auf dem Schiff bestätigen kann?«

»Sagen Sie, was ist das für ein Verhör? Benötige ich ein Alibi für irgendetwas?« Bussharts Antworten wurden zunehmend schnippisch.

»So ähnlich«, erwiderte Fabien vage. »Wissen Sie, dass wir gegen Sie ermitteln?«

»Was ist los?«

»Es liegt eine Anzeige gegen Sie vor.«

»Ach was, auf einmal. – Von wem, wenn ich fragen darf?«

»Von … Von einer Ihrer Arbeitskolleginnen, einer …« Fabien blätterte in irgendwelchen Unterlagen, die zufällig auf seinem Schreibtisch lagen, und gab vor, nach dem Namen der vermeintlichen Klägerin zu suchen. »Von einer Madame Kaufmann. Marie Kaufmann«, sagte er schließlich und blickte Busshart streng an.

»Von wem?«

»Kennen Sie die Kollegin nicht?«

»Kaum. – Und die ist in Frankreich?«

»War sie nicht mit Ihnen auf dem Ausflugsboot?«

Busshart versuchte den Eindruck zu erwecken, als überlegte er.

»Bitte, Monsieur Busshart, denken Sie daran, keine falschen Angaben zu machen«, mahnte Fabien, der etwas erleichtert war, als Busshart bei seinen widersprüchlichen Aussagen einzuknicken schien.

»Ich habe die Dame *eher zufällig* getroffen.«

»Und Sie haben die Kollegin auch – *eher zufällig* – belästigt?«

»Behauptet sie das?«

»In der Tat. In der Anzeige gibt sie an, sie beide hätten sich gestritten.«

»Sie hat mir mit der Hand aus heiterem Himmel einen Schlag ins Gesicht verpasst.«

»Und Sie haben ihr dann *aus heiterem Himmel* einen derartigen Stoß versetzt, dass sie über Bord gegangen ist?«

»Abstruse Behauptung.« Busshart lächelte. Er schien sich seiner Sache sehr sicher zu sein. »Das wird niemand beweisen können. Es war derart neblig, dass man seine Hand nicht vor Augen sehen konnte.«

»Also doch kein *heiterer Himmel*?«

Busshart irritierte das Wortspiel für einen Moment. Innerlich begann es bei ihm zu brodeln. Doch Fabien ließ nicht locker:

»Bei so viel Nebel konnte man dann wahrscheinlich auch nicht die Hand sehen, die Ihnen angeblich einen Schlag verpasst hat, oder?«

»Vielleicht ist die Dame *aus Versehen* über Bord gegangen.«

»Aus Versehen? – Was meinen Sie: Ist sie über Bord gegangen? Ja oder nein?«

»Ich nehme an, dass das möglicherweise so geschehen sein kann. Sonst würden Sie hier wohl kaum dieses Schauspiel aufführen.«

»Wenn Sie, Monsieur Busshart, ein solches Versehen für durchaus denkbar halten – warum haben Sie dann nicht um Hilfe gerufen?«

»Ich sage jetzt nichts mehr ohne einen Anwalt.«

»Ah. – Na, diesen Spruch habe ich schon viel eher erwartet. Vermutlich könnte das in der Tat auch für Sie besser sein. Nur noch einmal, damit wir uns verstehen: Wir ermitteln gegen Sie wegen des Anfangsverdachts einer Straftat. Ob vorsätzlich oder fahrlässig, bleibt im Moment dahingestellt. Sie können sich glücklich schätzen, dass dieses Vergehen ohne Todesfolge geblieben ist. *Zumindest* werden Sie sich dem Vorwurf der unterlassenen Hilfeleistung nicht entziehen können.«

Busshart lehnte sich demonstrativ zurück und hüllte sich in Schweigen. Auch Fabien verhielt sich abwartend und beobachtete sein Gegenüber aufmerksam. Busshart schien doch nicht so abgebrüht wie er vorgab. Er wurde unruhig. Er legte seine Hände auf die Oberschenkel und schlug mit den beiden Zeigefingern einen Rhythmus auf seine Beine. Dann rutschte er auf der Besucherbank hin und her. Schließlich schlug er die Beine übereinander und verschränkte seine Arme vor der Brust. Bevor er sich vollständig einkapselte, durchbrach Fabien die zunehmend unangenehm werdende Stille:

»Es gibt übrigens seitens der Klägerin ein Angebot. Sie ist bereit, die Anzeige zurückzuziehen, wenn Sie gewillt sind, mit ihr in einigen – delikaten – Angelegenheiten zu kooperieren.«

Busshart dachte kurz nach und lächelte dabei, als er vorsichtig formulierte: »Abgesehen davon, dass es mich natürlich interessiert, in welchen *Angelegenheiten* mein Mitwirken plötzlich gefragt ist, würde eine solche *Kooperation* doch zugleich ein Schuldeingeständnis von mir bedeuten. Oder sehe ich das falsch?«

Man merkte Busshart die Routine im Umgang mit Polizei und Behörden an. Darüber hinaus wirkte sein Benehmen eine Spur zu arrogant, der Sprachstil sogar provokant. Doch Fabien ließ sich nicht reizen. Er blieb gelassen, als er sprach:

»Sie kennen sich mit dem Procedere bei Straftatbeständen aus, schon allein durch Ihre journalistische Tätigkeit. Denken Sie über das Angebot nach. Frau Kaufmann gibt Ihnen bis morgen Zeit, Ihre grundsätzliche Bereitschaft zur Zusammenarbeit zu signalisieren. Ab Morgen teilen wir Ihnen dann Einzelheiten mit. – Haben Sie noch Fragen?«

»Heißt das, ich kann gehen? – Was ist mit …« Busshart wies mit einem kurzen Fingerzeig auf den Ausweis. Dabei erhob er sich.

»Natürlich kann ich Ihnen Ihren Ausweis im Moment noch nicht zurückgeben. Das werden Sie sicher verstehen.«

»Aber ich …« Bussharts siegessichere Lächeln verschwand, als Fabien ihm das Wort abschnitt und mit einer Geste verdeutlichte, dass das Gespräch beendet sei.

»Ich wünsche Ihnen einen guten Tag, Monsieur Busshart. Ich gehe davon aus, dass wir uns morgen sehen.«

Als Busshart die Gendarmerie verließ, war er bedient. Er hatte schon viel erlebt im Umgang mit Polizei, Gerichten und diversen anderen Behörden. Aber in einer derartigen Form hatte man ihn noch nie abgefertigt. Abgekanzelt hatte ihn dieser Bursche von … Ja, was war der überhaupt? Ein Gendarm? Ohne Uniform? Oder ein Polizist in Zivil? Busshart war geneigt, sich selbst zu ohrfeigen. Unter normalen Umständen hätte er erst einmal darauf bestanden, dass sich der Beamte selbst legitimierte. Aber … Er, Busshart, war einfach zu überrascht gewesen, hatte sich überrumpeln lassen. Dass dieses Bürschchen es wagte, einen unbescholtenen Bürger derart zurechtzuweisen. *Beschweren sollte man sich*, dachte Busshart. Nur zu dumm, dass er persönlich in eine alles andere als vorteilhafte Situation geraten war. So etwas war ihm aber auch noch nie passiert.

Busshart schlenderte zu seinem *Grand Hôtel des Rochers* und grübelte. Was die Kaufmann wohl von ihm wollte? Wie hatte sie überhaupt den Unfall überleben können? – Ja, natürlich, es war *selbstverständlich* ein Unfall gewesen. Es *muss* ein Unfall gewesen sein, war für Busshart ab sofort die Devise. Der Nebel. Unruhe auf dem Schiff. Die Ungewissheit der Passagiere. Ja, es hatte fast eine kleine Panik gegeben. Die Sorgen und Ängste vor einer möglichen Havarie. Vom Leuchtturm seien keine Signale zur Orientierung zu sehen gewesen. Das könnte der Kapitän des Schiffes bestätigen.

Ja, sie hätten Meinungsverschiedenheiten gehabt, formulierte er im Geiste. Deswegen hätte er auch überhaupt keinen Anlass gesehen, sich nach der Rückkehr des Schiffes weiter um die Frau zu kümmern. Auf dem Schiff sei er ihr bewusst aus dem Weg gegangen. Natürlich hätte er nicht mitbekommen, dass da ein Unfall geschehen war. Die anderen Passagiere hätten schließlich auch nichts bemerkt. Und Hilferufe wären ebenfalls nicht zu vernehmen gewesen, legte sich Busshart seine Argumentationsstrategie zurecht. – *So könnte es klappen. Das ist überzeugend,* resümierte er schließlich zufrieden, als er sein Hotel betrat. »Aber nichtsdestotrotz bin ich prinzipiell natürlich gerne zur Zusammenarbeit mit der Kollegin bereit, das war schon immer mein Anliegen«, artikulierte er in einem Selbstgespräch. »Allerdings bestimme *ich* den Zeitpunkt. Und drohen lasse ich mir schon gar nicht«, fügte er für sich entschieden hinzu.

Teil 5: Jahreswechsel 1913/14

19 Bretagne – Sept-Îles

Es hatte ein harmonischer Jahreswechsel werden sollen. Das hatte Lou Cadez gehofft, als er am frühen Morgen seinen Zwillingsbruder Jean heimlich am Schiffsanleger in Empfang genommen hatte. Jean Cadet, den er schon seit Ewigkeiten – *weit mehr als fünfzehn Jahre*, machte sich Cadet bewusst – nicht mehr gesehen hatte, nachdem dieser nach Detroit ausgewandert war. Der Besuch seines Bruders hatte eine Überraschung werden sollen. Madame Cadet kannte ihren Schwager noch nicht. Ja, sie wusste nicht einmal von seiner Existenz. Lou Cadet hatte seinen Bruder bereits eine Woche am Festland versteckt gehalten. In seiner Zufluchtsstätte, dem Maison de l'amitié, von dessen Existenz seine Frau ebenfalls gottlob noch nichts ahnte. Sein Haus zwischen den Felsen hatte Lou seit seinem Ortswechsel vor über vier Jahren bisher nur wenige Male wieder aufgesucht. Zuletzt mit seiner … mit seinem *Stern* Amelie. – Und nun war er hier. Sein Bruder Jean.

Den Tag über hatte Jean im Büro seines Bruders Lou verbracht. Sie hatten sich viel zu erzählen gehabt. Jean war in Detroit in einer Druckerei beschäftigt, die dadurch bekannt war, dass man dort bis Ende 1899 eine anarchistische Zeitschrift fertigte. Eine Zeitschrift, die oft genug verboten worden war, weil sie freidenkerische und religionskritische

Beiträge veröffentlicht, zuletzt aber vor allem sozialkritische Gedichte, Aufsätze und Aufrufe zum rebellischen Fühlen und Denken gegen die Autoritäten beinhaltet hatte.

Lou Cadet und sein Zwillingsbruder Jean hatten die gemeinsamen Stunden in Ruhe genießen können, denn Madame Cadet war den Tag über nicht im Haus. Noch immer wusste sie nichts von dem Besucher aus Amerika.

Sie gehe zu ihrer Freundin, hatte sie ihrem Ehemann beim Frühstück aufzutischen versucht. Dort wolle sie mithelfen, Canapes und andere Delikatessen für den Silvesterabend zu kreieren. Sie könnten sich ja am Abend beim Leuchtturm treffen, so wie es Brauch war, um sich den Kräften der Natur und der Allmacht des Universums zu überantworten.

Lou Cadet hatte sich seinen Teil gedacht. *Canapés* hatte seine Frau wohl gemeint. Auf dem Sofa würde man sie sicher eher finden können als in der Küche.

Und in der Tat hatte er sie dort am Nachmittag ertappt. Allerdings nicht bei ihrer Freundin, sondern bei dem Chefingenieur seines Betriebes. Cadet war dort unter dem Vorwand erschienen, dass er nur kurz über den Entschluss der Armeeführung informieren wollte. Man hatte nämlich beschlossen, die zuletzt erteilten Aufträge definitiv zurückzuziehen. Zigtausende Sack Rohstoffe lagerten in den Hallen. Es könnte die Firma in den Ruin treiben und ihrer aller Existenz zerstören, hatte er dem Ingenieur mitteilen wollen.

Die traute Zweisamkeit von Madame Cadet mit ihrem Geliebten war durch Lous Auftritt massiv gestört worden. Natürlich war es zu einem handfesten Krach gekommen.

Wutschnaubend hatte Lou das Liebesnest verlassen und den Affront zusammen mit seinem Bruder im Whisky Breton zu ertränken gesucht.

Doch dann endete der Silvestertag in den Abendstunden in einer einzigen großen Tragödie:

Vor dem Wohnzimmerfenster der Cadets trieb sich eine dunkle Gestalt herum. Und mit einem Male durchschlugen mehrere Pistolenkugeln die Fensterscheibe. Sie waren gezielt abgefeuert worden und galten einem der Brüder. Durch einen der Schüsse wurde das Opfer im Nacken getroffen. Reflexartig wirbelte es den Kopf herum. Sekundenbruchteile später schlug das nächste Geschoss in den Kiefer. Tödlich getroffen sackte der Gemordete zusammen.

Wenig später bückte sich der Bruder über das Opfer, schien zu bemerken, dass jede Hilfe zu spät kam, löschte das Licht im Wohnraum und versuchte die Lage zu sondieren. Eher ungewöhnlich war sein Verhalten, denn er vermied es, irgendwo um Hilfe nachzusuchen. Stattdessen klaubte er eine Reihe von Utensilien zusammen und verschwand durch eine Hintertür. Im Schutz der Dunkelheit beobachtete er noch eine Weile das weitere Geschehen in der Umgebung. Niemand schien den Lärm der Schüsse wahrgenommen zu haben. Vielleicht hatte man ihn ja auch als einen Donnerschlag gedeutet. Dann sah er, wie eine vermummte Person das Opfer auf eine Karre lud und es in einem nahen Wäldchen in der Nähe eines Menhirs verscharrte.

Am Neujahrstag 1914 wurde bekannt, dass der Fabrikdirektor Lou Cadet vermisst wurde. Gut fünf Wochen später glaubte man, ihn gefunden zu haben. Mehrere Gendarmen waren bei der Exhumierung der Leiche zugegen. Zeugen sprachen von häufigen Streitereien zwischen Lou Cadet und dem Ingenieur Henri Pongar, die am Silvestertag eskaliert seien. Auf der Grundlage mehrerer Verdachtsmomente wurde eine Durchsuchung in Pongars Haus vorgenommen. Gefunden wurde dabei ein blutiger Spaten und ein Revolver mit einem Kaliber von 6mm – passend zu dem Projektil, das bei der Autopsie im Kiefer des Opfers entdeckt wurde.

Teil 6: Gegenwart

20 In der Crêperie

Unweit des Phare de Mean Ruz befand sich eine Crêperie. Marie und Fabien hatten sich um die Mittagszeit auf den Weg dorthin begeben, um Busshart zu treffen. Unterwegs rekapitulierten sie die gestrigen Ereignisse: Marie war von Fabien nach der Begegnung mit Busshart im Büro der Tourismusinformation telefonisch erreicht worden. Er hatte von dem Besuch des Chefreporters in der Gendarmerie berichtet. Leider musste er ihr aber auch mitteilen, dass Busshart zwei Stunden später hatte wissen lassen, dass er nicht gewillt sei, mit Marie zu kooperieren. Der hatte sich ziemlich dreist aufgeführt und Fabien sogar gedroht. Denn er gab vor erfahren zu haben, dass Fabien seinen Dienst in der Gendarmerie nur als Praktikant versehe und nicht berechtigt sei, ihm den Ausweis vorzuenthalten.

»Bist du nicht?«, hatte Marie gefragt.

»Zumindest hätte ich ihn nicht damit unter Druck setzen dürfen, dass wir gegen ihn ermitteln.«

Dann hatte sich Fabien etwas dümmlich gestellt und gegenüber Marie hinzugefügt: »Aber wenn ich schon keine Uniform und keine Waffe tragen und niemanden festnehmen darf, dann darf ich als Praktikant immerhin Fehler machen. Ich will ja schließlich lernen.« Ein Schmunzeln hatte sich dabei auf Fabiens Gesicht gezeigt.

»Was aber für Busshart wohl keine hinreichende Begründung war, stimmt's?«

»Er hat mir ein Ultimatum für die Aushändigung des Ausweises gestellt und mich mit einer Dienstaufsichtsbeschwerde einzuschüchtern versucht«, hatte Fabien mitgeteilt. Doch Marie hatte eine Trumpf-Karte aus dem Ärmel ziehen können und von ihrem Gespräch mit ihrem Kollegen Nussbaum berichtet: »Nimm noch einmal Kontakt mit Busshart auf und gib ihm zu verstehen, dass er sich auf sehr glattem Eis bewegt. Sag ihm, Freddy Nussbaum und ich seien befreundet. Das wird ihm imponieren.«

»Das sollte ihn beeindrucken?«

»Du kannst ihm ausrichten, Nussbaum habe brisantes Wissen über seine Machenschaften in einer Erklärung eidesstattlich bei einem Notar hinterlegt. Und er solle sich hüten, den EDV-Mann unter Druck zu setzen.«

Dann hatte Marie Fabien darüber informiert, dass Busshart den Kollegen Nussbaum in den Wochen vor der Reise in die Bretagne mehrmals genötigt hatte, im EDV-System des *Württemberger Kuriers* zu spionieren. »Sag ihm, es sei an der Zeit, das Kräftemessen mit mir zu beenden. Er sei diesmal entschieden zu weit gegangen.«

Fabien war überrascht gewesen. So selbstbewusst hatte er Marie bisher noch nicht erlebt. Und tatsächlich hatte er es geschafft, durch die Preisgabe des Telefonats zwischen Marie und Nussbaum, ihren Kollegen Busshart umzustimmen.

Sie betraten die Crêperie, in der sie Busshart bereits antrafen, der sich an einem Tisch in einer Ecke des Restaurationsbetriebes niedergelassen hatte.

»Bonjour«, grüßte Fabien, wobei er hintereinander seinen Blick zum Bedienungspersonal und unmittelbar danach in Bussharts Richtung lenkte. Busshart erwiderte hingegen den Gruß wortlos und nur mit einem fast unmerklichen Zunicken. So tat es Marie ihm gleich, der sofort der für sie so negativ besetzte unangenehme Rasierwasserduft ihres Kollegen in die Nase stieg. Nachdem die beiden Ankömmlinge bei Busshart am Tisch Platz genommen hatten, wendeten sie sich als erstes der aufmerksamen Servierkraft zu.

Busshart hatte bereits ein Glas Breizh Cola vor sich stehen und bestellte eine Crêpe mit Eis, den ersten Erdbeeren der Saison und Sahne. Fabien wählte Galettes bretonnes. Nicht die gleichnamigen dünnen Kekse mit gesalzener Butter, sondern die herzhaften bretonischen Buchweizen-Crêpes. Er begann die Menüfolge mit einer Portion Pfannkuchen mit Schinken, Käse, Spinat und Tomaten. Auch Marie favorisierte zu Beginn eine herzhafte Variante mit Pilzragout und Kräutern. Und natürlich bestellten die Beiden Cidre, der unmittelbar danach in einem Krug serviert wurde.

»Kollegin Kaufmann, Sie bieten mir eine Kooperation an? Die habe ich mir, wie Sie wissen, schon seit langem bei unserer alltäglichen Arbeit gewünscht«, eröffnete Busshart übertrieben freundlich das Gespräch, erntete von Marie jedoch eine deutliche Abfuhr und wich anschließend ihrem Blick konsequent aus.

»Busshart, ich habe kein Interesse an diesem Geplänkel. Ich stelle Forderungen an Sie. Sie entscheiden dann, ob Sie Charakter genug haben, diese Bedingungen zu akzeptieren:

Erstens: Sie lassen unseren Kollegen Nussbaum ein für alle Mal in Ruhe, erpressen ihn nicht und betreiben kein Mobbing gegen ihn. – *Zweitens: Ich* bestimme, was unter *Kooperation* zu verstehen ist. Ich verbitte mir jegliche Belästigungen durch Sie. Dies gilt in besonderer Weise für die Zeit unserer zukünftigen Arbeit beim Wurttemberger Kurier, falls es dort eine gemeinsame berufliche Zukunft geben sollte. – *Drittens:* Sie verraten uns, was Sie – außer den Nachstellungen gegen meine Person – sonst noch in die Bretagne geführt hat. Wir haben Sie bei Nachforschungen auf den Sept-Îles beobachtet. Was hat es damit auf sich? – *Viertens:* Möglicherweise benötigen wir Ihre Kontakte. Ich weiß, dass Sie gute

Verbindungen zur französischen Presse haben. – *Fünftens:* Ich behalte mir vor, später nach meinem eigenen Ermessen über meinen hiesigen Aufenthalt in unserer Zeitung zu veröffentlichen. Sie werden mir dabei diesmal nicht in die Quere kommen. Können Sie mit diesen Vorgaben leben, Herr Kollege?«

Während Busshart abwartend den Rauch dieses Feuerwerks an Forderungen abziehen ließ, zeigte sich Fabien einmal mehr beeindruckt von Maries zunehmend selbstsicherem Auftreten. Da saß eine Person neben ihm, die bisher verletzlich, unsicher und voller Ängste erschienen war. Für die er gerne der Stabilisator gewesen war. Sie schien sich auch kaum mehr um eine Rückkehr in ihre berufliche Tätigkeit zu sorgen. Nein, Marie war kein Schwächling. Doch Fabien ließ es sich nicht nehmen, sich selbst auch wieder ins Gespräch zu bringen:

»Wenn Sie diese Bedingungen akzeptieren, Monsieur Busshart, wird Madame Kaufmann ihre Anzeige zurückziehen. Hier ist Ihr Ausweis. Und als erstes Zeichen Ihres guten Willens berichten Sie uns von Ihren Nachforschungen auf den Sept-Îles.«

»Uff«, ließ sich Busshart entlocken. »Sie verlangen viel von mir.«

»Wir verlangen nichts Unmögliches«, entgegnete Fabien.

Busshart nickte einige Male kurz mit dem Kopf. Und nach einer Weile des Nachdenkens, Abwägens und Zögerns ließ er durchblicken: »Am Tag nach den Ereignissen im Nebel habe ich den Leuchtturmwärter vom Phare de Mean Ruz aufgesucht, um …«

»Das ist mir bekannt«, unterbrach Marie ihn schroff und ergänzte ungehalten mit leicht ironischem Unterton: »Ich war ganz zufällig in der Nähe.«

Busshart setzte seine Ausführungen fort, während er ausschließlich Fabien anschaute: »Der Leuchtturmwärter hatte keine Leuchtsignale gesetzt, was uns im Nebel arge Probleme

bereitet hatte. Das kann Ihnen der Kapitän des Ausflugsbootes bestätigen.«

»Für mich war es ein Segen. Denn der Leuchtturmwärter
befand sich zu dem Zeitpunkt selbst auf See und hat mich
glücklicherweise gerettet, nachdem Sie mich in Ihrer widerli-
chen Art angegrabscht hatten und ich danach über Bord gegangen war.« Maries Tonfall ließ immer noch durchblicken,
wie erbost sie über Busshart war.

»Das Verhalten des Leuchtturmwärters zu beanstanden
war allerdings nur ein Vorwand von mir. Ich wollte ihn einfach nur kennenlernen.«

Marie und Fabien schauten sich fragend an.

»Er interessierte mich in der Angelegenheit eines … eines
wohl immer noch nur unzureichend gelösten Kriminalfalles.
Er ist der Enkel eines gewissen Henri Pongar.«

»Was hat es mit dem auf sich?«, hakte Fabien nach.

Busshart zögerte wieder. Es hatte den Anschein, als wollte
er immer noch nicht raus mit der Sprache. Doch schließlich
offenbarte er:

»Es gab vor über einhundert Jahren besondere Vorkommnisse auf den Sept-Îles.«

»Meinen Sie im Zusammenhang mit dem Mord an einen
Fabrikdirektor?«

»Kennen Sie den Fall?«

»Kaum. Mir ist nur bekannt, dass die Fabrik noch am Vorabend des ersten großen Kriegs dichtgemacht wurde. Der
Fabrikdirektor stand im Verdacht, ein Spion der Deutschen
gewesen zu sein. Und soweit ich weiß, war man wohl nicht
unglücklich darüber, dass sich der Fall zufällig zur Zufrie-
denheit aller gelöst zu haben schien, als der Direktor getötet
aufgefunden wurde. Wenig später ist aus der ehemaligen
Baumwollfabrik wohl ein Unternehmen zur Herstellung von
Zellulose geworden.«

»Ich habe auf den Inseln etwas nachgeforscht und bin in einem winzig kleinen Archiv auf Hintergrundinformationen gestoßen.«

»In dem Bauernhof bei der ehemaligen Festung, stimmt's?«, fragte Marie dazwischen.

Kurz drehte sich Busshart in Maries Richtung, aber weiterhin ohne sie direkt anzuschauen: »Sie haben ja schon durchblicken lassen, dass Sie mich beschattet haben. Nun gut.« Busshart wandte sich wieder Fabien zu: »Für den damaligen Fall scheint sich schon lange niemand mehr zu interessieren, denn die Unterlagen, die ich entdeckt habe, sind schon Jahrzehntelang nicht mehr hervorgekramt oder ausgeliehen worden – wenn man dem Ausleihverzeichnis Glauben schenken darf.«

Fabien wurde ungeduldig. »Und was haben Sie nun in Bezug auf den Leuchtturmwärter oder seinen Großvater herausgefunden?«

»Bei dem getöteten Fabrikdirektor handelte es sich um einen gewissen Lou Cadet. Ein ehemaliger Advokat. Er arbeitete mit einem Ingenieur zusammen. Das war kein geringerer als jener Henri Pongar. Der Großvater von Leuchtturmwärter Iven Pongar.«

»So?« *Lou Cadet*. Fabien dachte an das vermeintliche Grab. »Bei Ihren Notizen lag eine alte Fotografie, auf die ich aber nur einen flüchtigen Blick werfen konnte. Gleichwohl werde ich den Gedanken nicht los, dass mir das Gesicht des Mannes bekannt sein könnte.«

»Es ist eine alte Aufnahme von dem Fabrikdirektor.«

»Hm.« Fabien grübelte. »Wissen Sie zufällig, ob es im Internet von diesem Mann eine Abbildung zu finden gibt?«

»Ich habe keine entdeckt. Die Publikation, die ich der kleinen Büchersammlung des Bauernhofes entnommen habe, ist wohl nicht digitalisiert. Aber ich habe eine Fotografie angefertigt. Ich kann sie Ihnen später auf Ihr Handy schicken«, sprach Busshart, während er seinen Kopf nun wieder in Maries Richtung neigte.

»Darum hätte ich kaum zu bitten gewagt, Herr Kollege«, erwiderte Marie – immer noch etwas kratzbürstig.

Busshart zog eine Augenbraue hoch. Ein süffisantes Lächeln legte sich auf seine Lippen.

»Ich habe auch Aufnahmen von den Fabrikhallen und den Wohnbaracken gesehen. Draußen, im Gelände, sind aber nur noch schwerlich einige wenige Fundamentreste auszumachen.«

»Und das Grab von diesem Cadet?«

»Stimmt. Laut der Angaben in dem Buch soll es sich tatsächlich um die Grablege des Ermordeten handeln.«

»Sind eigentlich Details zu dem Mord bekannt?«, fragte Fabien nach.

»Cadet und der alte Pongar waren sich wohl nicht grün«, fuhr Busshart fort. »Am Neujahrstag 1914 wurde Lou Cadet vermisst; Wochen später hat man seine Leiche irgendwo im weiteren Umkreis seiner Wohnung ausgegraben. Man vermutete, dass Henri Pongar der Täter war. Man hatte herausgefunden, dass Cadet durch den Schuss aus einer Pistole getötet worden war. Kaliber 6 Millimeter. Waffe und Munition hatte man später bei Pongar gefunden.«

»Oh, das waren ja wohl sehr belastende Indizien, oder? – Wurde der Täter verurteilt?«

»Der Krieg kam dazwischen«, informierte Busshart. »Nach einer kurzzeitigen Untersuchungshaft wurde der Ingenieur als Soldat eingezogen. Erst nach dem Krieg ist der Fall in Quimper neu aufgerollt worden. Doch Zeugen gab es nun nicht mehr. Oder die ehemaligen Aussagen sind nach der langen Zeit zurückgezogen worden. Andere widersprachen sich. Dem Anwalt von Henri Pongar gelang es, dass sein Mandant im Jahre 1920 in Ermangelung von Beweisen vom Mordvorwurf freigesprochen wurde. Die Ehefrau des getöteten Cadet verkaufte den Besitz, also die Fabrik und die Pulvermühle, an irgendwelche industriellen Interessenten.«

Na klar. Zellulose-Herstellung, dachte Fabien. Und er fragte: »Verliert sich dann die Spur?«

»Nicht ganz«, ergänzte Busshart. »Sie zog in's Finistère. Interessanterweise heiratete sie den ehemaligen Ingenieur und hatte mit ihm einen Sohn. Yann Pongar.«

»Und dessen Sohn ist Iven Pongar?«

»So sieht's wohl aus.«

»Eine interessante zufällige Entwicklung.« Marie meldete sich mal wieder zu Wort. »Weiß man, wer der Anwalt vom alten Pongar war?«

Erstmalig nahm Busshart nun direkten Blickkontakt mit Marie auf und stellte fest: »Ein Mann namens de Groussay. Maurice de Groussay. Alter Adel. Ein Mann mit Einfluss.«

Verblüfft wandten sich Marie und Fabien einander zu: »De Groussay?«, fragten sie wie aus einem Munde.

»Da scheinen aber wirklich merkwürdige Zusammenhänge zu bestehen«, murmelte Fabien. »Ich denke, jetzt müssen wir *Ihnen* einige Hintergrundinformationen offenlegen, Monsieur Busshart.«

»Und wir sollten uns allmählich noch etwas intensiver mit der Familie de Groussay beschäftigen«, bemerkte Marie, inzwischen etwas versöhnlicher. »Es ist gut möglich, dass ein Nachkomme dieses Anwalts heute im Pariser Innenministerium sitzt. Ein bisschen Recherche über Spitzenpolitiker. Etwas Graben und Aufdecken von Fakten, die die ach so weiße Weste der vermeintlich unbescholtenen Honoratioren etwas beschmuddeln könnten. – Das wäre doch was für Sie, Kollege Busshart, oder?«

21 Überraschende Erkenntnisse

Marie befand sich am Mittwoch zum wiederholten Male in Pierricks Büro und starrte einmal mehr die Portraits von Michel und seinem Vater Jacques Le Braz an. Die gestrige Begegnung mit Busshart und seine Erkenntnisse über die ehemalige Verbindung des Ingenieurs, dem alten Pongar, und dem Fabrikdirektor Cadet hatten ihr zu denken gegeben.

Sollte dieser alte Fall mit der Le Brazschen Familiengeschichte zusammenhängen? Konnten die Initialen *L.C.* auf dem Roc'h Hudour etwas mit dem Ermordeten *Lou Cadet* zu tun haben? Lou Cadet, ein Opfer von Gewalt – ebenso wie Michel Le Braz? Beide getötet von einem der Pongars? Und diese wiederum vor dem Strick bewahrt durch de Groussay? Maurice de Groussay, dem Adeligen, Star-Anwalt in den 1920ern. Und de Groussay Junior, Jean Baptiste, ebenfalls einflussreicher Jurist und inzwischen Pariser Spitzenpolitiker? – *Lou Cadet*. Die Vermutung lag nahe, mit diesem Namen die Signatur des Künstlers auf dem Bild von Jacques Le Braz deuten zu können. War es wahrscheinlich, dass dieser *Cadet* Michels Vater Jacques gemalt hatte? Theoretisch war es nicht unmöglich, aber … Welche Beziehung würde dann zwischen Jacques Le Braz und Cadet bestehen? Maries Bauchgefühl sträubte sich gegen diese Annahme.

Sie verglich die beiden Portraits, bei denen sie schon mehrmals merkwürdig viel Ähnlichkeit entdeckt hatte.

Da waren nicht nur die Tätowierung des Triskele-Symbols, die Augenfarbe, die Kopfform und die Gesichtszüge. Da gab es auch viel Gemeinsamkeit in Form und Aufbau der Abbildungen. Beide Portraits stellten jeweils ein männliches Brustbild dar. Beide Personen schienen wie ein Spiegelbild, das jeweils einen leicht aus einer Frontstellung nach links gedrehten Kopf zeigte. Diese Gesichter, die sich aus der Perspektive des Betrachters also nach rechts wandten, hinterließen *einerseits* einen eher bedrückten Ausdruck. Dieses gewisse Maß an Traurigkeit wurde – bei beiden Bildern – durch einige präzise Pinselstriche und wirkungsvoll eingesetzte Schattierungen erzeugt. In beiden Bildern dominierten dunkle Farbgebungen, wobei überwiegend Brauntöne verwendet worden waren. Trotz dieser Tendenz zur Tristesse gewann Marie *andererseits* durch die Körperhaltung der abgebildeten Männer den Eindruck, dass es sich sowohl bei Michel wie auch bei Jacques um tatkräftige, willensstarke Persönlichkeiten handelte. Die Personen verschränkten ihre Arme vor der Brust – aber nicht ängstlich verkrampft, sondern lässig und souverän.

Einer der wenigen Unterschiede: Das Bild, das Jacques Le Braz darstellte, zeigte einen Mann mit Hut und angedeutetem Mantel. Irgendwie zeitlos und mit keiner bestimmten Modeerscheinung in Verbindung zu bringen. Auf dem Bild, das Michel Le Braz zeigte, trug der Portraitierte eine Brille, und der obere Teil einer Anzugjacke war zu erkennen. Auch hier vermochte Marie nicht, den Kleiderstil einer expliziten Epoche zuzuordnen. Vielleicht würde hier ein Experte weiterhelfen können.

Die Ähnlichkeit der beiden Bilder wurde zusätzlich dadurch unterstrichen, dass die Portraits einen gleichen Hintergrund zu haben schienen: Es war ein Ausschnitt aus dem

Felsenmeer von Pors Scaff. Deutlich zu erkennen: der Roc'h Hudour, die Hand des Magiers.

Marie wandte sich dem Landschaftsbild zu, das zwischen den Portraits hing. Die Pinselführung war vergleichbar. Sie wurde einmal mehr das Gefühl nicht los, dass alle drei Bilder vom gleichen Künstler gemalt worden sein könnten. Das musste dann aber bedeuten, dass sie eher in jüngerer Vergangenheit, also zu Michels Lebzeiten oder danach, gestaltet worden waren. *Dann kann Lou Cadet oder ein Zeitgenosse allerdings nicht der Maler sein,* folgerte Marie.

Als sie auf den steinernen Tisch des Landschaftsgemäldes blickte, kam ihr eine Idee. Mit ihrem Handy fotografierte sie alle drei Bilder. Dann verließ sie Pierricks Büro und begab sich zum Felsenmeer von Pors Scaff. Da sich das Wasser vor einigen Stunden zurückgezogen hatte, balancierte sie wieder einmal über den steinig-felsigen Küstengrund und hielt langsam auf den Roc'h Hudour zu. Sie stoppte genau dort, wo früher der steinerne Tisch gestanden haben musste – so, wie es das Landschaftsbild darstellte. Von dieser Position aus wählte sie mit ihrer Handykamera einen Ausschnitt, wobei der Roc'h Hudour im linken oberen Bildquadranten erschien. Sie verewigte das Motiv mit diesem Bildausschnitt und verglich es mit den Hintergrunddarstellungen der beiden Portraits. Jetzt war sie sich sicher. Bei beiden Bildern hatte der Maler oder die Künstlerin den jeweiligen Hintergrund vom gleichen Standort aus gemalt. Oder er – beziehungsweise *sie* – hatte ihn von dem vermeintlich älteren Bild mit Jacques Le Braz in das jüngere Bild von Michel Le Braz hineinkopiert. Was das zu bedeuten hätte, konnte sie leider nicht vertiefen. Denn ihre Gedankengänge wurden dadurch unterbrochen, dass sich Marie mit einem Male beobachtet fühlte. Doch noch bevor sie ihrer Empfindung größere Aufmerksamkeit widmen konnte, vernahm sie Motorenlärm. So schnell es ging, eilte sie zum Castel de Poul Stripo zurück, wo Fabien mit seinem Geländewagen vorgefahren war. Fabien, den sie überraschend aufgeregt antraf. Der ihr keine Gelegenheit gab, ihre neuen Beobachtungen zu offenbaren.

»Marie, du kannst dir nicht vorstellen, was ich im Archiv der Gendarmerie entdeckt habe!«

»Na, nun komm erst mal ins Haus«, antwortete sie, vermochte aber seinen Mitteilungsdrang nur kurz zu dämpfen, zumal sie selbst allzu neugierig war.

»Du konntest ins Archiv?« Marie fragte erstaunt, denn als Praktikant hatte Fabien bisher keinen Zugang zu den abgelegten Polizeiakten erhalten.

»Colonel Garnot und der zweite Beamte der Gendarmerie, der Kollege Landeaux, sind gestern und heute gemeinsam unterwegs. Ich hatte den Archivschlüssel gefunden und da habe ich es gewagt …«

»Wird das Archiv nicht videoüberwacht?«

»Ich habe für einen Kurzschluss gesorgt und die Stromversorgung unterbrochen. – Und, was soll ich sagen: Da war tatsächlich eine bestimmte Akte, ordnungsgemäß unter *P* wie *PONGAR* abgelegt. Ich habe sie kopiert und … Hier, ich habe auch noch einige Fotografien angefertigt. In der Akte sind Informationen zu Iven Pongar enthalten. Zu einer Disziplinaruntersuchung wegen seiner vermeintlichen Dienstvergehen als Leuchtturmwärter zu der Zeit der Tankerhavarie der American Future Oil, aber auch zu Ermittlungen wegen seiner Eingriffe in die Natur und die Missachtung der Naturschutzgesetzgebung.«

»Nanu?« Marie fragte erstaunt.

»Dieses Dossier wurde von Colonel Lenois, einem ehemaligen Dienststellenleiter zusammengestellt, der vor einigen Jahren pensioniert worden ist. Dabei ist auch ein Schreiben von Iven Pongars Anwalt de Groussay, aus dem hervorgeht, dass die Verfahren eingestellt wurden. Aber, jetzt kommt's: Diesem Schreiben von de Groussay hatte Lenois einige handschriftliche Notizen beigefügt. Demnach sind die Eltern von Iven Pongars Vater Yann im Kriegsjahr 1940 einem deutschen Angriff zum Opfer gefallen. Aber der Sohn Yann rettete im Alter von neunzehn Jahren durch ein beherztes Eingreifen den alten de Groussay.«

»Stopp! Jetzt noch mal zu meinem besseren Verständnis: Das Schicksalsjahr 1940, in dem dein Großvater Michel seine Mutter Amelie Le Braz verloren hat, wurde auch für die Pongars bedeutsam. Richtig?«

»Richtig«, bestätigte Fabien. »Der Ingenieur Henri Pongar und seine Frau, die ehemalige Madame Cadet, kamen ums Leben.«

»Und der alte de Groussay, der den Ingenieur seinerzeit verteidigt hatte, wurde von Yann Pongar gerettet?«

»Genau«, antwortete Fabien. »Yann Pongar wurde dafür sogar sechs Jahre später mit einer Kriegsmedaille ausgezeichnet. Er wurde Leuchtturmwärter auf den Sept-Îles. Was ihm für sein Auskommen scheinbar nicht reichte. Er hielt sich mit einigen dubiosen Machenschaften über Wasser. Er lockte Schiffe auf einige Riffe in der Nähe und bereicherte sich dann als Strandräuber.«

»Das sieht dieser Familie ähnlich«, kommentierte Marie und dachte dabei an all die Utensilien, die sie bei ihrer Flucht in den Kellergewölben des Phare de Mean Ruz gesehen hatte. »Ist Yann Pongar dafür nie zur Rechenschaft gezogen worden?«, fragte sie nach.

»Darüber liegen mir keine Informationen vor«, antwortete Fabien. »Aber: Yann Pongar ist selbst 1957 zusammen mit seiner Frau bei einem Schiffsunglück ums Leben gekommen. Zu diesem Zeitpunkt war sein Sohn Iven drei Jahre alt.«

»Ah«, machte Marie. »Drei Jahre? Nicht das günstigste Alter für ein Kind, die Eltern so früh zu verlieren.«

»Aber jetzt kommt der Clou.« Fabien genoss es, die Spannung weiter zu steigern. »Wer nahm den dreijährigen Iven Pongar in Obhut?«

Marie schaute Fabien fragend an. Es dauerte nur einige wenige Augenblicke, bis sie kapierte.

»Das ist nicht wahr. Sag, dass es nicht wahr ist«, bemerkte Marie. Sie hatte eine Ahnung.

»Es ist wahr.« Fabien nickte und zog eine Grimasse. »Der alte de Groussay. Maurice de Groussay. Und nach ihm kümmerte sich sein Sohn Jean Baptiste, unser Beinahe-Staatspräsident um den armen Waisen und half ihm bei jeder der folgenden Gelegenheiten aus der Patsche.«

»Na, da wird mir jetzt natürlich klar, warum es niemand wagt, etwas gegen Iven Pongar zu unternehmen. Selbst diese Akte wird unter Verschluss gehalten.«

Als Fabien durch ein schweigsames Nicken seine Zustimmung gab, kam Marie ein weiterer Gedanke. Etwas, das sie schon längst einmal gefragt haben wollte: »Wer bedient eigentlich den Leuchtturm, wenn Pongar mal nicht zur Verfügung steht? Wenn er mal krank ist, wenn er Urlaub macht und verreist. Oder wenn er seine Zeit im Maison de l'amitié – pardon: im Castle du Grand Pongar – verbringt?«

»Dann übernimmt Garnot den Dienst.«

»Wer?«

»Colonel Garnot, der jetzige Leiter meiner Dienststelle.«

»Der Chef der Gendarmerie? *Dein* Vorgesetzter?«

»Ja, man hilft sich aus unter Bretonen.«

Das wüsste ich aber, dachte Marie. Zu deutlich spielten sich einmal mehr in ihrem Kopf Szenen ab, wie Michel Le Braz und auch sein Sohn Pierrick nach dem angeblichen Selbstmord von allen ihren ehemaligen so treuen Weggefährten im Stich gelassen worden waren.

»Das gibt's ja gar nicht. So ein Filz«, sagte sie schließlich. »Hat dieser Gar … – Wie heißt er noch?«

»Colonel Garnot.«

»War dieser Garnot womöglich für Pongar im Einsatz, als der mit seinem Schiff unterwegs war und mich aus dem Wasser gefischt hat?«

»Dann hätte ja womöglich Garnot seinen Dienst vernachlässigt, da vom Phare de Mean Ruz angeblich keine Signale gesendet worden sind«, rekapitulierte Fabien. »Nein, ich glaube nicht. Das wäre denn doch … Aber weiß man's? Ich will mich mal vorsichtig umhören. Eigentlich sollte es ja irgendwie nachprüfbar sein.«

»Nachprüfbar.« Maries ironischer Tonfall war unüberhörbar. »Mir scheint, hier wird einiges unter den Teppich gekehrt.«

»Durchaus denkbar. – Übrigens: Zum Archiv gehört auch die Asservatenkammer. Das ist der Raum, in dem Beweismittel aufbewahrt werden, wie zum Beispiel Tatwerkzeuge. Dort habe ich das Depot mit Utensilien von Großvater Michel entdeckt. Zu den Asservaten zählten der Brief aus Paris und Großvaters Akten. Auch einige Hundert-Franc-Münzen. Und eine leicht verbogene und blutgefärbte Brille. Aber die Waffe war nicht dabei.«

»Hat dieser Garnot womöglich das Pongar-Dossier im Archiv verschwinden lassen und vielleicht sogar die Waffe an sich genommen?«

Empörung schwang bei Maries Mutmaßung mit. Aber Fabien war unsicher. Er wiegte den Kopf hin und her. Er zweifelte.

»Zuzutrauen ist es ihm allemal«, murmelte er schließlich und fügte etwas verbittert hinzu: »Garnot befand sich übrigens auch an Bord von Pongars Schiff, als ich Cécile zum letzten Mal gesehen habe.«

»Ach was. – Hm.«

Als sich ein Moment des Erstaunens über diese Information gelegt hatte, ließ Fabiens Bemerkung und ein Teil seiner Körpersprache in Maries Kopf so etwas wie eine kleine Warnglocke erklingen.

»Hmhmhm«, wiederholte sie, »ich begreife langsam. Fabi, jetzt begreife ich, warum du dieses Praktikum absolvierst. Es ist dein Versuch, etwas über Céciles Verbleib zu erfahren. Stimmt's?«

Durch Fabiens Schweigen beantwortete sich die Frage wie von selbst.

Fabiens Nachtrauern war nur von kurzer Dauer. Zu schnell holte ihn die Gegenwart wieder ein, als Marie ihm ihre Beobachtungen beschrieb. Sie betraten Pierricks Büro, wo Marie die Gemeinsamkeiten der beiden Portraits zu konkretisieren versuchte. Doch ihre Erläuterungen verstummten jäh, als Fabiens Gesicht immer blasser wurde und er das dringende Bedürfnis verspürte, sich setzen zu müssen. Maries besorgtes Nachfragen zu seinem Wohlergehen beantwortete er mit einer kurzen Geste. Erneut zückte er sein Handy und rief ein gespeichertes Bild aus der imaginären Galerie auf.

»Das hat uns Busshart geschickt«, bemerkte er mit einem bedrückten, fast niedergeschlagenen Klang in der Stimme, als er Marie das Handy reichte. Sie sah sich Busharts Aufnahme aus dem Büchlein an, das ihr Kollege auf den Sept-Îles entdeckt hatte. Und auch sie musste schlucken. Verblüfft und gleichzeitig auch ein wenig betrübt wechselte sie ihren Blick zwischen dem Handy-Foto und dem Portrait zu ihrer Linken. Wer dort als der vermeintliche Vater von Michel Le Braz abgebildet war, war nicht Jacques Le Braz. Es war nicht Amelies Ehemann. Es war nicht der Mann, der aus dem ersten großen Krieg nicht zurückgekommen war. Es war eindeutig der 1913 getötete Fabrikdirektor Lou Cadet. Sollte *dieser* Mann etwa Michel Le Braz' Vater, Pierricks Großvater und Fabiens Urgroßvater sein? – Es war unglaublich. Fabien und Marie blickten einander fassungslos an …

22 David Daudet

Marie hatte keine erholsame Nachtruhe gehabt. Erst gegen Donnerstagmorgen hatte sie in den Schlaf gefunden. Um so später war sie heute dran. Die Familie Le Braz ging bereits seit einigen Stunden wieder ihren alltäglichen Arbeiten nach. Florence hatte Tagschicht. Und auch Pierrick schien unterwegs zu sein.

Während auf dem Herd das Kaffeewasser zu brodeln begann, lehnte sich Marie etwas benommen an den Küchentisch und spielte unschlüssig mit einer Haarsträhne, die sie sich um den Finger wickelte. Sie fühlte sich unausgeschlafen und wirkte unausgeglichen; ja geradezu launisch.

Wenn sie nicht mit ihren Gastgebern zusammen frühstückte, bereitete sie sich gewöhnlich mit Haferbrei und Obstsalat eine gute Ernährungsgrundlage für den Tag zu – so, wie sie es Zuhause normalerweise auch in ihrem Alltag zu tun pflegte. Dass sie heute ihr gesundes Frühstück mied, war für sie in ihrer aktuellen Verfassung kaum förderlich. Stattdessen griff sie sporadisch in die Plätzchendose von den Sept-Îles mit den nur noch wenigen übriggebliebenen Sablés Bretons. Und auch die Vanille-Biskuits verschmähte sie nicht.

Sie wechselte ihre Position und ging zum Herd, hantierte mit dem Wasserkessel, dann griff sie zum Kaffeepulver, goss das Wasser auf und pendelte wieder zum Tisch, wo sie sich im Stehen auf vielen kleinen Zettelchen Notizen anfertigte.

Nur mühsam rekapitulierte sie gedanklich, was gestern und im Gespräch mit Busshart an neuen Informationen auf sie eingeprasselt war. Ihr schwirrten die vielen Namen im Kopf herum. Sie hatte das Gefühl, dringend ihrer Liste mit den verwandtschaftlichen Beziehungen der Familie Le Braz eine Übersicht über die Pongar-Sippe gegenüberstellen zu müssen. Dabei kam ihr in den Sinn, dass auch noch die Lücke zu schließen war, die durch die fehlenden Informationen zu Fabiens Mutter Florence und ihrer Herkunft bestand. Auf einmal spukte ihr der Engländer im Kopf herum. Der Angler, der sich ihr bei der Begegnung in der Nähe von Pongars Castel als Austernzüchter ausgegeben hatte. Spielte etwa auch er eine Rolle in diesem ganzen Tohuwabohu?

Irgendwie nervte es sie inzwischen, dass nur so elendig langsam ein Überblick zu gewinnen war.

Der Kaffee war endlich trinkfertig. Widerwillig setzte sich Marie an den Tisch und sortierte ihre Notizen.

Drei Namenszettel legte sie übereinander. Da waren erstens Iven Pongar und zweitens sein Vater Yann. Der wiederum war der Sohn des Ingenieurs Henri Pongar (Person Nummer drei).

Henri Pongar war mit einer Madame Cadet (vierter Zettel) liiert gewesen, ehemalige Gattin des Fabrikdirektors Lou Cadet (Nummer fünf), ermordet zum Jahresende 1913. Ermordet von wem? Von dem neuen Lebensgefährten seiner Gattin, dem Ingenieur Henri Pongar? Eine Beziehungstat? Die aber nicht bewiesen werden konnte?

Marie nahm das Zettelchen mit dem Namen *Lou Cadet* zur Hand. Es war nicht auszuschließen, dass der Fabrikdirektor Michels leiblicher Vater war. Dann … ja dann musste es (sechstens) eine Affäre mit Michels Mutter Amelie, der mit Jacques verheirateten Le Braz, gegeben haben (Zettel sieben). Marie vermerkte ein dickes Fragezeichen.

Michel Le Braz (Nummer acht) war auf jeden Fall Sohn von Amelie und (neuntens) Vater von Pierrick. Der Vollständigkeit halber vermerkte Marie, dass (zehntens und elftens) die Kinder Youma und Fabien von Pierrick aus der Ehe mit Florence (Nummer zwölf) stammten. Fabien hatte berichtet, dass seine Mutter Florence eine Tochter von Alphonse Daudet war. Der erhielt die Nummer dreizehn.

Doch damit nicht genug. Sie nahm die letzten zwei Notizblätter zur Hand. Da waren noch die beiden renommierten Anwälte.

Der des Mordes verdächtige Henri Pongar war 1920 von Maurice de Groussay (A) verteidigt worden, der einen Freispruch erwirkt hatte. Und dessen Sohn (B), der jetzige Pariser Politiker Jean Baptiste de Groussay, hatte es sich offensichtlich zur Aufgabe gemacht, wie sein Vater die schützende Hand über die Pongars zu halten. Inzwischen profitierte Iven Pongar davon.

Damit schließt sich der Kreis, murmelte Marie. *Vorerst, jedenfalls. Denn dieser ganze Fall ist einfach nur … unberechenbar, wie mir scheint.*

Sie griff sich ihren Skizzenblock und notierte das Nötigste:

Ein Versuch, die Notizen mit zusätzlichen wesentlichen Hintergrundinformationen auf ein Blatt zu übertragen, war wegen der Komplexität zum Scheitern verurteilt. Marie führte sich das Bild vor Augen, das ihr zeigte, wie sich in den heimischen Redaktionsräumen Flipcharts befanden, auf denen Organigramme erwuchsen. Beziehungsgeflechte mit Hauptsträngen, Querverweisen und Nebenästen. Solche Hilfsmittel hatte sie gerade nicht zur Verfügung. Es kam ihr aber ein Styroporkarton in den Sinn, der ihr einmal unter dem Abdach hinter dem Toilettenhäuschen aufgefallen war. Es war ein typischer Behälter für Fischtransport, dessen Deckel ihr geeignet schien. Der bot sich vielleicht dafür an, dass die Notizen wie an einer Pinnwand befestigt werden könnten und so einen besseren Überblick bieten würden. Doch das musste warten.

Marie verschränkte die Arme hinter ihrem Kopf, schaute dabei aus dem Fenster und verfolgte mit ihrem Blick den sehr raschen Wolkenzug. Ihr fehlten im Moment die Nerven, um sich weiter mit den Beziehungsnetzen auseinanderzusetzen. Sie brauchte Bewegung.

Sie wandte sich ihren Reiseunterlagen zu und durchstöberte sie, bis sie auf Kartenmaterial von der Halbinsel Plougouskant stieß, das ihr Fabien schon früher an die Hand gegeben hatte. Sie orientierte sich und nahm das Ostufer der Halbinsel in den Blick. – Florence hatte ihr kürzlich Loan, die Hilfskraft aus Pors Hir, vorgestellt. – Da war es. Pors Hir. »Auch dort soll es Häuser geben, die sich an Felsen schmiegen und mit ihnen zu verschmelzen scheinen«, erinnerte sich Marie an eine Erwähnung. – Ein lohnendes Ziel? *Warum nicht?*, fragte sie sich. *Hauptsache Abwechslung und frische Luft.*

Marie hatte nicht den direkten Weg gewählt, der sich über mehr oder weniger befestigte Wege von West nach Ost quer über die Halbinsel zog. Alternativ hatte sie die Umrundung der Halbinsel Plougouskant über die alten Zöllnerpfade bevorzugt, die stets die Sicht auf das Meer freigaben. Nach einem etwa halbstündigen Fußmarsch hatte sie die Pointe du Château erreicht, wo es kurzzeitig auf angenehm weich federndem Boden durch ein duftendes Kiefernwäldchen ging. Dahinter öffnete sich der Blick auf die Jaudy-Flussmündung – genauer: auf eine fast unendliche Weite eines gezeitenabhängigen flachgründigen Meeresarms. Lediglich unterbrochen von Archipelen und von felsigem Granitgrund, der auch hier bei Ebbe sichtbar wurde. Auf ein ausschweifendes Küstengebiet, übersät mit einem Teppich aus Inselchen.

Hin und wieder passierte sie ein wie verlassen wirkendes Fischerhäuschen an der wild zerklüfteten Küste. Dann führte der aussichtsreiche teils steinige, teils sandige Weg zu einer kleinen Bucht, die wie ein Schiffsfriedhof anmutete. Aus Sand und Schlick und eingekeilt zwischen Granitblöcken schienen ihr aufgesperrte Mäuler Entsetzliches entgegenschreien zu wollen. Sie entpuppten sich als Wrackteile. Bootsskelette. Übriggebliebene Gerippe, die vermutlich nur noch eine kurze Zeit den Launen der Natur zu trotzen vermochten.

Abgelenkt von der schaurigen Szenerie stolperte Marie über eine rostige Vorrichtung, an der das Überbleibsel eines Schiffstorsos mit einer eisernen Kette befestigt war. Während sie sich mit den Armen wild rudernd mühte, das Gleichgewicht zu halten, hatte sie den Eindruck, in Begleitung einer bekannten Person wie in Treibsand zu versinken. Kalter Schweiß rann ihr über den Rücken hinab, als sie wieder festen Boden unter den Füßen fühlte. Sie atmete kräftig durch. Von einem solchen Empfinden, das sie wieder an ihr Trauma erinnerte, war sie eine Weile verschont geblieben.

Jenseits der Bucht galt es, Schritt für Schritt sehr vorsichtig einen Kieselpfad zu meistern. Denn Marie hatte von Fabien erfahren, dass am Ufer zwischen den Kieseln ein seltener Vogel, der kleine graue Regenpfeifer, niste. »Es gibt nur noch wenige hundert Exemplare in ganz Frankreich«, hatte Fabien gesagt und zur Obacht gemahnt. Die Eier seien der Kieselfärbung zum Verwechseln ähnlich. – Nach dem gerade erst durchlebten Schreck zwang sich Marie dazu, ein besonderes Augenmerk auf ihren weiteren Weg zu legen.

Noch immer unter dem Eindruck des soeben Widerfahrenen, hielt sie am Ende des Kieselweges inne. Anstatt das sich jetzt eröffnende großartige Panorama zu genießen, kam zusätzliches Unbehagen auf, als Marie die Konturen der *Enez Terc'h* ausmachte. Sie hatte gelesen, dass auf der Doppelinsel nach den Tankerunglücken in den sechziger bis achtziger Jahren des vergangenen Jahrhunderts Sammelgruben errichtet worden waren, in denen das zu entsorgende Öl bis vor noch gar nicht so langer Zeit gelagert worden war. Auf einer der beiden Inseln bemerkte sie ein Anwesen. Jetzt, bei Ebbe, konnte ein Auto hinüberfahren.

Sie verharrte weiterhin, während sie den Blick nach Südosten wandern ließ. Die zurückweichende Flut gab eine Unzahl von Austernbänken frei. Gestelle, auf denen in Reih und Glied grobmaschige Säcke mit den Schalentieren angeordnet waren. In dieser Umgebung machte Marie erstmalig auch menschliches Treiben aus: Es waren vor allem starke, überwiegend ältere Männer, die – mit gelben Öljacken versehen und bis unter die Achseln in Wathosen gekleidet – im abfließenden Wasser standen und sich mühten, die Säcke zu wenden oder mit kräftigen Stockschlägen auf sie einzudreschen. Marie schaute auf ihr Kartenmaterial und verglich die Informationen mit den Gegebenheiten vor Ort. Dabei erkannte sie am Rande eines schon aus dem Wasser ragenden und mit *Roc'h Bihan* bezeichneten Gesteinsmassivs eine Gestalt, deren Statur und Kleidung eindeutig zu dem englischen Angler gehörten.

Kurz schaute David Daudet hoch, als Marie sich ihm näherte. Sie glaubte ihre Gefühle wieder im Griff zu haben. Nach einem kurzen Gruß, diesmal in englischer Sprache, tauschten sie einige Höflichkeitsfloskeln aus. Daudets Frage, ob Marie bereits von Iven Pongar für seine Zwecke engagiert worden sei, konterte sie mit einer Gegenfrage: »Betreiben Sie Akquise für das Treiben des Leuchtturmwärters, Mister?«

Als das Geplänkel eine Nuance zu maliziös wurde, wechselte Daudet das Thema und eröffnete Marie, dass er gerade im Begriff gewesen sei, das Wachstum der Austern zu kontrollieren. Dann erklärte er, dass die scheinbar prügelnden Arbeiter des Austernzuchtbetriebs die Schalenkanten brächen, um die Meerestiere zur Bildung neuer, eher rundlicher Schalen zu animieren. Das könne den Ertrag erhöhen, denn das Innenleben würde dann an Größe und Gewicht zulegen.

In Deutschland gelten sie wegen der Überfischung als ausgestorben, fiel Marie dazu nur ein.

Daudet begann eine Fachsimpelei, bei der Marie ihm jedoch nur noch mit einem Ohr zuhörte. Stattdessen überrumpelte sie ihn, als sie unvermittelt fragte, ob er Florence Le Braz kenne.

Der abrupte Themenwechsel und die unverblümte Frage waren ihm nicht geheuer. Irritiert und kurzzeitig sogar sprachlos kratzte er sich beinahe verlegen am Ohr, wobei er seine Strickmütze etwas hochschob. Anders als beim ersten Zusammentreffen mit Marie trug er heute nicht die englische Schiebermütze.

Ohne auf Maries Frage einzugehen, bewegte er sich eine Austernbank weiter, wobei Marie ihn genauer in Augenschein nahm. *Knapp vierzig Jahre* schätzte sie ihn. Sie bemerkte wieder sein leichtes Hinken. Und dann beobachtete sie, wie er seinen Hosentaschen einen Spezialhandschuh und ein messerähnliches Instrument entnahm, aus einem der Säcke eins der gezüchteten Tiere puhlte und sich aufreizend breitbeinig in Positur stellte, wobei er den Arm mit der Auster in der linken Hand fest an den Körper lehnte. Und während er das Schalentier in einer leichten Drehbewegung zum Messer in seiner

Rechten führte, bohrte er an einem Ende der Auster die Klinge in die Schale der Muschel. Er drehte das Messer und hebelte die Schale auf.

»Diese Auster ist knapp vier Jahre alt. Ihre Entwicklung ist soweit abgeschlossen, dass sie zum Verzehr geeignet ist«, bemerkte er nüchtern. Dabei nahm er mit Marie Augenkontakt auf. Er trat näher an sie heran, um ihr sein Handeln anschaulich zu demonstrieren. Er durchschnitt den Muskel der Auster, hob dabei den Schalendeckel ab und schüttete überflüssiges Wasser ab. »Man kann die Auster auf unterschiedliche Art verzehren. Man kann sie auch einfach nur ausschlürfen. Bei Bedarf mit Zitrone, Vinaigrette oder pur. Möchten Sie probieren?«, fragte er Marie, die den Kopf ablehnend schüttelte.

»Sie wissen, was ich möchte«, erwiderte sie. »Ich hatte Ihnen eine Frage zu der Familie Le Braz gestellt.« Ihr Ton wurde etwas ungehaltener, nachdem der Züchter ihre simple Frage bisher ignoriert hatte. Er war in seinem Getue nun auch deutlich abweisender geworden. Nach Außen scheinbar von Maries Ansinnen unbeeindruckt schlürfte Daudet jetzt das Austernfleisch selbst aus, wobei er Marie mit kurzen skeptisch musternden Blicken bedachte.

»Sie sind Journalistin und wohnen bei der Familie im Castel de Poul Stripo, stimmt's?« Er ließ die Schalen fallen und putzte das Messer an seiner Hose ab.

»Offensichtlich sind Sie gut informiert.« Marie runzelte die Stirn. »Und da Ihr Aussehen eine Ähnlichkeit mit meiner Gastgeberin aufweist, wiederhole ich meine Frage. Oder kennen Sie Florence Le Braz nur als Florence Daudet?« Marie hatte ihre neue Frage mit Nachdruck gestellt. Sie sah sich in einer Vermutung bestätigt. Da war die Gehstörung. Angeboren? Ererbt? – Wie bei Florence. Zudem hatte sie Daudets dichte Augenbrauen registriert, beinahe zusammengewachsen zwischen den Augen. – Wie bei Florence. Es war ihr für den Moment unerklärlich, dass ihr diese Ähnlichkeit nicht schon bei ihrer ersten Begegnung mit dem Mann auf-gefallen war. Wahrscheinlich war sie Ende letzter Woche von seinem Auftreten zu überrascht gewesen. Oder die Schieber-mütze hatte die Gesichtspartie abgedeckt.

»Kommen Sie mit, Mary Kaufman«, forderte er sie jäh etwas zu schroff auf.

Ups. Nun hatte er den Überraschungseffekt auf seiner Seite. Eine freundliche Einladung klang zwar anders, den-noch folgte Marie ihm. Sie wollte eine Antwort. Viele Ant-worten. Sie spürte, dass er einiges an Licht in das Dunkel der Familiengeheimnisse ihrer Gastgeber bringen konnte. – Aber allein die Tatsache, dass er ihren Namen kannte, machte sie ziemlich neugierig.

Ohne weiteren Wortwechsel erklommen sie über einen mit Holzbohlen befestigten Treppenweg das Ufer und gelangten wenig später am Rande einer Häusersiedlung zu einer Crêperie. Der kleine Restaurationsbetrieb *Les Korrigans* – be-nannt nach den zwar boshaften, aber niedlichen und mit ma-gischen Fähigkeiten versehenen zwergenhaften Spukwesen der bretonischen Mythologie – hatte zwar geschlossen, aber Daudet wies Marie eine Sitzgelegenheit auf der Terrasse an. Vor der *Zwergenhöhle,* wie sie das Lokal ab sofort zu nennen pflegte.

Er entledigte sich seiner Gummistiefel, griff in einem kinderfaustgroßen Astloch einer nahestehenden uralten Pinie nach einem Schlüssel und öffnete die Tür zu dem Haus. Nach wenigen Minuten bot er Marie einen petit noir, einen kleinen schwarzen Kaffee, an.

»Man hat meinen Namen noch nie in seiner englischen Version ausgesprochen«, eröffnete Marie – inzwischen etwas milder gestimmt – einen Smalltalk. »Mir war bisher nicht bewusst, dass ich hier in der Gegend so bekannt bin.«

»Wenn man im Castel de Poul Stripo wohnt, bleibt das nicht unbemerkt«, erwiderte Daudet etwas kryptisch, um anschließend zu erklären: »Seit wenigen Jahren *betört* die hiesige Fee Loan Le Brun in der Saison ihre Gäste in dieser Crêperie. Von ihr kenne ich das Schlüsselversteck. Sie wohnt hier, in Pors Hir und ist die Tochter von dem Besitzer der Austernzucht, der drüben auf seiner Privatinsel Enez Terc'h residiert. Wie Sie schon wissen, bin ich selbst vom Fach und darf bei ihm zu Gast sein.«

Marie nickte. »Ich verstehe. Und außerhalb der Saison treibt die Tochter Loan auf den Feldern der Familie Le Braz ihr Unwesen und spioniert für Sie?«, fragte Marie etwas provozierend. »Oder steckt sie gar mit *unserem Freund* Pongar unter einer Decke?«

Als Marie diese Worte wählte, bemerkte sie ein blitzartiges seltsames Zucken in Daudets Augen, und für einen Moment erstarrten seine Gesichtszüge.

Dann wandelte sich die Mimik und David Daudet lächelte. »Die Le Bruns nehmen Ihren Gastgebern einen beachtlichen Teil der Ackererzeugnisse ab. Steuerfrei. Wenn Sie verstehen, was ich meine. Außerdem besteht schon eine langjährige Verbundenheit zwischen den Familien, seit Bürgermeister Michel Le Braz den ehemaligen Bootsbauern beim Erwerb von Enez Terc'h geholfen hat.«

»Musste er deswegen sterben?«, rutschte es Marie vorschnell heraus.

Für Daudet kam dieser verbale Angriff sichtlich unerwartet. Doch schnell sammelte er sich.

»Es muss damals ein gutes Geschäft für die Gemeinde gewesen sein, als man einen Interessenten für die vom Öl verseuchte Insel gefunden hatte. Und das jetzige Austernzuchtunternehmen beschert der Kommune beträchtliche Steuereinnahmen.«

»Oh!« – Daudet wusste Maries Ausruf nicht einzuordnen. Deshalb präzisierte sie ihre Verwunderung, während sie hinüber nach Enez Terc'h blickte: »Diesmal kommt man der Bürgerpflicht also nach, und es werden Steuern abgeführt? Wie löblich!«

Ihr kam eine Idee. *Loan Le Brun. Könnte sie die Malerin der Bilder gewesen sein?* Marie führte sich die Künstlersignatur der Bilder vor Augen. *Aber nein.* Sie verwarf den Gedanken sofort wieder. Dann wurde sie gegenüber Daudet penetrant:

»Und – jetzt raus mit der Sprache! Was wollen Sie mir über Florence Daudet erzählen?« Erwartungsvoll nippte sie an ihren noch heißen Kaffee. Er war stark und bitter.

David Daudet folgte Maries Blick über das Meer. Noch einmal zögerte er mit einer Antwort. Er schien einigen Gedanken nachzuhängen. »Sie spekulieren richtig. Florence Le Braz ist eine geborene Daudet. Sie ist meine Tante«, bekannte er endlich. »Sie hat mich bisher allerdings nie kennenlernen können.«

Er wandte sich Marie zu: »Da kommt es mir ganz gut zu pass, wenn ich etwas mehr über meine Familie erfahren kann. Ich suche schon länger nach einer angemessenen Gelegenheit, mit den Bewohnern des Castel de Poul Stripo in Kontakt zu treten. Wer weiß, vielleicht helfen Sie mir dabei?« Daudets Frage hatte einen leicht spöttelnden Unterton, war aber nichts desto weniger ernst gemeint.

»Wieso sollte ich? Ich bin nicht so blauäugig, wie Sie vielleicht von mir denken. Ich kenne Sie doch gar nicht.«

»Eben drum. Sie wollen mich und die vollständige Le Bratzsche und Daudetsche Familiengeschichte kennenlernen. Deswegen sind sie doch hier. Oder sollte ich mich da irren?«

Marie war verwundert, dass sie durchschaut war. Derweil wirkte Daudet zufrieden – so, als habe er einen Nagel auf den Kopf getroffen und bei dem kleinen Wortgefecht einen Sieg errungen. Er ließ sich auf eine Terrassenstufe nieder, vor der verschiedene Kräuterbüsche gepflanzt waren: Lavendel, Thymian und Rosmarin verströmten einen betörenden Duft. Marie tat es ihm gleich, strich dabei durch den Lavendel und ließ noch mehr von dem intensiven Duft aufsteigen. Mit ihm tanzten nun etliche Schmetterlinge durch die Luft.

»Wenn ich mich Ihnen offenbaren soll, müssen Sie mich David nennen«, gab er ihr zu verstehen, wobei er ihr einen Rosmarinzweig reichte. Marie nahm das wohlriechende Kraut und auch sein Angebot an, womit der etwas spannungsgeladene Schlagabtausch der letzten Minuten beendet schien. Nun ließ sich ihr Gesprächspartner nicht mehr zweimal bitten, Einzelheiten über die wahren Beweggründe seines Aufenthaltes auf der Halbinsel Plougouskant preiszugeben.

»Möglicherweise haben Sie schon einmal etwas von Alphonse Daudet gehört?«, fragte er. »Er war mein Großvater.«

Marie nickte: »Er war der Amtsvorgänger von Michel Le Braz und soll ihn für die Nachfolge ziemlich protegiert haben, wie ich hörte.« Sie hielt sich den wohlriechenden Rosmarin dicht an die Nase, während David ihrem Blick auswich, einen weiteren Zweig aus der Rosmarinstaude abbrach und die Nadeln zwischen seinen Fingern zerrieb.

»Nicht nur hinsichtlich der beruflichen Laufbahn sollen die Beiden ein Herz und eine Seele gewesen sein. Was wohl seinen Ursprung darin hatte, dass Ende der fünfziger Jahre Großvaters Haus abgebrannt war und Michel Le Braz fast zwei Jahre der ganzen Familie Daudet Unterschlupf in seinem *Maison de l'amitié* gewährt hat.«

»Der *ganzen* Familie?«

»Großvater Alphonse, seiner Frau und deren Sohn René – meinem Vater. Und 1960 wurde noch Tante Florence im *Haus der Freundschaft* geboren.«

»Das war aber sehr großzügig«, bemerkte Marie.

»Das stimmt. Aber leider nahm dort für meinen Vater René das Schicksalsrad des Lebens einen eher negativen Lauf. Er war zu dem Zeitpunkt fünf oder sechs Jahre alt und hat sich in seiner folgenden Entwicklung wohl immerzu benachteiligt gefühlt. Da war der wenige Jahre jüngere Pierrick, der zuerst mehr im Mittelpunkt des Interesses stand. Dann kam Nesthäkchen Florence auf die Welt, und ihr wurden die

Privilegien der Familie zuteil. Aber die größten Aufmerksamkeiten muss wohl Michel Le Braz genossen haben. Er wurde der Günstling seines Mentors Alphonse Daudet.«

David warf den Stiel, das Gerippe des von seinen Nadeln befreiten Rosmarinzweiges von sich. »Zu einem Eklat mit tragischem Ausgang ist es schließlich zehn Jahre später gekommen. Vater René war sechzehn Jahre alt, als er – zugegebenermaßen in einer Anwandlung groben Unfugs – Großvaters Autoschlüssel entwendet hatte. Dummerweise war er in einen Autounfall verwickelt, bei dem ausgerechnet seine Mutter das Leben verlor.«

»Ohje. – Und das war dann sicher zu viel für Ihren Großvater Alphonse?«

David nickte. »Es muss wohl zu vielen Auseinandersetzungen und Schuldzuweisungen gekommen sein, was Vater René veranlasste, über Nacht zu verschwinden. Die Aufforderung *Geh mir aus den Augen* hat er wohl sehr wörtlich genommen. Offensichtlich konnte sein Vater sich *selbst dadurch nicht* besänftigen lassen, dass man seinem Sohn keine Schuld an dem Unfall nachweisen konnte. Wie dem auch sei, Vater René hat es immer so dargestellt, als sei er verstoßen worden. Bürgermeister Alphonse Daudet war aber wohl derart verbittert, dass er selbst einige Zeit später einen Schlaganfall erlitt.«

»Mit ebenfalls tödlichem Ausgang?«, fragte Marie.

»Nein. Er hat wohl noch etliche Jahre gelebt. War die erste Zeit in der Klinik untergebracht, in der Tante Florence heute als Krankenpflegerin arbeitet. Später wurde er – teilweise sogar noch von ihr persönlich – in dem angrenzenden Sanatorium betreut.«

»Und Florence?«

»Florence gehörte ab sofort wieder zum Maison de l'amitié und wuchs mit Pierrick Le Braz zusammen auf …«

»Den sie später heiratete …«

David nickte wieder. »Und Michel Le Braz trat die Nachfolge von Bürgermeister Alphonse Daudet an. Vater René aber hat sich fast nie wieder in seiner Heimat blicken lassen.«

»Fast?«, fragte Marie neugierig.

»Ich kenne natürlich nur die Geschichte aus der Sicht meines Vaters. Der hatte zuerst bei einer Hamburger Reederei angeheuert und geriet kurze Zeit später ins Visier der Gerichte, weil man ihm als Schiffsführer eines Seenot-Schleppers eine Mitschuld an dem Tankerunglück der *AFO For Freedom* andichten wollte. Dann verschlug es ihn nach England, wo ich geboren wurde. Leider ereilte ihn schon bald ein Krebsleiden. Als meine Mutter davon erfuhr, gab Vater René sie frei. Sie pflegten ohnehin eine offene Beziehung. Und auch ich habe keinen Kontakt mehr zu ihr.«

»Aber Ihr Vater war noch einmal hier?«, hakte Marie nach.

»Vaters Prognose war schon damals schlecht. Darum ist er tatsächlich noch einmal nach Pors Scaff gekommen. Er wollte mit seiner Vergangenheit Frieden schließen und sich wenigstens noch einmal mit seiner Schwester treffen. Er muss wütend gewesen sein, weil auch sie sich scheinbar niemals für seinen weiteren Lebensweg interessiert hat. Er war verletzt, aber in seinen Gefühlen hin und her gerissen. Vergessen hat er seine Schwester nie. Irgendwie hatte sie ihm wohl doch auch gefehlt. Leider hat er sie nicht angetroffen. Stattdessen wäre es beinahe zu einer Begegnung mit seinem *Konkurrenten* gekommen, wie er ihn immer nannte. Er hat die Bevorzugungen von Michel Le Braz durch seinen Vater nie verwunden.«

»Wann war das?«, fragte Marie und ahnte Ungeheuerliches.

»Das ist das Problem.« David atmete tief durch, bevor er ergänzte: »Es war just an dem Tag, als sich der alte Le Braz erschossen hat.«

Als er Maries ungläubig fragenden Blick gewahrte, beeilte sich David Daudet hinzuzufügen: »Soweit ich weiß, hat Vater

René diese Information einige Zeit später einer knappen Zeitungsmeldung entnommen.«

Marie ließ sich Davids Schilderung mehrfach durch den Kopf gehen. Was er ihr aufgetischt hatte, klang plausibel. Aber … Konnte sie ihm trauen? *Ich mag ja ein bisschen zu gutgläubig sein, aber naiv bin ich nicht,* war sie von ihrer Einschätzung überzeugt. Zwar mahnte irgendetwas in ihr zur Vorsicht, aber sie glaubte David. Fürs Erste. Fast. Zumindest das Wesentliche. Dabei folgte sie ihrem Bauchgefühl. Auf ihre Intuition konnte sie sich ziemlich gut verlassen.

23 Unaufrichtigkeiten

Auf dem Nachhauseweg klang in Maries Ohren immer wieder Daudets letzter Satz nach: *Das ist das Problem. Vater René war genau an dem Tag bei Pors Scaff, als Michel Le Braz seinen Tod fand.* – Marie wusste nicht, ob sie über dieses ehrliche Bekenntnis glücklich sein sollte. Letztlich sagte es nichts über die tatsächlichen Begebenheiten aus. Aber natürlich würde nun immer wieder unwillkürlich der Gedanke oder das Gefühl mitschwingen, dass der Bruder von Florence den alten Le Braz umgebracht haben könnte. Zweifellos war das irrational. Welchen Grund könnte es schließlich geben, dass sich die Daudets urplötzlich durch eine solche Aussage selbst belasteten? Oder hegte David irgendwelche Absichten, die bisher noch nicht zu durchschauen waren?

Marie und David waren irgendwann wieder zum Küstenweg zurückgekehrt. Dort hatte Marie kurz ein Frösteln im Rücken verspürt. Grund für dieses Gänsehaut-Erlebnis war ein Hinweisschild zur *Baie d'Enfer*, zur Höllenbucht, wo man in Sturmnächten angeblich das Heulen von verfluchten Seelen hören könnte, wie sie in ihren Unterlagen gelesen hatte. Daran mochte sie nun gar nicht denken in Anbetracht des tragischen Todes vom alten Le Braz, über den sie kurz zuvor noch gesprochen hatte.

Marie hatte dem Engländer nach seinen scheinbar offenen Worten auch einiges von sich selbst erzählt. Sie hatte ihm von ihrem unfreiwilligen Bad bei den Sept-Îles berichtet, das sie als Unfall dargestellt hatte. Sie hatte dargelegt, wie sie von der Familie Le Braz Unterstützung erfahren hatte, bis ihre Erinnerungen zurückgekehrt waren. Und sie hatte David zu verstehen gegeben, dass sie nun ihre restlichen Urlaubstage bei ihren Gastgebern verbringe, wobei sie sich für deren Großzügigkeit revanchieren wolle, indem sie auf Bitten Pierricks bei der Aufdeckung einiger Ungereimtheiten behilflich sein wolle. Sie hatte David über das Verhalten von Iven Pongar bei seiner schamlosen Übernahme des Maison de l'amitié in Kenntnis gesetzt, auf ihre Zeit im Phare de Mean Ruz verwiesen, wo sie alles andere als angenehme Stunden erlebt hatte, war aber auch darauf zu sprechen gekommen, dass Pierrick den Tod seines Vaters eben immer noch nicht verwunden habe.

Bei ihrem Abschied hatte sie David Daudet zugesagt, dass sie ihm beistehen wolle, zu gegebener Zeit einen Kontakt zwischen Florence und ihm herzustellen. Nachdem sein Vater René dem Krebsleiden erlegen war, hatte sich David dazu durchgerungen, die alte Verbindung innerhalb der Familie wieder aufleben zu lassen. Ob das möglich sein würde? Oder musste man sich sorgen, dass dadurch kaum verheilte Wunden wieder aufrissen?

Apropos. Düstere Wolken zogen auf einmal über die Halbinsel Plougouskant auf. Die Temperaturen sanken rapide. Das Wetter war wie Maries beeinträchtigte Stimmung. Denn David hatte ihr zuletzt noch einige ungeahnte und unglaubliche Neuigkeiten mit auf den Weg gegeben, durch die sie sehr verstört war.

Sie grübelte, wie sie ihre Gastgeberin mit diesen Auskünften und mit all dem durch David neu gewonnenen Wissen konfrontieren könnte. Warum hatte ihr Florence all dies vorenthalten? *Ich sollte ihr mal die Leviten lesen*, dachte Marie.

Gleichwohl machte sie sich im selben Atemzug bewusst, dass es ihr eigentlich lediglich zustand, nur sehr behutsam mit den neuen Fakten umzugehen. Schließlich würden Florence und vor allem auch Pierrick ohnedies bereits einiges zu verkraften haben, wenn sie die sensationellen Neuigkeiten um die Person Lou Cadet erführen, die Fabien am Vortag aufgedeckt hatte. Am gestrigen Abend war es nicht mehr zu einer Begegnung mit Fabiens Eltern und somit auch zu keinem Informationsaustausch gekommen. Denn Florence und Pierrick waren zu einer Feier der Klinikmitarbeiter mit ihren Lebensgefährten unterwegs gewesen. Und zu später Stunde hatte Fabien den Eltern die neuen überraschenden Entdeckungen nicht mehr zumuten wollen.

Marie seufzte. Sie verglich ihr Pulen in den Lebensgeschichten der Beiden mit einer ihrer Leidenschaften: dem stundenlangen Knacken von Nüssen im Herbst nach einer reichhaltigen Ernte. Da brachte sie oft kiloweise die gehaltvollen Kerne ans Tageslicht und bestaunte ihr Aussehen als ein Wunder der Natur, wenn sie unbeschädigt freigelegt worden waren. Doch allzu häufig wurden sie beim Entfernen der Schalen brutal zerbrochen, bis nur noch unansehnliche Fragmente übrigblieben. – Natürlich war es für Marie selbstverständlich, beim hartnäckigen Aufdröseln der Gegebenheiten, beim Aufdecken der Realitäten ihr fast freundschaftliches Verhältnis zu der Familie Le Braz nicht durch unbedachtes Reden zerstören zu wollen, aber andererseits … Nach der eigenen überaus unschönen Erfahrung im Umgang mit ihren Erinnerungslücken war es jetzt für sie kolossal frustrierend, immerzu nur häppchenweise mit Halbwahrheiten abgespeist zu werden. Wenn das so weiterginge …

Im nächsten Moment dachte sie an die Arbeit beim *Württemberger Kurier*. Da zählte einzig und allein die Story. Wieder einmal erschien gedanklich ihr Kollege Busshart, wie er auflebte, wenn er viele kleine Puzzleteile zusammenfügte, fehlende aufspürte, auswertete und zu einem Gesamtbild zusammensetzte. *Was zählen da schon meine persönlichen Befindlichkeiten*, ging es ihr durch den Kopf. Dabei achtete sie zu wenig auf ihren Weg, was Folgen hatte, als sie es zu spät bemerkte: Sie hatte sich verlaufen.

Nachdem sie sich mit Hilfe ihrer Landkarte orientiert hatte, entschied sie sich, den unvorhergesehenen Umweg für einen Abstecher über Plougouskant zu nutzen.

Auch wenn ihr im Moment eigentlich nicht zum Kochen zumute war, war ihr eine Idee gekommen. Obwohl der Winter längst vorbei war, hatte sie in dem Lagerraum bei dem Styroporbehälter in einer abgedeckten Kiste noch einige letzte treibende Chicorée-Knospen entdeckt. Auch Kartoffeln waren dort eingelagert. Da es merklich kühler geworden war, bot es sich an, ihre Gastgeber mit einem Chicorée-Auflauf zu überraschen, so wie er in der kühleren Jahreszeit häufiger auf Maries Speiseplan zu finden war.

In einer Boucherie von Plougouskant besorgte sie sich Kochschinken, mit dem sie den Auflauf garnieren wollte.

Dann besah sie sich beim flüchtigen Vorübergehen eine Kapelle des Ortes mit ihrem auffallend geneigten Helm. Offenbar war die Turmbasis nicht solide genug gebaut. Wie irgendwo zu lesen gewesen war, hatten sich die Einwohner des Ortes aber wohl dagegen entschieden, durch eine korrigierende Baumaßnahme ihr Wahrzeichen zu verlieren. Im Inneren besserte sich Maries Laune vorübergehend, als sie ein reich bemaltes mit sehr alten Gemälden versehenes Tonnengwölbe bestaunte.

Vor dem Kirchenbau lief sie über einen Marktplatz. *Irgendwo wird Pierrick hier am Markttag sein Gemüse anbieten*, ging ihr durch den Kopf. Wenig später hatte sie das Ortsschild von Plougouskant hinter sich gelassen, und sie wurde sich erneut ihrer sie zuvor belastenden Gemütsverfassung bewusst. Noch immer war sie sauer auf Florence. Würde sie ihren Verdruss vor ihrer Gastgeberin verbergen können, oder würde es ihr wenigstens gelingen, ihre Stimmungslage zu kontrollieren? Einen handfesten Krach würde sie keinesfalls provozieren wollen. Nur gut, dass sie sich auf dem Rückweg noch etwas abreagieren konnte. Sie schlug ein zügiges Tempo ein. Der unvorhergesehene Umweg mit dem Abstecher nach Plougouskant würde ihr zusammen mit dem Rückweg knapp zwei Stunden Zeit kosten.

Was soll's? dachte sie. *Habe ja genug davon. Genügend, um hoffentlich den Kopf frei zu bekommen und um nicht die Beherrschung zu verlieren.*

Die Stunden bis zur Rückkehr der Gastgeberfamilie und dem Abendessen waren unspektakulär verlaufen.

Gerade rechtzeitig war Marie im Castel de Poul Stripo eingetroffen, als der schon seit geraumer Zeit befürchtete Regenschauer niedergegangen war.

Als erstes hatte Marie ihr am Morgen begonnenes Projekt ergänzt und zum Abschluss gebracht. Auf der Styroporplatte hatte sie all die Namen und wesentlichen Informationen verewigt, die mit den Familien Daudet, Le Braz und Pongar verknüpft waren.

Dann hatte sie Kartoffeln gekocht. Die Erdäpfel hatte sie in Ermangelung eines geeigneten Küchengerätes mit der Beigabe von etwas Butter und Milch zu einem Stampf zerdrückt und mit Salz und einer Prise Muskat abgeschmeckt. Aus den Chicoréeknospen hatte sie den bitter schmeckenden Kern keilförmig entfernt, das Gemüse gedünstet und zusammen mit dem Stampf in eine Auflaufform gegeben. Als Florence, Pierrick und Fabien nach Hause kamen, hatte sie das vorbereitete Essen mitsamt dem Schinken und einer Art Bechamelsoße schnell zu einem Auflauf überbacken.

Die Überraschung war ihr gelungen. Florence pries den *endives jambon*, den gratinierten Chicorée. *Sie* pflegte die Blätter der Knospen üblicherweise mit Blutorangen und Walnüssen zu einem Wintersalat zu verarbeiten. Doch Fabien schmeckte die Variante ausgesprochen gut, die er bisher nicht kannte. Und Pierrick ließ es sich nicht nehmen, auch hierzu einen Krug Cidre zu kredenzen. Was auch sonst. Als Dessert zauberte er mit Freude aus einem Vorratsschrank mehrere kleine karamellisierte Blätterteigküchlein auf den Tisch. Kouignettes. Mit Himbeer-, Orangen- oder Trauben-Rum-Füllung. Marie wählte ein Gebäckteilchen, das mit Pistazienpaste versehen war. Sie würde sich zum Ende ihres Aufenthaltes in dem ehemaligen Fischerhaus mit einer üppigen klassischen *Schwarzwälder Kirschtorte* revanchieren, das hatte sie sich fest vorgenommen.

Nach dem Essen breitete sich Schweigen aus. Florence kramte mal wieder ihr Strickzeug hervor, Pierrick las in einer Zeitung, und Fabien durchblätterte Maries Skizzenblock, den sie auf einer Kommode versehentlich liegengelassen hatte. Während Marie am frühen Abend das Essen zubereitet hatte, hatte sie aus der Erinnerung mit wenigen prägnanten Strichen einige Szenen vom Westufer des Jaudy an der östlichen Seite der Halbinsel flüchtig aufs Papier geworfen. Aber die Bootsgerippe, die langen Reihen Austernbänke und die Umrisse der Insel Enez Terc'h waren leicht zu identifizieren. Als Fabien zurückblätterte und das grobe Diagramm mit Namen sah, stand er auf und verließ den Wohnraum, wobei er kurz den schweren Vorhang, der zum Schutz vor zu viel Zugluft an der Tür zur Eingangsdiele angebracht war, beiseite schob, um ihn sogleich wieder sorgfältig zu verschließen, nachdem er hindurchgeschlüpft war. Fast zeitgleich griff Pierrick blitzartig nach einem Bier im Kühlschrank. Derweil erledigte Marie den Abwasch und überlegte dabei fieberhaft, wie sie das Gespräch auf Fabiens gestrige Entdeckungen lenken könnte.

Das Geräusch des klappernden Geschirrs beim Aufräumen und Schritte vor der Eingangstür durchbrachen schließlich die Stille.

»Schaut mal, was ich beim Abstellplatz gefunden habe«, rief Fabien, als er die Tür öffnete und den Styropordeckel vorsichtig in die Stube trug.

Marie rollte mit den Augen und verzog das Gesicht, als sei ihr dieser Auftritt im Augenblick gar nicht recht. Doch schnell besann sie sich und nutzte die Gelegenheit, einige ihrer Überlegungen zu dem Schaubild zu erläutern. Dazu bat sie die Anwesenden in die Schreibstube, wohin sie auch die Übersichtstafel trug. Sie rollte ein niedriges Beistelltischchen an eine Wand des Büroraums und platzierte darauf die Schautafel. Die Informationen zu den Namenszetteln von Alphonse, René und David Daudet hatte sie kurzerhand mit ihrem Küchentuch abgehängt.

»Sie hatten sicher einen anstrengenden Tag.« Marie bemühte sich, betont freundlich zu bleiben. »Und jetzt, nach dem Essen, sind wir alle etwas müde. Trotzdem sollten Fabien und ich Ihnen etwas Wichtiges zeigen. Ich habe in den letzten Wochen mit einer Menge neuer Namen zu tun gehabt. Es fiel mir nicht leicht, die Verbindungen der Personen untereinander zu durchschauen. Hier ist das Ergebnis.«

Nachdem sie einen stummen Blick mit Fabien gewechselt hatte, übernahm er es, den Zusammenhang der Person Lou Cadet, seiner Gattin und der Abstammungslinie der Pongars einerseits und die Verbindung zu dem Verwandtschaftszweig der Le Brazschen Familie andererseits zu veranschaulichen.

»Wir haben etwas herausgefunden, das mich heute bereits den ganzen Tag über sehr beschäftigt und auch etwas von der Arbeit abgelenkt hat. Das aber vor allem auch euch schwer im Magen liegen dürfte.« Er machte ein betroffenes Gesicht, als er seinen Eltern die Handyaufnahmen von der Abbildung des Fabrikdirektors Lou Cadet zeigte, die er mit den Gemälden im Büro verglich.

Nach dieser spektakulären Offenlegung hielt sich Florence konsterniert an einem Glas Pommeau fest, einem im Gegensatz zu den hochprozentigeren Lambigsorten milderen

Getränk, das sie gut gekühlt schon als Digestif zu sich genommen hatte. Vermutlich hätte es eine Weile gedauert, bis sie sich aus ihrer Schockstarre befreit hätte. Aber Pierrick bekam einen Hustenanfall, der die augenblickliche Grabesstille durchbrach. Er hatte sich an seinem bretonischen Bier aus Morlaix verschluckt. Dabei war *La Coreff sogar nur* ein kohlensäurearmes Bier.

Wie schon Fabien und Marie am Vortag fragten sich auch Florence und Pierrick nach einem Moment der Bestürzung, ob Michel Le Braz wohl gewusst habe, dass sich hinter der Person, die da auf dem anderen Portrait abgebildet war, nicht Jacques Le Braz sondern Lou Cadet verbarg. Und die zweite Frage war, ob Lou Cadet nun auch tatsächlich der leibliche Vater von Michel gewesen war. Manches sprach dafür. Manches deutete auch darauf hin, dass Pierricks Vater Michel sehr wohl von diesem Umstand wusste.

»*Bastard* hat Iven Pongar zu Michel gesagt, als wir aus unserem Haus ausziehen mussten. Ich erinnere mich allzu gut an diese Ungeheuerlichkeit«, sinnierte Florence.

»Eine Frechheit war es, die nun in neuem Licht gesehen werden muss«, klang es von Pierrick demoralisiert. Und deprimiert fügte er hinzu: »Dann hat Vater uns viele Jahre etwas vorgespielt – warum nur?«

»Wer kann sich schon so einfach damit abfinden, dass man das Ergebnis eines offensichtlichen Fehltritts ist?«, bemerkte Fabien etwas zu zynisch und zeigte doch auch Verständnis: »Wenn es einem dann zusätzlich noch mit Schimpf und Schande an den Kopf geworfen wird …«

Vor Maries Auge erschien das bretonische Wort *gwirionez*, wie es auf dem Roc'h Hudour verewigt war: *Wahrheit.*

»Vielleicht vermochte Ihr Vater Michel einfach nicht, Ihnen die Wahrheit zu sagen, Pierrick«, mutmaßte Marie, wurde dabei aber von einer sehr plötzlich über alle Maßen erzürnt wirkenden Florence unterbrochen:

»*Wahrheit*, was heißt hier schon *Wahrheit*?«, ereiferte sich Florence, die mit Schwung ihr Likörglas auf ein Regalbord stellte, sodass sie etwas von der bernsteinfarbenen Flüssigkeit vergoss.

»Lügen sind es! Unaufrichtigkeiten! Vieles hat man uns verschwiegen, und mit gemeinen Irreführungen werden wir schon ein Leben lang für dumm verkauft!«, keifte sie, was Marie allerdings – trotz der selbstverordneten Zurückhaltung – gegen Florence selbst aufbrachte:

»Sie haben recht, Florence. Es sind Augenwischereien, *Halbwahrheiten*, im Spiel. Es ist viel Schwindelei dabei, die allerdings auch an mir nicht vorbeigeht! Auch ich empfinde Täuschungen, wenn man mich im Dunkeln tappen lässt, indem mir wichtige Informationen vorenthalten werden oder wenn man mich Zusammenhänge nur scheibchenweise zutage fördern lässt!«

Wie befürchtet, hatte Marie Probleme damit, sich nicht allzusehr zu echauffieren. Und doch siegte jetzt das Bedürfnis, ihren Unmut einmal deutlich zum Ausdruck zu bringen. Es war nicht der Zeitpunkt, nachsichtig zu sein.

»Florence, als wir uns kürzlich auf dem Artischockenfeld trafen, haben Sie mir gesagt, dass Iven Pongar in dieser Gegend erstmalig Mitte der Achtziger aufgetaucht sei, um Sie und Ihre Familie wenig später aus Ihrem Maison de l'amitié zu vertreiben. Aber er war schon vorher hier, nicht wahr?«

»Das stimmt. Ich sagte ja schon, dass er zu denen gehörte, die nach dem Tankerunglück mitgeholfen haben, die Küste vom Öl zu befreien. Das hatte uns jedenfalls Schwiegervater Michel erzählt.« Florence schien sich ein wenig zu beruhigen, während sie ein Putztuch holte und den feuchten Fleck des verschütteten Apfellikörs entfernte.

»Und sind Sie sicher, dass er nicht schon vorher hier sein Unwesen getrieben hat?«

Misstrauisch kniff Florence die Augen zusammen: »Worauf wollen Sie hinaus, Marie? – Meines Wissens war er zuvor noch nicht hier. Aber ich kann mich natürlich auch irren.«

»Sie irren sich, Florence. Und Sie wissen es nur allzu gut, dass Sie sich irren.« Marie zog anklagend einen Mundwinkel hoch, als sie Davids letzte Informationen preisgab: »Denn Iven Pongar hat schon viele Jahre vorher *Ihren Bruder René* auf die schiefe Bahn gelockt. Zu einer Zeit, da waren Sie zwar noch ein kleines Mädchen. Aber ich bin davon überzeugt, dass Sie sich erinnern: Es war im Jahr 1970, als sich Ihr Bruder zusammen mit Pongar auf eine verhängnisvolle Tour begab, nachdem Ihrem Vater, Altbürgermeister Alphonse Daudet der Autoschlüssel entwendet worden war. Ihre Mutter wurde Opfer eines Unfalles, an dem die Beiden beteiligt waren. Ihr Vater erlitt einen Schlaganfall. Und Ihr Bruder war fortan für die Familie gestorben. Übersehe ich etwas Wesentliches bei meiner Kurzfassung zu diesem Teil Ihrer Familiengeschichte?«

Dass sich René Daudet gemäß der Aussage seines Sohnes David am Todestag von Michel Le Braz in der Nähe seines Sterbe- oder Tatortes aufgehalten hatte, mochte Marie in diesem Augenblick nicht verraten. *Wer weiß schon genau, was da tatsächlich vorgefallen ist?* Diesbezüglich war sie immer noch skeptisch.

Ziemlich angefressen beobachtete Marie, wie Florence ihrem Mann Pierrick einen bösen Blick zuwarf. *Ich habe dir ja gleich gesagt, dass wir uns nicht zu tief in unsere Familienangelegenheiten blicken lassen sollten,* interpretierte Marie diesen stummen Vorwurf von Florence, die sich anschließend zu einem Fenster begab, eine Gardine beiseite zog und das Fenster öffnete. Es war ein sanftes Heranrollen der Wellen zu vernehmen. Ebbe. Zudem wehte ein laues Lüftchen, das aber reichte, sodass sich der Vorhangstoff aufbauschte und den Kopf von Florence touchierte, die es nicht zu bemerken schien. Sie räusperte sich, rang schließlich aber dennoch mit belegter Stimme nach Worten und gab jetzt etwas reumütig zu:

»Es stimmt, Marie. Ich habe Ihnen einiges verschwiegen. Aber was da geschehen ist, ist – für uns alle – auch kein Ruhmesblatt, mit dem man hausieren gehen mag.

René hat schon in jungen Jahren immer viel Unfug getrieben und Vater oft bis zur Weißglut gereizt. Beide waren Hitzköpfe. Als mein Bruder älter wurde, eskalierten die Streitereien regelmäßig. Dann hat meist nicht viel gefehlt, und es wäre zu Handgreiflichkeiten gekommen. Letztlich hat Vater ihn durch Missachtung gestraft. Ob das der richtige Weg war? Ich weiß es nicht. Es war eben … Naja, man kennt sie ja – diese Phasen bei Heranwachsenden. Und im Nachhinein weiß man ohnehin immer alles besser.«

»Ja, aber …«

Florence ließ Maries Versuch eines Einwands nicht zu und fuhr fort: »Zu mir war mein Bruder eigentlich fast immer nett. Wenn mein Vater mal mit mir schimpfte, versuchte René oft, mich zu beschützen. So manches Mal nahm er sogar die Schuld auf sich, wenn ich etwas ausgefressen hatte. Oder es gelang ihm, Vater abzulenken, dessen Zorn sich dann über René entlud.«

»Und Ihre Mutter?«

»Meine Mutter … tja, die hat sich in der Bretagne angeblich nie wohl gefühlt, wie mir später von irgendwelchen Plappermäulern in Plougouskant zugetratscht worden ist. Ihr soll wohl der *sonnige Süden gefehlt* haben, von wo sie stammte. Hat vorgeblich kaum Kontakte gepflegt und sich irgendwann von ihrer Außenwelt vollständig abgekapselt. Das muss kurz vor meiner Geburt geschehen sein, als es zu einem Brand in unserem damaligen Haus gekommen war. Es heißt, sie habe sogar die Pflichten einer Bürgermeistergattin vernachlässigt und sei schließlich vereinsamt. Ich war als Kind noch nicht in der Lage, das zu beurteilen, meine aber, dass ich ihre Zuwendung und Zuneigung nie missen musste. Was meinen Bruder betrifft …, da konnte sie sich gegenüber Vater wohl nicht durchsetzen. – Sie hatte übrigens bei dem Autounfall eine Hirnschädigung davongetragen. Ein Blutgerinnsel ist ihr zum Verhängnis geworden. – Und …«, Florence sprach jetzt mit deutlicher Ironie, »… damit Sie nun auch alles von mir erfahren, Marie … Das Vermögen der Familie habe *ich* geerbt. Wir haben uns davon dieses Haus und das Ackerland gekauft!«

Florence wechselte ihre Position und begab sich zu der Wand mit den drei Bildern. In einer Geste der Verlegenheit strich sie nun mit ihrem Putztuch über die Bilderrahmen. Mit Blick auf das Portrait von Michel Le Braz murmelte sie: »Außerdem ist es schade, dass René meinen späteren Schwiegervater nicht ausstehen konnte. Möglicherweise galt das aber auch für Michel. Er hat sich meines Wissens jedenfalls nie in die Konflikte von Vater und Sohn eingemischt oder gar Partei ergriffen.«

Als sie dies sagte, ging ein Ruck durch Pierrick, der den Disput zunächst scheinbar ohne Anteilnahme verfolgt hatte, während er lediglich gedankenverloren am Etikett seiner Bierflasche geknibbelt hatte. Jetzt stellte er sich hinter Florence und nahm seine Frau in den Arm. Es sah unbeholfen aus. Diese zärtliche Geste war vielleicht in den letzten Jahren etwas vernachlässigt worden. Gleichwohl schien Pierrick ihr beistehen zu wollen:

»Und es ist bedauerlich, dass René dem schlechten Einfluss von Pongar ausgesetzt war. Der hatte ihn nämlich noch kurz vor dem Autounfall zum Konsum und Handel mit Drogen verführt.«

»Ach«, entfuhr es Marie. »Hat man das bei den Unfallermittlungen herausgefunden?«

»Nein, *nur ich* wusste das«, beichtete Florence. »Ich habe ihm sogar etwas von meinem gesparten Geld gegeben, als er mich darum gebeten hat.«

»Nach dem Unfall hat es wohl keine Rolle gespielt«, ergänzte Pierrick. »Im Gegenteil. Es ist sogar festgestellt worden, dass René keine Schuld an dem eigentlichen Unfallhergang trug.«

»Trotzdem wurde er von der Familie verstoßen? Er war immerhin erst sechzehn Jahre alt, oder?«

»Wer wagt das zu behaupten?«, empörte sich Florence. Sie wand sich aus Pierricks Armen. »Er ist einfach verschwunden. Nachdem die Staatsanwaltschaft das Verfahren eingestellt hatte, hat er seine Sachen gepackt und das Haus verlassen. Das war für mich eine schlimme Zeit, bis ich nach Vaters Schlaganfall selbst Unterschlupf im Maison de l'amitié fand. René aber galt eine ganze Weile als verschollen, bis …« Florence brach den Gedankengang ab und murmelte nur noch halblaut: »Ich habe ihn damals sehr vermisst.«

Marie nickte. » … bis er acht Jahre später in die Schlagzeilen geriet, weil man ihm vorwarf, als Verantwortlicher eines Hochseeschleppers eine unzureichende Unterstützung bei der Havarie eines Öltankers geleistet zu haben, wollten Sie sagen. Stimmt's?«

»Sieh an«, bemerkte Fabien vorwurfsvoll. Er hatte sich mit dem Rücken gegen die Tür gelehnt und hielt die Arme vor der Brust verschränkt. »Das sind aber Neuigkeiten! Ich habe zwar mal von dubiosen Praktiken der Schlepperkapitäne gehört, die den Auftrag hatten, möglichst viel Geld für ihre Dienstleistungen auszuhandeln. Aber – Mutters Bruder soll daran beteiligt gewesen sein?«

Fabiens Wortbeitrag blieb unkommentiert. Stattdessen verteidigte Florence, die sich mittlerweile gesetzt hatte und mit einem Zipfel ihres Putztuches hantierte, ihren Bruder:

»Auch das konnte nicht bewiesen werden.«

»Stimmt«, bemerkte Marie kaum vernehmbar. »Er hatte das Glück – wie nach dem Autounfall – durch seinen Spezi Pongar auf einen namhaften Anwalt namens *de Groussay* zurückgreifen zu können.«

Wortlos ging Pierrick in die Küche, stellte die inzwischen geleerte Flasche Bier ab und besorgte für sich und seine Frau je ein Glas Wasser. Als er zurückkehrte, wirkte Florence ziemlich niedergeschlagen. Noch einmal hatte sich Fabien geäußert, denn auch diese letzte Information war ihm offensichtlich unbekannt.

»Auch *das* wusste ich nicht«, stellte er verstimmt seine Eltern bloß.

»Nein, mein Jung«, gestand Pierrick nüchtern, »wir haben dir auch nicht gesagt, dass Mutters Bruder sich in der Folge das Leben genommen hat, wie uns gesagt wurde. Es wurde gemunkelt, dass er bei der ganzen Geschichte doch nicht so unbeteiligt gewesen sein soll. Vielleicht hat das Ausmaß der Katastrophe seine Gesinnung derart überfordert, dass er den Gewissensbissen nicht mehr gewachsen war, um die Verantwortung für seine Missetaten zu übernehmen.«

Pierricks Aussage hing einen Moment in der Luft, bis Fabien ein mürrisches Schnauben hören ließ. Maries Ärger aber wich, als sie Florence' Tränen bemerkte.

»Mutter hat all die Jahre mit unendlich vielen und unsinnigen Schuldgefühlen gelebt«, versuchte Pierrick einfühlsam zu erklären. »Verschwunden sind sie nie. Sie redet sich immer noch ein, ihren Bruder im Stich gelassen zu haben.«

Und ich zerre die Skrupel an die Oberfläche, dachte Marie. Es bereitete ihr jetzt Unbehagen, Florence etwas zu direkt attackiert zu haben. Als sie das Häufchen Elend da sitzen sah, wuchs das Bedürfnis, Schadensbegrenzung betreiben zu wollen. Zunächst blieb es jedoch bei einem lapidaren Versuch: »Hinter jeder Tragödie steckt auch oft ein Sinn«, kam es ihr lediglich über die Lippen. Doch schnell ergänzte sie: »Ihr selbstloses Verhalten, Florence, das Sie sich wegen einer vermeintlichen Mitschuld an den Ereignissen um Ihren Bruder selbst auferlegt haben, ist in der Vergangenheit vor allem Ihrem Mann, aber auch Ihrem Vater und Fabien zugutegekommen. Und auch ich habe davon profitiert, als

Sie mir Obdach gewährt und Pflege und Aufmerksamkeit gewidmet haben. – Wir alle kennen ähnliche Situationen. Ich selbst habe vor Jahren beim Bergwandern einen Freund verloren. An einem Bergsteig ist er über eine unsachgemäße Verankerung mit einem nur noch losen Halteseil gestolpert. Er ist in die Tiefe gestürzt. Für mich gab es keine Möglichkeit der Hilfeleistung. Mein Verlobter hatte keine Chance. In der Folge ist in der Presse sehr viel Schwachsinn geschrieben worden. Etliche Existenzen sind davon betroffen gewesen. Und auch ich habe mich eine ganze Weile nicht mehr in der Öffentlichkeit blicken lassen können. Überall schrien mir lautlose Vorwürfe entgegen. Das ist einer der Gründe dafür gewesen, dass ich Journalistin geworden bin. Ich hatte meinen kleinen Buchladen aufgegeben und war bemüht, bei meiner neuen Tätigkeit eine seriöse Berichterstattung zu pflegen – leider oft nicht zur Freude meines Chefredakteurs.«

Dass Marie nur deshalb bisher überwiegend in Ressorts zum Einsatz kam, in denen eher wenig brisante Themen und unverfängliche Inhalte aufzuarbeiten waren, verschwieg sie an dieser Stelle. Sie bemerkte, dass Fabien ihren Ausführungen aufmerksam gefolgt war und Anteil nahm an ihrem *eigenen* Trauma. Ihm hatte sie bisher nur wenige Einblicke in ihre persönliche Vergangenheit gewährt.

»Florence, sehen Sie es mal so«, ergänzte sie. »Ohne Ihr Einfühlungsvermögen, aber auch ohne ihre deutliche Ansage, hätte Ihr Mann Pierrick erhebliche Probleme gehabt, sein Leben einigermaßen wieder in den Griff zu bekommen. Sie sind für ihn stets wie ein Fels in der Brandung gewesen. Als Krankenschwester wissen Sie das auch. Jetzt war *ich* diejenige, die Ihnen einmal deutlich die Meinung geigen musste, damit Sie aufhören, sich wegen Ihrer Schuldgefühle bis hin zur Selbstaufgabe aufzuopfern. Aber da ist noch etwas: Es scheint mir wichtig Sie daran zu erinnern, dass ich mich nicht aufgedrängt habe, Ihre Vergangenheit auszuforschen. Wenn ich in meinem Job etwas aufzudecken habe …«

– jetzt wandte sich Marie an Pierrick, der verlegen in sein Wasserglas stierte – »… dann bin ich auf Kontakte und Quellen angewiesen. Die habe ich hier nicht. Also können viele Kleinigkeiten bedeutsam sein, wenn wir näheres über den Tod von Ihrem Vater Michel erfahren wollen. Diese Informationen können nur Sie mir liefern.«

Florence ließ Maries Erklärung unbeachtet. Zerknirscht murmelte sie: »Ich wäre heute überglücklich, wenn ich meinen Bruder nicht verloren hätte.«

»Wie müssen mit der Vergangenheit leben lernen«, bemerkte Marie, um schließlich mit einer Überraschung aufzuwarten: »Florence, Ihr Bruder hat sich nicht das Leben genommen, wie Sie glauben. Es hat ihn nach England verschlagen. Er hat auch Sie vermisst. Entgegen seines Wunsches und seiner Bemühungen ist es ihm leider nicht mehr gelungen, Sie wiederzusehen. Er ist inzwischen nach einem langen Krebsleiden verstorben.«

»Woher …?«

»Na, jetzt verheimlichen Sie aber auch uns etwas, Marie. Woher wollen Sie das denn alles wissen?«, vervollständigte Pierrick die Frage seiner Frau.

Marie ging zu ihrer improvisierten Schautafel, nahm das Küchenhandtuch beiseite und lüftete die letzten übriggebliebenen Kurzinformations- und Namensschilder, die bisher noch abgedeckt waren.

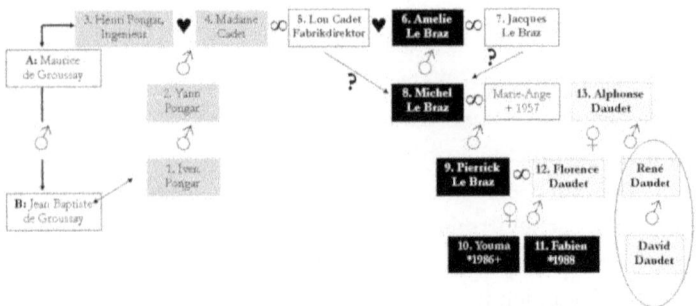

»Florence, Ihr Bruder René hatte einen Sohn. David. David Daudet. Austernzüchter in Cornwall. Er wohnt seit einigen Monaten bei der Ihnen gut bekannten Familie Le Brun auf Enez Terc'h. Er würde Sie gerne kennenlernen und hofft, dass Sie ihn irgendwann empfangen.«

Marie legte eine Kunstpause ein, bevor sie es auf den Punkt brachte:

»Florence, Sie sollten glücklich sein! – Sie haben einen Neffen, Madame!«

24 Vermächtnis

Maries Worte wirkten. Florence öffnete den Mund und schloss ihn wieder, ohne etwas gesagt zu haben. Stattdessen erklärte Marie:

»David ist über meine Anwesenheit im Castel de Poul Stripo übrigens bestens informiert. Wie kommt das wohl?«

»Loan?«, fragte Fabien, der während der insgesamt wenig erfreulichen Wortwechsel überwiegend aufmerksam geschwiegen hatte.

Marie nickte, während sie vor die Bilder trat und das Künstlersignet studierte. »Ich habe in den letzten Tagen schon einige Male das Gefühl gehabt, von einer unbekannten Person beobachtet zu werden. Vielleicht war es nur Einbildung, vielleicht aber auch … « Marie formulierte den Satz nicht zu Ende, sondern überraschte mit der Frage:

»Ist es vorstellbar, dass die Le Bruns etwas mit dem Tod von Michel zu tun haben könnten?«

»Undenkbar«, kam es beinahe wie aus einem Munde; allerdings nicht ganz unisono. Denn Fabien war sich da nicht so sicher:

»Nichts ist unmöglich«, gab er zum Besten.

»Tja«, seufzte Marie, »dann kommen wir mit dieser Überlegung auch wohl noch nicht weiter.«

Marie blickte hoch und wies auf ihr Diagramm mit den vielen Namen:

»Wissen Sie, ich habe zwar jede Menge halbgarer Informationen, ich habe aber keine Idee, wie die Puzzleteile zusammenpassen und ob sie am Ende Auskunft darüber geben können, was *vor allem* Pierricks Hauptinteresse ist, nämlich etwas wesentlich Neues zum Tod seines Vaters zu erfahren. – Nun ja ... « Marie wechselte ihre Position und ging ein paar Schritte zu den Bildern hinüber, »... wir wissen zwar inzwischen schon, dass es sich *hierbei* um Lou Cadet handelt.« Jetzt zeigte sie auf das Bild, bei dem man bisher von Jacques Le Braz ausgegangen war. »Wenn wir zudem von der naheliegenden Vermutung ausgehen, dass die Initialen *L. C.* auf dem Roc'h Hudour auch für Lou Cadet stehen und möglicherweise sogar von Michel selbst stammen, dann ist nicht von der Hand zu weisen, dass diese Person für Ihren Vater, Pierrick, sehr wichtig gewesen sein muss.«

»Nach meinem Dafürhalten ist das ein ziemlich eindeutiges Indiz dafür, dass Lou Cadet tatsächlich Großvaters leiblicher Vater war«, kommentierte Fabien. Und auch Pierrick pflichtete dem bei, indem er wiederholte, worauf Florence schon zu Beginn der Aussprache hingewiesen hatte:

»Vor allem, wenn wir bedenken, dass Pongar meinen Vater einst als *Bastard* beschimpft hat.«

»Pongar, der vielleicht einiges mehr wissen könnte. Schließlich haben Cadet und Pongars Vorfahren vor langer Zeit miteinander zu tun gehabt«, meldete sich auch Florence zu Wort, wobei sie auf Maries Namensdiagramm blickte.

»Hm.« Marie überlegte weiter. »Pierrick, wie lange existieren diese Bilder wohl schon?«

»Die hingen im Maison de l'amitié bereits ... ach, eigentlich – seitdem ich denken kann, wenn ich es mir recht überlege. Als wir dieses Haus bezogen, hat Michel sie in seinem Wohnraum hängen gehabt bis ...«

»Einige Monate vor Michels Tod haben wir diesen jetzigen Arbeitsraum, den Michel eigentlich nur für Schreibkram benutzte, renoviert. Da hat er die Bilder *selbst* hier aufgehängt«, fügte Florence hinzu.

»Also ...« Nach einer kurzen gedanklichen Pause folgerte Marie: »Die Bilder gibt es also mindestens aus der Zeit um Ihre Geburt, vermutlich länger.«

»Da auch Großvater abgebildet ist, könnte er – oder eine Bekanntschaft von ihm – sie in Auftrag gegeben haben. Oder er hat sie sogar *selbst* gemalt«, murmelte Fabien halblaut.

Das war auch wohl meine Vermutung schon, konstatierte Marie in Gedanken.

»Ich habe Vater allerdings nie zeichnend oder malend gesehen. Und ich wüsste nicht, dass er dafür eine Begabung gehabt hätte«, griff Pierrick Fabiens Überlegung auf.

»Hm, dann sehe ich eigentlich nur eine Möglichkeit, wie wir weiterkommen könnten. Nämlich, wenn wir von einem Experten das Alter der Bilder bestimmen lassen könnten. Nur dann können wir einen neuen Anhaltspunkt bekommen, der uns – vielleicht – zum Maler der Bilder führt. Oder dass wir auf neue Hinweise stoßen, durch die wir etwas zum Tode Michels erfahren. Wenn ich ehrlich bin, muss ich jedoch zugeben, dass ich das alles für ziemlich dürftig ansehe und darum fürchte, dass wir bald in einer Sackgasse stecken könnten.«

»Ich kenne da jemanden in Louaneg – nun, sie ist kein Profi, sie versteht aber eine ganze Menge von Gemälderestaurierung. Ich könnte ihr die beiden Bilder morgen zeigen, bevor ich zur Arbeit fahre. Möglicherweise findet sie mit einem Expertenblick noch mehr heraus, wenn sie die Bilder analysiert«, sprach Fabien aus und erhielt allseitige Zustimmung.

»Wir haben nichts zu verlieren«, meldete sich Pierrick. »Schließlich haben wir schon einiges an Neuigkeiten entdeckt, was zwar leider noch sehr verstörend ist, aber ... Wer hätte vorige Woche schon geglaubt, dass höchstwahrscheinlich nicht Jacques le Braz mein Großvater war, sondern ein gewisser Fabrikdirektor Cadet. Ich denke, es gibt Sinn, geduldig zu sein und noch ein Weilchen am Ball zu bleiben.«

Marie rieb sich nachdenklich über's Kinn, während sie beobachtete, dass Fabien Vorkehrungen traf, die Bilder von der Wand zu heben. Dann wandte sie sich ihren Gastgebern zu:

»Pierrick, ich habe mich gerade gefragt, ob Ihre Mutter die Bilder gemalt oder in Auftrag gegeben haben könnte. Die wird doch noch am ehesten Hintergrundwissen über Michels Abstammung gehabt haben.«

Eine Antwort auf diese Frage gab Florence, wenn auch nur kühl grummelnd: »Sie hat uns nichts aus ihrer Zeit zurückgelassen. *Gar nichts*. Wir wissen nicht einmal, woher sie stammte. Michel hat immer vermieden, über seine Vergangenheit zu sprechen. Und es ist, als ob auch Pierricks Mutter nie existiert hätte.«

»Naja. Anders als Vater, habe *ich* immerhin eine Geburtsurkunde. Und da ist Marie-Ange als meine Mutter eingetragen«, erwiderte Pierrick.

Florence verdrehte die Augen, während Marie sich einmal mehr wunderte. Normal fand sie das nicht, wie wenig man in dieser Familie von einander wusste. Oder nicht zu wissen vorgab. Aber wenn sie es sich recht überlegte … Über die Großeltern-Generation *ihrer* Familie war ihr auch nicht das Allermeiste bekannt. Zu viel wurde da von den Kriegs- oder Nachkriegserlebnissen verschwiegen, verdrängt oder gar geleugnet.

»Hat Ihr Vater Ihnen die Schuld dafür zugeschrieben, dass seine Frau schon bald nach Ihrer Geburt verstarb?«, richtete Marie ihre Frage an Pierrick. »Ich meine, das könnte erklären, wenn Michel gewisse Dinge tabuisiert und Erinnerungen zu unterbinden gesucht hat.«

»Nein, nein. Keineswegs. Solche Schuldzuweisungen hat es nie gegeben. Zumindest hat er es mich nie spüren lassen. Ich denke, Vater hat versucht seinen Blick in die Zukunft zu richten und nicht der Vergangenheit nachzutrauern. Außerdem: Ich finde, auf dem Bild, das *ihn* zeigt, kommt schon so etwas wie Hoffnung oder Zuversicht zum Ausdruck. Wie auch bei Lou Cadet. Die Männer krempeln die Ärmel hoch. Das ist für mich wie ein Symbol für Neuanfang.«

»Hm«, war Maries nichtssagende Antwort. Doch für sich selbst dachte sie nur, dass die Betrübnis im Gesichtsausdruck der beiden unübersehbar war und die Einschätzung Pierricks doch im kolossalen Widerspruch zum ständigen Verhalten Michels stand, nämlich regelmäßig zu der Wallfahrtsstätte beim Roc'h Hudour gepilgert zu sein. Und genau das zu tun, worin sein Sohn ihm nacheiferte. Nämlich die Verbindung zu seiner Vergangenheit aufrechtzuerhalten.

Marie wechselte zu einem anderen Gedankengang, leider etwas zu unbesonnen:

»Dann könnte es natürlich auch sein, dass der Künstler der Bilder aus der Abstammungslinie Ihrer Familie stammen könnte, Florence. Ich meine, bei der langjährigen Verbundenheit zwischen Michel und Ihrem Vater Alphonse wäre das nicht ungewöhnlich.«

Da hatte Marie etwas angesprochen, was sie besser hätte sein lassen. Florence bedachte sie mit einem grimmig anklagenden Blick. Dass Marie nun aber auch ausgerechnet wieder die Verwandtschaftsverhältnisse der Daudets zur Sprache bringen musste.

Florence antwortete mit einem Schulterzucken der Ahnungslosigkeit, aus dem eine heftigere Reaktion wurde, als ein Poltern sie aufschreckte. Auch Pierrick zuckte zusammen, und Marie fuhr ebenfalls herum. Fabien hatte eins der Bilder unsanft abgestellt, was nicht zu überhören gewesen war.

»Ich wollte gerade sagen, dass wir jetzt alle ein bisschen Ablenkung gebrauchen könnten«, sagte Marie mit einem Schmunzeln. »Aber so hätte ich das eigentlich nicht gemeint.«

»Das Bild ist mir einfach weggerutscht«, räusperte sich Fabien und bemühte sich um eine entschuldigende Erklärung. Er prüfte das Bild auf einen möglichen Schaden hin.

»Zu dumm, ich glaube … Seht mal her, in dem Bild hat sich etwas … Da ist …«

In dem Portrait, das Michel Le Braz zeigte, war das Bild hinter dem Passepartout verrutscht, als Fabien den Bilderrahmen zu heftig auf dem Boden abgestellt hatte. Es hing nun etwas schief im Rahmen und gab den Blick auf einen Teil der Rückwand frei. Zur Überraschung aller wurde ein handgeschriebenes Blatt Papier sichtbar.

Pierrick untersuchte das Bild und wirkte unschlüssig. »Was meint ihr, können wir den Rahmen öffnen, ohne das Bild zu beschädigen?«

»Er wird nur durch diese Holzkeile gehalten«, stellte Fabien fest. »Es sollte kein Problem sein, die Klammern zu lösen«, war er sich sicher und übte einen leichten Druck auf die Halterungen aus.

Im Nu hatte er das Blatt Papier freigelegt, das er seinem Vater Pierrick reichte. Der überflog im Stillen den Inhalt und mühte sich, den französischsprachigen Text ins Deutsche zu übersetzen:

Liebe Florence, lieber Pierrick, lieber Fabien! – Wenn Euch diese Zeilen eines Tages in die Hände fallen, werde ich höchstwahrscheinlich nicht mehr unter Euch weilen. Dann solltet Ihr – endlich – die Wahrheit erfahren.

Ja, I. Pongar hatte Recht, als er mich einen »Bastard« schimpfte. Es hat mich unvorstellbar hart getroffen, diese Schmährede ausgerechnet aus seinem Mund zu hören. Vielleicht hat ihm sein Schutzgeist, der Anwalt de Groussay, diese Tatsache zugeflüstert. Ich muss gestehen: Sie stimmt.

Ich habe mich nie dazu überwinden können, Euch in dieses Geheimnis unserer Familiengeschichte einzuweihen. Ich schäme mich für diese Feigheit. Dennoch kann ich nicht anders.

Dabei bin ich meinen Eltern nicht einmal böse. Im Gegenteil: Ich habe allerhöchsten Respekt vor meiner Mutter Amelie, die mir nicht nur das Leben geschenkt, sondern mich auch unter größten persönlichen Entbehrungen großgezogen hat. Leider war es ihr durch den zweiten großen Krieg nicht vergönnt, ihre weiteren Nachkommen aufwachsen zu sehen. Auch ist es sehr bedauerlich, dass sie mit ihrem Geliebten Lou Cadet, meinem leiblichen Vater, eine nur kurze gemeinsame Lebenszeit verbringen konnte. Ich weiß von ihr, dass es ihr ein Trost war, dass Vater nicht – wie alle glauben – ermordet worden ist. Er hat uns noch etliche Jahre aus der Ferne unterstützt und verdient ebenfalls meinen allerhöchsten Respekt. Leider ist eine Zusammenführung der Familie durch die Wirren der Kriege nicht mehr gelungen.

Umso mehr wünsche ich Euch, dass Ihr die Kraft aufbringt, alle Zeit füreinander einzustehen. Meine guten Wünsche mögen Euch stets begleiten,

Euer Michel Le Braz.

Die Augen von Florence wurden feucht. Und auch Pierricks Betroffenheit war im Tonfall seiner Übersetzung unüberhörbar. Noch während er die letzten Sätze vorgelesen hatte, hatte sich Marie an seine Seite begeben, sodass sie an ihm vorbei einen Blick auf den Brief erhaschen konnte. Und da sah sie den Beweis für ihre Vermutung. Endlich. In den letzten Tagen hatte sie immer wieder mit Pierricks Erlaubnis im Büro nach Unterlagen vom ehemaligen Bürgermeister Michel Le Braz Ausschau gehalten. Nie war sie fündig geworden. Sie hatte gehofft, zum Beispiel den Kaufvertrag vom Castel de Poul Stripo oder andere durch Michel unterzeichnete Schriftstücke zu finden. Auch das war vergebens. Den Kaufvertrag hatten Florence und Pierrick abgeschlossen, und von Michels Geschäftsunterlagen oder von seiner privaten Korrespondenz hatte man sich einige Jahre nach seinem Ableben getrennt. Marie hatte bereits in Erwägung gezogen, in der Mairie von Plougouskant anhand von Verlautbarungen oder anderen Schriftsätzen des ehemaligen Bürgermeisters Nachforschungen anzustellen, um sich ein Bild von der Form seiner Unterschrift machen zu können. Das war jetzt hinfällig. Hier, auf diesem Brief, sah sie seinen Schriftzug. Schwarz auf Weiß. Michels Unterschrift glich der Signatur auf dem Portrait seines Vaters wie ein Ei dem anderen. Dieses Bild war von Michel Le Braz gemalt worden.

Doch damit nicht genug. In seinem Brief hatte Michel noch ein Post Scriptum mit recht kryptischen Bemerkungen hinzugefügt:

Ich habe mich entschlossen, Euch die ganze Wahrheit zu offenbaren. Geht behutsam mit ihr um! Und lasst sie nicht in falsche Hände gelangen: Das Bild mit dem Antlitz meines leiblichen Vaters gibt die wesentlichen Auskünfte. – Darüber hinaus habe ich einen letzten Wunsch: Haltet stets die Augen offen, damit die Tierwelt auf Riouzig keinen Schaden nimmt. Ihr wisst, sie war mir immer sehr wichtig. M.L.B.

Marie schaute die Anwesenden der Reihe nach fragend an, die spontan in Richtung des Portraits von Lou Cadet sahen. Teils neugierig, teils erwartungsvoll, teilweise aber auch etwas aufgeregt oder gar ein wenig ängstlich. Da war auch Furcht vor möglicherweise weiteren unangenehmen Überraschungen zu entdecken. Maries Blick kehrte zu Fabien zurück: »Fabi, hilfst du mir?«

Fabien wusste sofort, was sie meinte, und folgte ihr zu dem noch an der Wand hängenden Portrait. Gemeinsam lösten sie es von der Aufhängung, legten es mit der Rückseite nach oben auf Pierricks Schreibtisch und hoben die Bildrückwand ab, nachdem sie wie beim ersten Bild die Befestigungskeile entfernt hatten. Wie zu erwarten war, wurden sie fündig. Doch diesmal entnahmen sie dem Versteck eine ganze Reihe von Schriftstücken, die in merkwürdig gestalteten zeitschriftenähnlichen Papierbögen eingeschlagen waren. Marie durchfuhr ein Gedanke, den sie aber nicht richtig zu begreifen vermochte. Daher gab sie es für den Moment auf, ihm weitere Beachtung zu schenken. Was blieb, war ein ungutes Gefühl etwas zu übersehen, das unmittelbar vor ihr lag. Sie richtete ihre Aufmerksamkeit auf die Papierbögen, die mit kunstvoll verschlungenen Schriftzeichen versehen waren und den Eindruck erweckten, als seien sie nach alter Drucktechnik mit einzelnen Lettern gestaltet worden. Darauf fand sich Unterhaltsames wie kurze Gedichte, Kurzgeschichten, Sprüche, Bauernregeln, aber auch Wissenswertes wie Beiträge zu religiösen Fragen, Kurznachrichten und Meldungen oder auch Aufsätze zu politischen oder gesellschaftlichen Problemen aus der Zeit des zu Ende gehenden neunzehnten Jahrhunderts. Am Auffälligsten waren aber die Titelseiten. Überschrieben mit *Der Arme Teufel.* Im Untertitel hieß es: *Amerikanisch Anarchistische Emigrantenzeitschrift.* Darunter befand sich ein ca. zehn mal fünfzehn Zentimeter großes Portrait im Hochformat.

Die Anwesenden scharten sich um die Fundstücke und hielten verblüfft den Atem an. Dieses Portrait war eindeutig die Vorlage, nach der Michel das Bildnis seines Vaters angefertigt hatte. Es war fast eine Kopie der Abbildung, die Ronny Busshart auf den Sept-Îles abfotografiert hatte. Fabien hatte sich eine der Titelseiten näher angesehen. Dann reichte er sie weiter, sodass auch Marie einen genaueren Blick darauf werfen konnte. Sie sah sehr nachdenklich aus. Und mit einem Male kam es über sie wie bei einer Eingebung. Da war er endlich, der Geistesblitz: »So etwas habe ich schon einmal irgendwo gesehen«, murmelte sie. »Ein *genau so* gestaltetes Bild auf altem Zeitungspapier. Ich bin mir fast sicher, obwohl ich es kaum glauben mag. Und doch … Ein solches Exemplar habe ich bei meiner Flucht aus dem Phare de Mean Ruz gesehen. Ganz bestimmt.«

Nach dieser unglaublichen Bemerkung ließen auch Florence und Pierrick die Schriftstücke eine Weile durch die Finger gleiten. Teils achtlos und in sich gekehrt, teils grübelnd oder gedankenverloren.

»Vor Jahren hätte ich in einem solchen Moment einen Whisky gebraucht«, bemerkte Pierrick, woran Fabien anknüpfte:

»Wir hätten da noch einen 98er *Armorik Single Malt*, Vater.«

Doch Pierrick schüttelte nur den Kopf: »Heute reicht mir Holundersaft.«

Florence setzte ein Lächeln auf, als Pierrick eigenständig tätig wurde und sich beeilte, aus dem Vorratsschrank eine der von Florence selbst abgefüllten Flaschen dieses vitaminreichen, harntreibenden und entzündungshemmenden Stoffs zu holen. Und während Pierrick das Getränk erhitzte, stand Florence hinter ihm und drückte ihn zärtlich. In diesem Augenblick war offensichtlich, dass zwischen den Beiden – trotz ihrer individuellen Marotten und der gemeinsam durchlittenen Krisen – noch immer Vertrauen herrschte.

Derweil hatte Marie damit begonnen, die Zeitschriftenblätter systematisch zu ordnen.

Drei dieser alten Zeitungsbögen mit dem jeweils identischen Titelbild legte sie nebeneinander. Die Ausgaben waren mit handgeschriebenen Ziffern versehen. Es gab die Ausgaben Eins, Zwei und Vier. Ein Exemplar mit der Nummer Drei fehlte. *Ist die Ausgabe Nummer Drei wohl diejenige, die ich im Leuchtturm gesehen habe?*, mutmaßte Marie.

»Wenn wir dies alles noch studieren wollen, wird es eine lange Nacht, fürchte ich«, stellte sie schließlich fest.

Ein Murmeln und Seufzen signalisierte ihr, dass ihre Einschätzung von allen geteilt wurde.

Man entschied sich, die weiteren Nachforschungen zu vertagen. Wohlwissend, dass sicher kaum jemand von ihnen in dieser Nacht schnell in den Schlaf finden könnte. Aber vielleicht würde ihr Schlaftrunk, der Holundersaft, seine wohltuenden Wirkstoffe entfalten.

Man saß noch einige Minuten zusammen, bis Marie sich zurückzog. Nach dem unzureichenden Dusel der letzten Nacht und der Aufregungen des Tages sehnte sie sich nach einer ungestörten Nachtruhe.

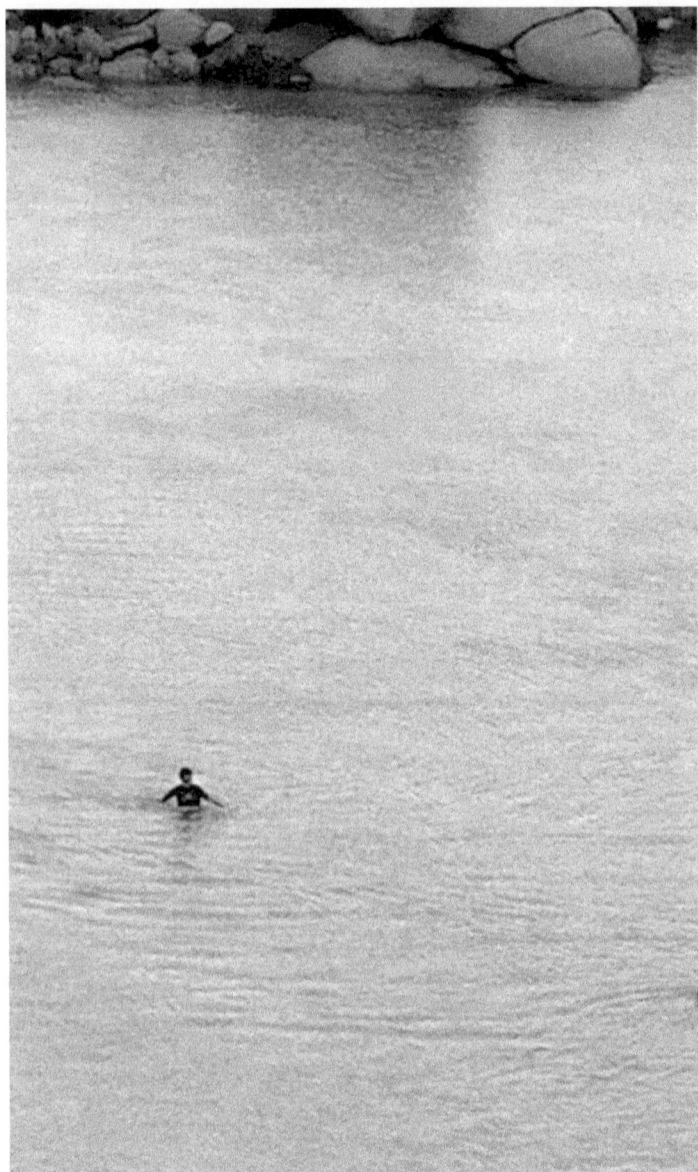

25 Der arme Teufel

Die Flut stieg unaufhörlich. Das Meerwasser bedeckte bereits einen erheblichen Teil des Strands von Pors Scaff, wobei der Meeresspiegel bis knapp unterhalb von Maries Schultern reichte. *Longe côte*, Wasserwandern, hieß die neue Trendsportart, mit der Marie schon in der ersten Woche ihres Aufenthalts an der Côte d'Ajoncs durch Fabien zumindest *theoretisch* vertraut gemacht worden war. Er hatte ihr zwar nahegelegt, als Anfängerin und ohne Techniktraining nicht alleine loszugehen, doch sie war von sich überzeugt, dass sie – gleichsam wie beim Bergwandern – ihre Kräfte schon nicht überschätzen würde. Einen Neoprenanzug und passende Badeschuhe, die Fabien aus der Wassersportschule von Trestraou mitgebracht hatte, hatte sie seinem Kleiderschrank entnommen und war damit einigermaßen gegen die Kälte geschützt. Zumal, da sie bei ihrem Kampf gegen den Wind und die Kraft des Wassers ziemlich ins Schwitzen geriet und ihre Körperwärme das Wasser zwischen ihrer Haut und der Schutzschicht der Neoprene wohl temperierte. Ein letztes Mal ging es mit raumgreifenden Ruder- und kleineren Paddelbewegungen ihrer Arme eine Strecke des Strandes auf und ab. Marie genoss die vitalisierende Wirkung, die ihren Kreislauf in Schwung brachte. Sie ahnte, dass ein regelmäßiges Training ihre Kondition spürbar verbessern würde. Vor allem aber merkte sie, dass sich ihre schmerzhaften Muskelverhärtungen lösten, die ihr am Morgen ein Wadenkrampf bereitet hatte. Als sie auf ihrem Bett im Schneidersitz hockend über den gestern entdeckten Texten von Lou Cadet gebrütet hatte, hatten unversehens die Nervenimpulse zu einem Erregungssturm in der Muskulatur geführt und Marie aus ihren Studien gerissen. Da waren auch die schnell angewendeten Dehnübungen nur bedingt hilfreich gewesen.

Genug ist genug, dachte Marie nach ihrer letzten Etappe durch das kalte Meerwasser und ließ sich abschließend von den Flutwellen ans Ufer spülen. Etwas unsicher auf den Beinen taumelte sie zu dem Platz, wo sie in einer Tasche ihre Kleidung zurückgelassen hatte. Sie streifte sich die Badeschuhe ab, schälte sich aus ihrer künstlichen Haut, rubbelte sich mit einem Handtuch trocken und schlüpfte in einen kuscheligen Bademantel. Wegen der noch nassen Haare schlang sie ein weiteres Tuch wie einen Turban gebunden um ihren Kopf und begab sich, ohne noch einmal die Kleidung zu wechseln, zügig auf den Rückweg zum Castel de Poul Stripo. *Heute wird Pierrick seine Blumen erst nach Mittag loswerden*, ging ihr durch den Kopf, während sie am Ufer auf Höhe des Roc'h Hudour vorbeikam. Von der Hand des Magiers ragte nur noch eine Felsspitze aus dem Wasser. Als sie wenig später um die Hausecke trat, glaubte sie, wieder mal eine Bewegung wahrgenommen zu haben. Sie war irritiert, denn sie wusste, dass Florence ihrer Arbeit nachging. Deren Aufgabe bestand heute darin, eine Gruppe von Berufsanfängern durch die Stationen der Krankenpflegeeinrichtung zu schleusen. Und Fabien, für den der angedachte Besuch bei der Bilderexpertin hinfällig geworden war, hatte frühmorgens etwas Ominöses zu einem weiteren Termin gesagt, den er heute wahrzunehmen hätte. Er würde eine Weile unterwegs sein. Das gleiche galt für Pierrick. Denn es war Freitag. Markttag in Plougouskant. – Einmal umrundete Marie das Haus ihrer Gastgeber, sondierte die Lage hinter dem Toiletten- und

Waschhaus, aber auch hinter dem riesigen Felsen entdeckte sie niemanden. Wie schon vorige Tage blieb es dabei, dass sie sich lediglich über die Täuschung wundern konnte, während sie das Haus betrat.

Knapp eine halbe Stunde später setzte sie sich wieder mit den Unterlagen von Michels Vater Lou Cadet auseinander. Zwar war Marie nun deutlich wacher als am Morgen, dennoch kam sie bei der Lektüre nur mühsam voran. Zu sehr behinderten sie einerseits ihre lückenhaften französischen Sprachkenntnisse. Zum anderen, so hatte Marie herausgefunden, waren die Mitteilungen Cadets in kleinen Fragmenten in Texten ganz anderer Art versteckt. Scheinbar hatte der ehemalige Fabrikdirektor Bedenken gehabt, dass seine Nachrichten in falsche Hände geraten könnten. Es dauerte, bis Marie die persönlichen Zeilen verstehen konnte, die – zusammengefügt – Mitteilungen in Briefform darstellten. Das erste Schreiben war an seinen »hellen Stern«, seine Geliebte, gerichtet:

Liebe Amelie, mein geliebter heller Stern, der nach wie vor für mich am Firmament leuchtet und mir das Leben erträglich macht,
in der Hoffnung, dass ich mit meinem Lebenszeichen nicht zu viel Aufregung in Dein Leben bringe, meldet sich Dein Armer Teufel zurück.

Armer Teufel. Ein Spitzname? Ein Kosewort? Wie passend, dachte Marie mit Blick auf das Titelblatt des Zeitschriftenumschlags. Dann las sie weiter:

Nach einer kleinen Odyssee, die mich im Anschluss an die traurigen Ereignisse am Silvesterabend zunächst von Rosko nach Plymouth geführt hat, bin ich mit einem Boot voller Emigranten in Detroit gestrandet. Inzwischen arbeite ich in einer Druckerei, in der mein Bruder bis zum Jahr 1900 eine inzwischen eingestellte anarchistische Zeitschrift mitgestaltet hat. Ich habe die alten Druckplatten hervorgekramt. Sie werden nun von meinem Konterfei geziert. Der Titel ist nicht etwa neu, sondern bestand schon immer. Aber zufällig ist er deckungsgleich mit dem Wort, das ich so gerne aus Deinem Munde gehört habe, wenn Du mich liebevoll »Armer Teufel« genannt hast. Die Erinnerung an diese gemeinsamen Stunden geben mir Halt bis zum Tag unseres Wiedersehens in hoffentlich nicht allzuweit entfernter Zukunft, für die ich mir wünschte, dass Du sie mit mir in Amerika verbringst. Leider waren die Vorgänge am Silvesterabend derart, dass ich nicht mit Dir zusammen fliehen konnte. Verzeih mir, wenn ich Dich in Trauer und Perspektivlosigkeit zurückgelassen habe und Du nun weiterhin das von Dir so wenig geschätzte Zusammenleben mit Deinem Ehemann ertragen musst. Möge es nur von kurzer Dauer sein!

Doch nun sollst Du von mir erfahren, was sich tatsächlich in den letzten Stunden des vergangenen Jahres ereignet hat.

Marie staunte nicht schlecht, als sie von der Ankunft des Zwillingsbruders Jean am Silvestertag 1913 las, davon, wie der Tag verlaufen war und dass es zu Streitigkeiten zwischen Lou Cadet und dem Ingenieur Henri Pongar gekommen war, den der Fabrikdirektor am Nachmittag zudem mit seiner Ehefrau quasi in flagranti überrascht hatte. Auf der Grundlage von Cadets Zeilen stellte sich Marie diese Begebenheiten vor: Wutschnaubend hatte Lou das Liebesnest verlassen und den Affront zusammen mit seinem Bruder im Whisky Breton zu ertränken gesucht.

Doch dann war der Silvestertag in den Abendstunden in eine große Tragödie ausgeartet, als sich vor dem Wohnzimmerfenster der Cadets eine dunkle Gestalt herumtrieb.

Derweil saß Lous Zwillingsbruder Jean in einer Zeitschrift blätternd in einem Ohrensessel, während Lou selbst in einer Speisekammer nach weiteren Getränken Ausschau hielt.

Als ich gerade mit einem Getränkenachschub den Wohnraum betreten wollte, überschlugen sich die Ereignisse. Fast zeitgleich vernahm ich die Detonation wie von einer Schusswaffe und das Zerbersten von Glas. Reflexartig warf ich mich in Deckung. Ein Projektil zischte durch den Raum und blieb nur eine Handbreit von meiner Schulter entfernt in der Wand stecken. Ein zweiter Schuss traf meinen Bruder Jean, der sich aufbäumte und seinen Kopf zur Quelle des Unheils drehte. Ein Großteil der Fensterscheibe war in tausende Stücke gesplittert und auf ihn herabgeregnet. Ein dritter Schuss schließlich verfehlte sein Gesicht nicht und zerfetzte seinen Kiefer. Mit einem Male war ich hellwach und wieder nüchtern. Als ich mich nach Ablauf einer gewissen Zeit aus meinem Versteck wagte, ahnte ich schnell, dass das Attentat auf meinen Bruder Jean mir gegolten hatte.

Was Marie las, war zu abenteuerlich, um ruhig sitzen zu bleiben. Aufgewühlt, ungeduldig und rastlos lief sie im Zimmer auf und ab. Cadets Papier in der Hand. Er beschrieb im Weiteren, dass er die Dokumente an sich genommen hatte, die seinen Bruder auswiesen. Dass er in der Folge alles daran gesetzt hatte, die Spuren einer zweiten anwesenden Person zu verwischen. Und dass er sich schnell entschieden hatte, mit seiner neuen Identität ein neues Leben beginnen zu wollen.

Rechtzeitig hatte ich den Tatort verlassen, bevor der Gewalttäter zurückkkam. Zu meinem großen Entsetzen musste ich beobachten, dass mein langjähriger Weggefährte und Kollege Ingenieur Henri Pongar sich an der sterblichen Hülle meines Bruders Jean zu schaffen machte

und ihn in einiger Entfernung in der Nähe eines großen vorchrist-
lichen Steinmals begrub. Dann war es für mich an der Zeit, mit dem
Boot, das Jean auf die Insel gebracht hatte, Enez ar Breur schnellst-
möglich zu verlassen.

Das offenbar erste Lebenszeichen des vermeintlich ermordeten Lou Cadet an seine Geliebte hatte Marie neugierig auf
die Fortsetzung gemacht. – Die zweite Ausgabe stammte aus
dem späten Herbst des Jahres 1914. Alles sprach dafür, dass
Cadet zwischenzeitlich auch Nachricht von seiner Amelie
erhalten hatte. Vor allem gab er seiner Freude darüber Ausdruck, dass Amelie ihm einen gesunden Sohn geboren hatte,
auch wenn er es bedauerte, dass ihr Sohn Michel nun den
Familiennamen des gehörnten Ehemanns Le Braz tragen
musste. Ein weiterer Schwerpunkt seines Briefes galt dem
Ausbruch des Krieges, dem Ende der Pulverfabrik und der
Tatsache, dass Amelie in der neuen Zellulosefabrik Unterschlupf und Arbeit gefunden hatte. Dass Jacques Le Braz ein
Kriesgopfer war, schien zu diesem Zeitpunkt noch nicht bekannt zu sein.

Vermutlich wegen des Krieges hatte es von Cadets Seite
für's erste keine weiteren Kontakte über das Mitteilungsorgan
der Emigrantenzeitschrift gegeben. Denn das Marie vorlie-
gende *vierte* Druckwerk war mit *Januar 1917* datiert.

Die Zeichen verdichten sich, dass die Amerikaner Deutschland den
Krieg erklären werden. Es sind keine guten Zeiten, die uns wohl
kaum auf ein Wiedersehen in absehbarer Zeit hoffen lassen dürfen.
Mit »Der Arme Teufel, Teil Drei« schickte ich Dir die Besitz-
urkunde für das Maison de l'amitié. Mach es mit unserem Sohn zu
Eurem Heim, wenn Ihr in Bedrängnis geratet. Das kann schnell
geschehen, da Du fatalerweise Deine Arbeit in der Zellulosefabrik
verloren hast. – Es ist betrüblich, dass auch Dein Ehemann dem

Krieg zum Opfer gefallen ist. Jetzt hättest Du seine Fürsorge sicher am dringendsten nötig. – Ich selbst bin in eine üble Geschichte geraten und werde mich in Detroit gegenüber einem Gericht verantworten müssen. Die Konsequenzen sind leider nicht überschaubar. Es ist ein Reiseverbot verhängt worden.

Liebste Amelie, ich wünsche, dass meine Nachricht nicht verlorengeht, die möglicherweise für einige Zeit die letzte sein könnte.

Ich bete darum, dass Ihr stets gut behütet seid!

Es war eine kurze Nachricht, die klang, als wenn sie in aller Eile auf den Weg gebracht worden war. Danach folgte nichts mehr. – *Ob es wohl das letzte Lebenszeichen von Lou Cadet gewesen ist?*, ging es Marie durch den Kopf.

Sie seufzte, als sie die Botschaft von Michels Vater beiseitelegte. *Jetzt fehlt nur noch die Ausgabe Drei. Ausgerechnet das Exemplar mit der Besitzurkunde von Cadets Haus der Freundschaft,* überlegte sie. *Und wenn ich selbst einen Versuch wage, im Phare de Mean Ruz nach dem fehlenden Zeitschriftenteil zu suchen? Was ist, wenn ich dabei entdeckt werde? Sollte ich alleine …? Von Fabi wird bestimmt kein Begleitschutz zu erwarten sein. Für ihn wäre es auch viel zu riskant. Und für mich?*

Marie wägte das Für und Wider ab. Dann war sie nicht mehr zu bremsen.

26 Trophäensammlung

Ein kleines Glöckchen der unweit vom Phare de Mean Ruz errichteten Kapelle schlug zur sechsten Stunde, als sich zwei Gestalten zwischen den Granitblöcken im Bereich der Leuchtturm-Fundamente tummelten.

David Daudet war von Marie bei Les Korrigans angetroffen worden und hatte sich nicht lange bitten lassen, sie zum Leuchtturm zu begleiten. Sie hatte ihm kurz beschrieben, wonach sie suchte. Und mit nebulösen Worten, dass auch er mit Pongar noch ein Hühnchen zu rupfen habe, hatte er einige Utensilien zusammengeklaubt und sie in einem Auto von Loan zur Côte de Granit Rose gefahren, wo er das Fahrzeug auf einem Parkplatz in der Nähe des Phare de Mean Ruz abgestellt hatte.

In zweckmäßigem Outdoor Dress gekleidet und mit jeweils einem Rucksack bestückt waren sie vom Äußeren eines Durchschnitts-Touristen nicht zu unterscheiden, als sie sich dem Leuchtturm genähert hatten.

Sie hatten Mühe gehabt, sich durch die Öffnung zu zwängen, durch die Marie seinerzeit die Flucht aus dem Leuchtturm gelungen war. Offensichtlich war dieser von Marie damals freigelegte Zugang entdeckt worden. Das schmiedeeiserne Gitter war notdürftig wieder vorgelegt, aber mit einem zusätzlichen Riegel versehen worden. Gottlob waren

251

weder Bärenkäfte noch eine Eisensäge notwendig gewesen, um das altersschwache Gitter zu entfernen. Zudem war es Davids Handgeschicklichkeit zu verdanken, dass sie die zusätzliche Sicherheitsvorrichtung entsperren und das Hindernis überwinden konnten.

Kurz nach Ertönen der Kirchenglocke waren sie in die unterirdischen Gewölbe des Leuchtturms gelangt und scheuchten nun im Schein ihrer Stabtaschenlampen, die Marie in Pierricks und Fabiens Schränken gefunden hatte, irgendwelches Getier auf. Als es – abgesehen vom verhaltenen Meeresrauschen im Hintergrund – wieder ruhig war, ließen sie bedächtig die Lichtkegel über Boden und Wände gleiten.

Marie war verwundert, dass das Sammelsurium in den Gewölben erstaunlich geordnet war. Auch das Geröll, das sie in Erinnerung hatte, war weggeräumt. Zwar gab es noch eine Reihe von älteren Büchern. Diese waren aber sorgfältig in stählernen Regalen eingeräumt worden. Von Bildern und Akten ließ sich nichts mehr finden.

Enttäuscht ließ Marie ein leises Schnauben vernehmen. Sie dachte an das, was sie suchte. Aber hier würde sie kaum fündig werden.

Unschlüssig standen sich Marie und David gegenüber. Und auf einmal gewann Marie den Eindruck, von David argwöhnisch beäugt zu werden. Er bückte sich und kramte in seinem Rucksack. Als er ihm eine Waffe entnahm, spürte Marie ihren Puls, der nun raste. Der Blutdruck pochte bis hinauf zur Kehle. Bis zur Schläfe. Selbst in den Ohren hörte sie sein Klopfen. *Und wenn er nun doch ein Verbündeter von Pongar ist?,* schoss es ihr mit Schrecken durch den Kopf. *Auf was habe ich mich da nur eingelassen? Dieses Abenteuer ist einfach nur hirnverbrannt,* ängstigte sie sich. Doch dem Adrenalinstoß konnte sie die Entspannung schnell folgen lassen.

»Ist nur eine Vorsichtsmaßnahme«, wurde sie von David beruhigt. Er glaubte, etwas gehört zu haben. Mit dem Kopf wies er Marie zu einer Stiege.

Stimmt, kam es ihr wieder in den Sinn. Sie hatte sich vor ihrer Flucht vor Wochen zuerst eine Ebene höher befunden. Da, wo die Robbenfelle gelegen hatten.

»Ich gehe zuerst hoch«, flüsterte David. Schritt für Schritt erklomm er die Sprossen – bemüht, keine verräterischen Laute zu hinterlassen. Oben angekommen löschte er seine Taschenlampe. Zentimeterweise hob er die Bodenluke an. Er spürte keinen Widerstand. Die Luke ließ sich sogar ohne Knarren und Quietschen anheben. Die Scharniere waren gut geölt.

David betrat die obere Ebene und vergewisserte sich, dass die Luft rein war. Dann ließ er Marie nachkommen.

Auch hier war nichts mehr von der Unordnung vorhanden, die Marie in Erinnerung hatte. Alle Tierhäute und Robbenfelle waren beseitigt worden.

Marie erkundete den Raum, wo sie von Pongar festgehalten worden war. Die Eingangstür zum Leuchtturm war jetzt nicht verschlossen. Als sie den Zugang zum Treppenhaus aufstoßen wollte, glaubte sie, im Augenwinkel eine Bewegung ausgemacht zu haben. Sie berührte Davids Arm und gab ihm ein Zeichen. Er entsicherte seine Waffe. Langsam drehten sie sich um.

»Fabi, was …« Marie sprach halblaut. »Mensch, du hast mir aber einen Schrecken eingejagt!«

»Pscht«, flüsterte Fabien. »Das kann ich mir vorstellen. Was treibt *dich* denn um Gottes Willen *hierhin*?«

»Ich … *Wir* suchen nach dem fehlenden Zeitschriftenteil vom alten Cadet. *Der Arme Teufel.* Die Nummer Drei. Und du? Wie hast du uns gefunden?«

»Nachdem deine Erinnerungen zurückgekehrt waren, hast du mir doch die Grundmauern des Leuchtturms und seinen

Einstieg so präzise beschrieben, dass ich ihn gar nicht verfehlen konnte.«

»Und da spionierst du mir einfach hinterher?«

»Wie kommst du darauf, dass ich spioniere? Ich bin nur deinem Hilferuf gefolgt. Ein Zettel von dir lag auf meinem Bett. Du hast mir schließlich geschrieben, dass du dich zum Phare de Mean Ruz begeben wolltest. – Was soll das, Marie? Sollte ich nur wissen, wo ich dich zu suchen habe, wenn dir etwas zustoßen würde?«

»Mensch, Fabi, ich wollte dich nicht in dieses Wagnis hineinziehen. Nicht, dass du deine Jobs gefährdest, falls ...« Sie kuschelte sich an Fabien und gab ihm einen flüchtigen Kuss auf die Wange. »Und damit mir nichts zustößt, deshalb begleitet mich David.«

Sie drehte sich ihrem Begleiter zu. »David ist der Sohn deines Onkels René. Fabi, darf ich dir vorstellen ... Das ist dein Cousin David.«

»Salut, ça va? Ein ungewöhnlicher Ort in einer besonderen Lage, um sich kennenzulernen. Ich bin Fabien. In der Familie und unter Freunden höre ich auch auf *Fabi*.« Fabien reichte David die Hand.

»Hello Fabi. Stimmt, das ist eine spannende Location. – Willst du uns folgen?«

»Wenn ich zum Spionieren mitkommen darf?«, neckte Fabien.«

»Ach Fabi. Nun sei doch nicht so ... Eigentlich bin ich doch ganz froh, dass du da bist. – Weißt du, wir wollten gerade ... Die Eingangstür zum Leuchtturm ist heute nur angelehnt«, bemerkte Marie erleichtert.

»Ihr habt Nerven! Ist denn niemand anwesend?«

»Keine Ahnung. Davon wollten wir uns soeben überzeugen, bis ...«

Mit äußerster Wachsamkeit betraten sie ein mit weißen Fliesen ausgestattetes Treppenhaus. Marie hatte eine Wendeltreppe erwartet. Da es sich jedoch bei dem Leuchtturm nicht um ein Bauwerk mit rundem, sondern mit rechteckigem Grundriss handelte, trafen sie auf eine steinerne, recht steile gradläufige Treppe mit einem Wendepodest, von dem aus durch eine Pendeltür Zugang zu einem Nachbarraum gegeben war. Durch schmale Fensternischen drang ein diffuses Licht in das Treppenhaus. Es war aber hell genug, um sich nun ohne die Leuchtkraft der Taschenlampe fortbewegen zu können.

Behutsam schoben sie die Pendeltür vor und warfen einen schnellen Blick in den Raum auf der ersten Leuchtturm-Ebene. Bei diesem Zimmer handelte es sich eindeutig um ein geräumiges Bad. Komfortabel eingerichtet. Dominiert von einem luxuriösen Whirlpool.

Nicht minder beeindruckend war das Schlafgemach eine Ebene höher. Ausgestattet wie in einem … Plüsch, Spiegel, erotische Bilder – keineswegs obszön. Eine riesige *Spielwiese* mit allerlei Utensilien.

Auf der dritten Ebene war ein Raum eingerichtet, der am ehesten an ein Wohnzimmer erinnerte. Gemütliche Canapés. Ein langgestrecktes geschwungenes Tischchen, auf dem sich eine größere Anzahl von Video-DVDs befand. Mehrere Schränke. Eine Vitrine mit Gläsern. Und vor allem: ein überdimensionaler Monitor mit einem High-Tech-Equipment vom Feinsten.

Fabien ging voran, als sie eine weitere Ebene darüber auf die Küche trafen. Auch hier war gottlob niemand, dem sie sich bei ihrem Einbruch hätten stellen müssen.

Während Fabien noch die Kücheneinrichtung inspizierte, hatte David bereits eine metallene Tür geöffnet und eine Leiter mit Stahlrohren erklommen. Sie führte zu einem schlichten, aber funktional eingerichteten Dienstraum, indem sich die Lichtanlage des Leuchtturms befand. Noch ein paar Stufen einer Metalltreppe. Dann war eine Stahltüre erreicht, die verschlossen war. Sicher würde sie nach draußen auf die

Empore führen, wo ein vierseitiger Balkon mit seiner Stein-balustrade angebracht war, und wo sich das Laternenhaus mit dem Leuchtfeuer befand.

»Wir sollten uns aufteilen und zügig die einzelnen Räume nach der verschwundenen Zeitschrift durchsuchen«, meinte Fabien. »Die Sonne nähert sich unaufhörlich der Horizontlinie. Gegen einundzwanzig Uhr dürfte der Leuchtturm beginnen, seine Signale zu senden. Und wir müssen damit rechnen, dass Pongar oder Garnot zuvor zurückkommen werden. Vielleicht sogar recht bald schon.

Ein allseitiges Nicken. David begann damit, das Dienstzimmer einer genaueren Prüfung zu unterziehen. Fabien durchstöberte die Schränke und Ablagen im Wohnraum. Und Marie nahm sich – innerlich etwas sträubend – den Schlafraum vor. Hier gab es nur eine Vitrine, eine Truhe mit Bettwäsche und Ablagefächer für erotisches Spielzeug, die schnell gesichtet waren. Maries Aufmerksamkeit richtete sich aber auf eine Mappe, die auf dem Bett lag.

Marie hielt eine Art Fotoalbum in Händen. Es war allerdings eher eine Loseblattsammlung, die lediglich in einem Ringbuch zusammengelegt war.

Die Bildfolge begann mit Fotografien von René, Pongar und ein Mädchen Namens *Madeleine*. Hierzu war ihr Alter vermerkt: Fünfzehn Jahre. Auf einem Bild war zu sehen, wie René und das Mädchen Arm in Arm in einer Düne lagen. Der Leuchtturm im Hintergrund ließ darauf schließen, dass das Bild auf den Sept-Îles geschossen worden war. Bei der nächsten Aufnahme befand sich auch Pongar mit im Bild, und die Akteure wirkten ausgelassen, fast ein wenig wie alkoholisiert. Zu ihnen gesellte sich ein deutlich älterer Mann. *Jean Baptiste* war notiert. Es folgten zwei Bilder, auf denen die Personen unbekleidet abgebildet waren. Die Jugendliche wirkte nun eher verschüchtert. Die Bilderserie endete mit zwei Aufnahmen, die Marie sehr schockierten. Was man da mit dem Mädchen trieb, spottete jeder ... – Zu den Bildern war die Jahreszahl 1969 vermerkt.

Ein Jahr später wiederholte sich die Art des Bildersortiments. Diesmal war *Odile* der Name für die Halbwüchsige.

Es folgten Bilder, auf denen zu sehen war, dass Pongar einige Jahre älter geworden waren. Wieder waren Nacktszenen abgebildet. Es war das Jahr 1978. *Claire* hieß es unter dem Bild einer Studentin der Geologie. Bei dieser Bildersequenz waren René und Jean Baptiste nicht zu sehen. Hier wirkte die junge Frau wie eine Person, die scheinbar Gefallen an den zügellosen Ausschweifungen fand.

Colette war das nächste Opfer. Gemäß der Altersangabe war Colette mit siebzehn Jahren noch nicht volljährig. Colette wirkte sehr unglücklich, während sie mit dem älteren Mann verkehrte. *Das darf nicht wahr sein*, durchfuhr es Marie, als sie jenen Jean Baptiste entdeckte. Diesmal war auch sein Nachname vermerkt. Es war kein geringerer als de Groussay. *De Groussay. Dieses Schwein. Zu der Zeit noch Anwalt. Unser jetziger Star-Politiker,* rekapitulierte Marie. – Ebenso, wie auf diesen Bildern war auch in den Folgejahren René bei den schamlosen Spielen von Pongar und de Groussay nicht mehr abgebildet.

Marie blätterte in der Fotoserie weiter und stellte fest, dass in jedem Jahr ein anderes Mädchen das Opfer der männlichen Begierde war. *Das ist ja wie eine Trophäensammlung,* ging es ihr durch den Kopf. *Yvonne. – Béatrice. – Isabelle. – Angélique, ein blonder Engel. – Fleur, in der Blüte ihrer Jugend.*

Das, was Marie sah, raubte ihr den Atem. Sie sehnte sich nach frischer Luft. Sie sah sich um. Bis auf jeweils einen kleinen Glasbaustein, der zu kippen war, konnten die schmalen Fenster mit dem massiven Glas nicht geöffnet werden. *Hier gibt's kein Entkommen.* Marie seufzte. Sie nahm sich wieder das Album vor. Es enthielt noch etliche Seiten mit zahlreichen Bildern. Pongar und seine Kumpanen schienen wie besessen.

Es folgte das Jahr 1985. Marie traute ihren Augen nicht: *Florence L. B.* Die Bilder zeigten sie überwiegend unbekleidet, nur mit typischen Requisiten einer Krankenschwester versehen. *Mein Gott.* Fassungslos presste Marie eine Hand vor den Mund. Scham und Kümmernis spiegelten sich im Gesichtsausdruck von Florence wieder. *1985. Es ist einfach nur schrecklich. Es war das Jahr vor ... Sollte Youma etwa bei dieser Gelegenheit von Pongar oder gar de Groussay ... Es ist nicht auszudenken!* Marie war entsetzt. *Jetzt beginne ich zu verstehen, warum Florence es tunlichst vermieden hat, über sich und ihre Familie, über ihren Bruder René und vor allem über dessen Verbindung zu Pongar zu sprechen.* Marie war eine kurze Zeit konsterniert.

Aus ihrer Schockstarre wurde sie gerissen, als sie einen Ausruf von Fabien vernahm. Der befand sich ja noch eine Leuchtturm-Ebene höher, wo er, um keine Spuren des Eindringens zu hinterlassen, behutsam in einer Wandnische Garderobe durchforstet hatte. Unter den Kleidungsstücken, die keiner Alltagskleidung sondern eher eine Art Kostüm-Fundus für erotische Zwecke glichen, hatte er Céciles Kleid entdeckt, das sie an dem Tag getragen hatte, als sie mit Pongar in einem Boot weggefahren und zum letzten Mal von Fabien gesehen worden war.

Marie hörte, wie er aufgebracht eine Pendeltür zuschlug und sich dem Schlafraum näherte. Kurzentschlossen entfernte sie den Teil von Bildern aus dem Ringbuch, auf denen Florence zu sehen war und ließ sie in ihrem Rucksack verschwinden.

Schon hatte sie umgeblättert und die nächsten Bilder mit den weiteren Opfern von Pongar und de Groussay vor sich, als Fabien mit David im Schlepptau das Schlafzimmer betrat und aufgeregt von sich gab:

»Es ist ganz sicher Céciles Kleid. Ich hatte mich noch gewundert, dass sie dieses ... für eine Bootsfahrt so ganz und gar unpraktische ...«

Er vollendete den Satz nicht, als er die kreidebleiche Marie sah, die noch immer erschüttert über den Fotografien gebeugt dasaß und kein Wort hervorzubringen vermochte.

Fabien nahm ihr das Album ab und blätterte stumm darin, während David ihm zunächst ebenfalls wortlos über die Schulter schaute. *Sylvie. – Odette. – Pauline. – Emanuelle …*

1993 – Eine *Denise* wurde de Groussay von Pongar *als Geschenk zum 45. Geburtstag dargebracht.* So stand es zwischen den Abbildungen geschrieben …

Zwanzig Jahre später war eine *Manon* zu sehen, *die Widerspenstige.* Ein bulliger Franzose mit gezwirbeltem Schnauzbart, der es sich zur Aufgabe machte die Frau zu zähmen, war nun mit Pongar und de Groussay im Bunde. »Das ist Colonel Garnot«, platzte es bestürzt aus Fabien heraus.

Und David war nicht minder betroffen, als er im Jahr 2014 *Betty D.* in der Hand von Pongar sah. »Er hat sich sogar auch an meine Mutter herangemacht. Jetzt wird mir manches klar.«

David führte nicht weiter aus, was ihm soeben durch den Kopf gegangen war. Schnell blätterte er weiter. »Sieh an, und das da ist …« Er wies auf Bilder des Jahres 2016.

»Loan.« Ein Zucken um Davids Augenpartien, wie Marie es erst gestern einmal bemerkt hatte. Darüber hinaus schien er merkwürdigerweise nicht überrascht.

Er klingt so ungezwungen, fast teilnahmslos, wunderte sich Marie. *Ist er so abgebrüht? Oder ist das ein ihm eigener Schutzmechanismus, um seine Empfindungen und Gefühle unter Kontrolle zu halten?* Ihr fehlte im Moment die Energie, um sich darüber weitere Gedanken zu machen. Sie registrierte lediglich noch seine letzte Bemerkung: »Loan konnte fliehen.« Dann vernahm Marie nur noch Fabiens Aufschrei:

»Das da … Das ist sie. *Cécile!* – Terrible! C'est … C'est tellement terrible!« Fabien war außer sich. Jeglicher Kleidung beraubt hatte Cécile in eindeutig sadomasochistischer Art die drei Männer zu befriedigen. *Für Jean Baptiste zum Siebzigsten* war den perversen Szenen hinzugefügt.

Wie angewurzelt verharrte Fabien einige Augenblicke. Dann rannte er ziellos, wie ein aufgebrachtes Tier, ins Treppenhaus. Die Pendeltüren schlugen. Es schien nur eine Frage der Zeit, bis irgendetwas unter seinen Händen zerbrechen, an der Wand zerschellen oder durch die Gegend geworfen würde. Aber Fabien reagierte sich ab, ohne etwas zu zerstören.

Als er zurückgekehrt war, begann er damit, sich die Bilder noch einmal durchzusehen. »Fast alle Aufnahmen sind in den Räumen hier im Leuchtturm entstanden.« Er wirkte wieder gefasst. »Abgesehen von den ersten Bildern sind nur die mit Denise im Jahre 1993 und zuletzt mit Loan und Cécile … Diese Bilder sind – glaube ich – in Pongars Castel entstanden. Wir müssen dahin«, sagte er bestimmt.

»Außerdem ist es ohnehin an der Zeit, hier baldmöglichst zu verschwinden«, drängte David. »Hier jetzt überrascht zu werden, wäre nicht so gelungen, wie mir scheint.«

Mit diesen Worten überreichte er Marie etwas, was er auf der oberen Ebene im Arbeitsraum mit der Lichtanlage in einem unverschlossenen Aktenschrank gefunden hatte. – Es war die noch fehlende Zeitschrift mit Lou Cadets Konterfei, weswegen sie überhaupt erst in das Untergeschoss des Leuchtturms eingedrungen waren. Ein weiteres Puzzle-Stück in der Geschichte um Michels leiblichen Vater. – Marie würdigte es in diesem Augenblick keines Blickes.

Ohne ein Wort zu sagen erhob sie sich. Ihr Interesse galt jetzt einzig und allein Cécile. *Hoffentlich finden wir sie lebend,* waren ihre abschließenden Gedanken, während sie aus einem Augenwinkel Fabien musterte. Der schien seine Gefühle tatsächlich im Griff zu haben. Entschlossen steckte er die Bildermappe in seinen Rucksack.

»Ich habe eine Idee, um Pongar ein für alle Mal …«, sagte er energisch. »Doch davon mehr, wenn wir wieder draußen sind. Außerdem muss ich euch noch von einigen anderen Neuigkeiten berichten. So schlimm das alles für die

Betroffenen ist, was wir hier entdeckt haben – Ich fürchte, unsere speziellen Freunde stecken hinter einer zusätzlichen Schurkerei …«

»Das Stimmt. Wir werden wohl nicht umhin kommen, uns mit noch weit Skandalträchtigerem auseinandersetzen zu müssen«, wurde Fabien von David unterbrochen. »Lasst uns ein ruhiges Plätzchen suchen, wo wir ungestört sind. Ich kenne da einen Skulpturenpark in der Nähe. Da wird sich um diese Uhrzeit sicher niemand mehr aufhalten. – Es ist wohl fällig, dass auch ich euch mit einigen schlimmen Nachrichten konfrontieren muss. Aber zuvor sollten wir alle Anzeichen unseres Einbruchs weitestgehend beseitigen, damit Pongar nicht gewarnt ist und die Spuren seines Treibens verwischt.«

27 Richtige Fragen zur rechten Zeit

Eine knappe halbe Stunde später hatten Fabien, David und Marie den Leuchtturm verlassen, das felsige Gelände in seiner Umgebung ungesehen passiert und waren zu einem Parc des sculptures gelangt, wo ein Künstler aus gigantischen rosa Granitblöcken nicht nur abstrakte und skurrile Formen gehauen, sondern auch menschliche Gestalten in ihrer Arbeitswelt geformt hatte. In ihrer Gänze konnten die bildhauerischen Glanzleistungen nicht mehr angemessen gewürdigt werden, denn die Dämmerung war inzwischen deutlich fortgeschritten. Doch das hatte Vorteile. Es war keine weitere Menschenseele weit und breit zu sehen.

Während die Drei zwischen den Exponaten wandelten, fiel es ihnen nicht leicht, das im Leuchtturm Entdeckte vorerst auszublenden. Aber Fabien hatte dringendes Mitteilungsbedürfnis und wandte sich an Marie:

»Ich habe den Wohnsitz vom alten Lenois ausfindig gemacht. Du erinnerst dich, der ehemalige Dienststellenleiter der Gendarmerie. – Ich hatte heute einen Gesprächstermin bei ihm.«

Deswegen also. Marie fiel ein, dass Fabien von irgendeiner Zusammenkunft gemunkelt hatte.

»Lenois ist zwar ein etwas merkwürdiger Kauz mit Tendenz zum Messie-Syndrom, der sich etwas gehen lässt …

Seine Sinne hat er aber allemal noch ganz gut beisammen.«
Fabien zeigte auf seinen Kopf. »Nach langem Hin und Her
hat er mir verraten, dass mein Vorgesetzter Garnot neben
seiner Arbeit als Gendarm einer weiteren Tätigkeit nachgeht.«

»Das weiß ich doch. Er vertritt Pongar im Leuchtturm,
und – wie wir heute gesehen haben – befriedigt er zusammen
mit seinen Kumpanen besonders verwerfliche Gelüste.«

»Das ist nicht alles. Er treibt zudem eine andere Art
von Unwesen auf der Île Grande. Bei der ornithologischen
Station, von der Großvater Michel einst Vorsitzender war.
Dort ist er eine personne de sécurité.«

»Oha«, sagte David erstaunt. Das war ihm neu.

»Als Mitarbeiter des Sicherheitspersonals überwacht er die
Vogelinsel *Riouzig*. – Was natürlich keiner weiß: Dort, im
Sperrgebiet auf der dem offenen Meer zugewandten Rückseite der Insel, treffen alle möglichen kriminellen Figuren
zusammen. Da werden unter anderem Drogen und Waffen
verschoben. Und Pongar betreibt dort Schmuggel im großen
Stil. Er veräußert zum Beispiel seine Robbenfelle. Wenn da
etwas aus dem Ruder zu laufen droht, können die Beteiligten
– durch Garnot gewarnt – schnell untertauchen. Die Sept-
Îles sind vor allem Pongar nicht fremd.«

»Und das wird von Garnot überwacht?«

»Ich fürchte, nicht nur«, übernahm David das Wort. »Das
wären nur Peanuts, denke ich. Viel schlimmer ist, dass auf
der Insel eine Umweltsauerei größten Ausmaßes stattfindet.
Vor einigen Jahren wurden doch die gebunkerten Öllager
von Enez Terc'h aufgelöst ...«

»Ich habe davon gelesen«, unterbrach Marie ihn. »Warum
eigentlich?«

»Weil die Le Bruns Angst davor hatten, dass diese tickende
Zeitbombe ihnen das Geschäft mit den Austern zerstören
könnte.«

»Aber ... Aber das war ihnen doch schon bekannt, als sie
zu Michels Amtszeit als Bürgermeister der Gemeinde den

Grund abgekauft haben ... – Wer hat denn die letzte Entsorgung finanziert? Paris doch sicherlich nicht, oder?«

Fabiens Grinsen glich nun für Sekundenbruchteile eher einem sarkastischen Lächeln. »Laut Lenois pflegte unser amtierender Bürgermeister Janicot die Kosten dafür aus einem Fonds zu nehmen, in den der Gemeindeanteil vom Entschädigungserlös der *American Future Oil* seinerzeit geflossen ist.«

Oh oh, dachte Marie. *Wenn es eine Erdbestattung für Michel Le Braz gegeben hätte, würde der sich nun wohl voller Ärger im Grabe umdrehen.* »Und das Drecksöl ist ...«

David nickte. »Es ist im Naturschutzgebiet der Sept-Îles versenkt worden.«

»Nein! – Und das hat keiner bemerkt?«

»Natürlich ist es nicht unbemerkt geblieben, als man auf Enez Terc'h tätig wurde. Aber wohin das Gift entsorgt worden ist ... Wer weiß denn schon, wohin all der Mist verschifft wird? Denken Sie doch nur daran, was gerade *jetzt* wieder vor der Atlantikküste passiert.«

Valerie, schoss es Marie durch den Kopf. Valerie Prebel, ihre Freundin, Auszubildende bei Le Journal du Dordogne. Die sich genau für solche Aspekte und Machenschaften interessierte und recherchieren wollte, was man ihr aber untersagt hatte. *Wenn Valerie wüsste ...*

»Aber da muss es doch weitere Verbindungen geben, zwischen den Le Bruns, Pongar und ...«

»Die Strippen dazu hat vor allem Pongar gezogen, unterstützt von de Groussay und im Einvernehmen mit dem jetzigen Maire ... «, fügte Fabien hinzu. »Der alte Lenois weiß so einiges, über das er sich bisher wohl nicht zu reden getraut hat. Von ihm habe ich unter anderem auch erfahren, dass Janicot ...«

»Der *jetzige* Bürgermeister?«, unterbrach Marie ungeduldig fragend. »Welchen Grund hat der denn, mit dem Gemeindegeld die Le Bruns so großzügig zu unterstützen?«

»Zwischen den Le Bruns und dem Bürgermeister besteht eine entfernte Verwandtschaft.«

»Alles klar.« Marie wandte sich genervt ab. »Korruption ohne Ende.«

»Man hilft sich eben unter Bretonen«, murmelte Fabien und erntete dafür einen zornigen Blick von Marie.

»Das hast du schon mal gesagt, Fabi. Du wirst nicht müde, das zu betonen, was?«

Fabien nickte: »Bis es endlich verstanden wird. Und zwar so, wie ich es meine. Es hilft nicht, die Augen vor der Vetternwirtschaft zu verschließen und nur empört zu sein, wenn mal was aufgedeckt wird.«

Marie ging auf Fabiens Bemerkung nicht ein. »Der Bürgermeister hatte also Zugriff … Ist das hier eigentlich ein Selbstbedienungsladen?«

»Die Zusammensetzung des Gemeinderates besteht aus … Naja, da wird Janicot dem ein oder anderen schon ein wenig den Durchblick vernebeln können, wenn nicht gar …«

»Gibt es keine Opposition?«

Fabien blickte Marie entgeistert an, was sie zu der Redensart greifen ließ:

»Okay, ich verstehe. Eine Krähe hackt der anderen eben kein Auge aus. – Und wer hat da sonst noch seine Drecksfinger im Spiel?«

»Sicher einige. Aber eben auch Colonel Garnot, der die Anlagen auf den Sept-Îles überwacht. Er ist übrigens der *Schwager* des Bürgermeisters von Plougouskant.«

Wenn das so weitergeht, kann mich zukünftig nicht mehr viel erschüttern oder in Erstaunen versetzen, dachte Marie, die das Gehörte aber noch einmal sortieren musste.

»Also, wir halten fest: Die Familie Le Brun hat – irgendwann zwischen 1978 und 1986, also nach dem Tankerunglück und bevor Michel Le Braz das Amt des Bürgermeisters aufgab – Enez Terc'h erworben, obwohl man wusste, dass das Öl dort lagerte. Warum?«

»Weil die Insel für sie gerade noch erschwinglich war und eine gute Basis für die geplante Austernzucht darstellte«, antwortete David.

»Gut. Alle sind zufrieden. – Bis … Bis zu dem Zeitpunkt, da ein gewisser Janicot Nachfolger von Bürgermeister Le Braz wurde. Janicot, *zufällig* verwandt mit den Le Bruns. Auf einmal bekommen die wegen des Öls kalte Füße. Plötzlich sorgen sie sich um ihre Austerngeschäfte. Was machen sie?«

»Mit Hilfe ihrer Verbindung zu Janicot lassen sie die Ölklumpen mit dem verunreinigten Erdreich heben und anderweitig entsorgen. Ohne Skrupel. Und sie zahlen keinen Euro dafür, weil die Gemeinde – respektive Bürgermeister Janicot – die Kosten übernimmt, indem man auf die Gelder des *AFO*-Tankerunglücks zurückgreift.«

»Hm. Soweit auch noch nachvollziehbar. Frage: Wie kommen Pongar und de Groussay in dieser Angelegenheit mit ins Boot?«

»Könnten die Le Bruns – zum Beispiel – Pongar irgendwie in der Hand haben, sodass er für ihre Zwecke dienlich ist und sie sich ihre Hände nicht selbst dreckig machen müssen?«, fragte Fabien. »Wenn ja, aber *wie*?«

»Zum Beispiel, weil sie nach Loans Flucht aus dem Leuchtturm einiges über das jahrzehntelange Treiben von Pongar und vor allem von de Groussay herausbekommen haben«, spann David den Gedanken weiter.

»Und weil Bürgermeister Janicot Pongars weitere Machenschaften auf Riouzig nicht nur duldet und deckt, sondern sogar durch seinen Schwager Garnot unter Kontrolle halten lässt«, ergänzte Fabien.

»Das ist es. Damit wären wir wieder bei den Krähen, die einander nicht schaden werden«, zog Marie ein Fazit. »So kommen wir der Wahrheit also immer näher«, murmelte sie. »Oder entfernen wir uns eher von ihr?«

»Man muss nur die richtigen Fragen zum richtigen Zeitpunkt stellen, um der Wahrheit wenigstens ein kleines Stückchen näher zu kommen«, bemerkte David.

Das Credo des Württemberger Kurieres, stellte Marie fest.

»Ich habe nicht ohne Grund den Kontakt zu den Le Bruns gesucht«, ließ nun David wissen. »Denn um mit meiner Tante zusammenzukommen, wäre es nicht notwendig gewesen, mich auf Enez Terc'h einzuquartieren.«

»Woher wussten Sie, dass die Le Bruns in den Umweltskandal verwickelt sind?«

»Vater René war schon in jungen Jahren zur Zeit seiner Verbundenheit mit Pongar auch mit den Le Bruns verbandelt. Das konnte ich mir zunutze machen, um … Vater hat mir zu den – wohl schon lange – gehegten Plänen der Le Bruns nur vage Andeutungen hinterlassen, mich aber dadurch neugierig gemacht. – Unser gemeinsames Interesse an der Austernzucht war ein guter Vorwand für mich, um mich auf Enez Terc'h umzusehen, ohne dass man dort misstrauisch werden würde. Zudem wollte ich versuchen, gleichzeitig meiner Tante und ihrer Familie näherzukommen, was mir bisher ja erst jetzt im Ansatz gelungen ist, wie Sie wissen.« David sah zu seinem Cousin Fabien hinüber.

»Aber nicht nur. Sie haben sich auch an die Tochter Loan herangemacht«, hakte Marie etwas neckend nach.

»Das hat sich so ergeben. – Ich hatte ausfindig gemacht, dass Loan in Pongars Fänge geraten war. Sie hat mir dann selbst unter dem Deckmantel der Verschwiegenheit anvertraut, dass ihr zwar die Flucht gelungen sei, dass sie aber von ihrer Familie keine Hilfe bekommen habe. Natürlich nicht. Mit Pongar wollte man sich ja nicht anlegen. Den brauchte man doch. Loan aber hat kurzer Hand – fast – alle Brücken zu ihren Eltern nach Enez Terc'h abgebrochen.«

»Und da hat sie sich in ihre *Zwergenhöhle* zurückgezogen? – Aber, David, Sie haben mir doch gesagt, dass die Le Bruns über Loan von Florence und Pierrick einen nicht unwesentlichen Teil ihrer Ackererzeugnisse beziehen. Da stimmt doch was nicht, oder?«

»Tja, da habe ich mich vielleicht etwas missverständlich ausgedrückt. Nicht die Le Bruns beziehen die Lebensmittel – das war einmal –, sondern es ist Loan, die die Produkte seit gut zwei Jahren für ihren Restaurationsbetrieb benötigt.«

Missverständlich ausgedrückt. So kann man es auch nennen, wenn man die Wahrheit verdreht.

»Loan führt nicht nur die Crêperie, sondern der *Zwergenhöhle* ist auch ein Hotelgewerbe angeschlossen. Da wird schon so einiges verzehrt. Außerdem werden bei Loan die Arbeiter der Le Brunschen Austernzucht verköstigt.«

»Was? – Ich dachte, die Tochter habe sich mit ihren Eltern überworfen. Was stimmt denn nun?«

»Ja, es stimmt. Aber ... *Eine Hand wäscht die andere*, so heißt es doch, oder? Man hat sich arrangiert. Loan hält den Mund, was ihre schlimmen Erlebnisse mit Pongar angeht. Aber dafür ist ihr die Kundschaft sicher. Sie hat also auch ein Interesse daran, dass die Austernzucht ihres Vaters läuft.«

»Und jetzt hat sie ihre Verschwiegenheit aufgekündigt, indem sie Ihnen die skandalösen Machenschaften enthüllt hat. Ist das nicht ihr Ende, wenn Sie diesen schrecklichen Spuk bekannt machen?«

»Natürlich weiß sie um die Konsequenzen. Aber sie will raus aus dem Teufelskreis der Täuschungen. Sie kommt mit mir nach Cornwall. – Wir wissen nur noch nicht genau, wie wir Pongar und seinen Helfershelfern das Handwerk legen können.«

»Ich ... Ich hatte vorhin gesagt, dass ich eine Idee habe«, mischte sich Fabien ein. »Ich glaube einen Weg zu wissen, der allerdings nicht ohne Risiko ist. Weil wir damit etwas in Bewegung setzen, was möglicherweise nicht mehr zu kontrollieren ist.« Fabien richtete seinen Blick auf Marie: »Ich werde die Bilder deinem Kollegen Busshart zuspielen.« Mit diesen Worten wies er auf seinen Rucksack, in dem sich das Album noch befand.

»Was? – Fabi, wie kommst du auf Busshart?«

»Wir stehen in Verbindung. Er hat seine Kontakte zu einer der französischen Presseagenturen reaktivieren können. Er hat einen hochrangigen Mann beim *SIF* sitzen. Seine Kontaktperson beim regierungskritischen *Service d'Information en Français* wartet nur noch auf ein Zeichen von uns und natürlich auf das geeignete Material.

Ein Gedankengewitter brach über Marie herein. Genau das hatte sie befürchtet. Deutliches Unbehagen verspürte sie bei der Vorstellung, dass ausgerechnet Busshart …

Ein bisschen Recherche über Spitzenpolitiker. Etwas Graben und Aufdecken von Fakten, die die ach so weiße Weste der vermeintlich unbescholtenen Honoratioren etwas beschmuddeln könnten, dass wäre doch was für Sie, hatte sie kürzlich bei der letzten Begegnung mit Busshart ihrem Kollegen mit auf den Weg gegeben.

Aber dass er nun derart ins Geschehen eingreifen sollte und etwas in Gang setzte, was eine unerwünschte Eigendynamik entwickeln könnte. – Nur gut, dass sie die Seiten mit den Fotos von Florence an sich genommen hatte. Sie würde das brisante Material ihrer Gastgeberin diskret übergeben. Das damals Geschehene musste unter allen Umständen ihr gemeinsames Geheimnis bleiben. Wahrheit hin oder her.

»Aber zuvor müssen wir ins ehemalige Maison de l'amitié. Ich möchte wetten, dass Cécile dort festgehalten wird.« Fabien war kaum mehr zu bremsen.

»Loan kennt sich in Pongars Castel aus. Sicher wird sie bereit sein, uns dort hinein zu führen«, sagte David. »Ich werde heute bei ihr übernachten, denn die bald wieder aufkommende Flut wird es mir unmöglich machen, mit dem Auto zurück nach Enez Terc'h zu kommen. Ich kann sie mit unserem Vorhaben schon mal vertraut machen.«

»Und dann?«, fragte Marie skeptisch? »Selbst wenn alles gut verlaufen sollte … Wollen wir dann zu einem Akt der

Selbstjustiz greifen?« Marie zeigte auf Davids Rucksack, in dem er seine Waffe verstaut hatte. Sie deutete mit einer Hand und zwei ausgestreckten Fingern eine Pistole an und imitierte das Abdrücken. »Ich denke nicht, dass das der richtige Weg ist.«

»Die Polizei wird uns helfen«, wurde sie von Fabien besänftigt. »Und alles wird seinen rechtmäßigen Gang gehen können. Marie, wir werden Unterstützung bekommen. Colonel Lenois hat zugesagt, dass er sich Etienne vorknöpfen will, damit wir auf ihn im Bedarfsfall zurückgreifen können.«

»Etienne?«

»Etienne Landeaux. Der zweite Beamte in der Gendarmerie von Perroz-Gireg.«

»Ah, ich erinnere mich.«

»Wie ich von Lenois erfahren habe, ist dem Kollegen das Treiben seines Vorgesetzten Garnot schon lange ein Dorn im Auge. Und wenn alle Stricke reißen, haben wir immer noch Busshart in der Hinterhand, der für Furore sorgen kann. Es wird einen Paukenschlag geben, den man in Paris nicht wird vertuschen können – da bin ich mir sicher.«

28 Nichts als die Wahrheit

Es war Samstag vor Pfingsten. – Marie wünschte sich sehr, das aufgeregte Klopfen an ihrer Zimmertür ignorieren zu können. Doch das war nicht mehr möglich, seitdem das hartnäckige Pochen und Rufen sie aus dem Schlaf gerissen hatte. Kurz kniff sie die Augen zusammen. Die Sonnenstrahlen, die sie blendeten, waren entschieden zu grell. Mürrisch erhob sie sich von ihrem Lager, zog sich ihren Bademantel über und öffnete verschlafen die Tür.

»Marie, Fabien ist verschwunden. Wir machen uns schon den ganzen Morgen Sorgen, und da steht plötzlich ein Gendarm vor der Tür und drängt darauf, Sie unbedingt sprechen zu wollen!« Florence sprach aufgeregt, argwöhnisch und ängstlich zugleich.

»Wie, verschwunden?« Noch hatte Marie Schwierigkeiten, einen klaren Gedanken zu fassen. Und doch machte sie sich die Anwesenheit des fremden Mannes in Uniform und ihre Situation bewusst, in der sie sicher einen äußerst derangierten Eindruck hinterließ. Reflexartig griff sie an die Kordel des Bademantels, um ihn noch gründlicher vor den Blicken des Ordnungshüters zu schließen. Verlegen und letztlich erfolglos versuchte sie, ihre zerzauste Frisur zu ordnen.

»Fabien wirkte nach dem Aufstehen ziemlich übernächtigt, murmelte etwas von *Loan*, und dann hat er sich noch während des Frühstücks einfach davongestohlen. Wir dachten zuerst, dass er nur kurz ... aber er ist jetzt schon über zwei Stunden ... Er ist mit dem Auto davongefahren. Deswegen hat sich Pierrick vor einiger Zeit zu Fuß auf den Weg nach *Les Korrigans* begeben, um mit Loan ... Und ... Und nun erscheint hier Fabiens Kollege, will aber nur mit Ihnen sprechen. Können *Sie* sich darauf einen Reim machen?« Florence wirkte für sie untypisch konfus und innerlich aufgewühlt.

»Hm«, antwortete Marie verblüfft und blickte den Gendarm an. »Sie wollen zu *mir*?«

Auf Maries in deutscher Sprache gestellte Frage vermochte der Ordnungshüter nicht zu antworten. Er wechselte einen kurzen Blick mit Florence. Dann gab Marie ihm zu verstehen, dass sie nichts zu verheimlichen habe und wünschte, dass er auch in Anwesenheit ihrer Gastgeberin sprechen möge.

»Bonjour madame. Excusez-moi ... Je suis Lieutenant Landeaux, Etienne Landeaux. J'ai ...«

Für Maries Sprachverständnis redete der Gendarm in der Folge zu schnell. Sie erfasste lediglich Bruchstücke von dem, was der Beamte zum Ausdruck brachte. Offensichtlich hatte er einen Anruf von dem ehemaligen Dienststellenleiter Lenois erhalten, was Marie aufmerken ließ. Aber mehr noch, Fabiens Kollege hielt ihr etwas betroffen und auch leicht verschämt ein Handy hin, auf dem eine Reihe von Bildern, aber auch Schlagzeilen gespeichert waren. Marie ließ sich von der plötzlich erschüttert wirkenden Florence übersetzen: *Skandalöse Verstrickungen! – Spitzenpolitiker entlarvt! – Minister de Groussay, ein Sexmonster! – Ehemaliger Anwalt deckte jahrelang wildes Treiben an der Côte d'Ajoncs! – Leuchtturm-Affäre um Minister de Groussay. – Das ist das Ende von Minister de Groussay! – Weg mit de Groussay! – Das schmutzige Treiben unserer Politiker! – Treibt ihn endlich aus dem Amt!*

In ähnlicher Form ging es in einer Tour weiter, wobei bei einigen Aufregern der Ton sogar deutlich schärfer war. Beschimpfungen, Beleidigungen, Verurteilungen, aber auch Häme wurden da ausgespuckt.

»In den sozialen Netzwerken, in Blogs und in Foren, tobt ein Shitstorm, seitdem die Bilder im Internet kursieren«, stellte Lieutenant Landeaux fest.

O Mann, Busshart, ging es Marie durch den Kopf. Mit einem Male war sie wach. Sie sah auf eine Uhr. Noch drei Stunden bis Mittag. Eigentlich hatte sie sich mit David und Fabien erst zu diesem Zeitpunkt bei Loan in Les Korrigans treffen wollen, um ihr weiteres Vorgehen gemeinsam abzustimmen. Jetzt spitzte sich die Situation zu. Aber viel zu früh! *Nur wegen Busshart ... diesem Blödian,* fluchte Marie innerlich. – Sie bat Florence, dem Beamten einen Kaffee anzubieten, während sie sich ankleiden wollte.

Sie sputete sich, ihre gestrige Verkleidung als Touristin anzulegen und strich sich nachlässig durch ihre Mähne, die sie mit einem Haargummi etwas bändigte. Nach einer flüchtigen Katzenwäsche rief sie Florence zu sich und überraschte sie mit einer Frage:

»Florence, stehen Sie und Loan sich eigentlich besonders nahe?«

Florence stand noch immer unter dem Eindruck dessen, was der Gendarm über die schlimmen Bilder gesagt hatte, die sich im Netz verbreiteten. »Wie meinen Sie das, Marie?«, zögerte sie mit einer Antwort. Sie überlegte kurz, um dann vage zu erwidern: »Sagen wir, wir haben uns etwas angefreundet.«

»Seit etwa drei Jahren, vermute ich?«

»Worauf wollen Sie hinaus?«

Marie beschrieb in wenigen Sätzen, was sie mit Fabien und David Daudet am Vortag im Leuchtturm entdeckt hatte, händigte ihr die diskreditierenden Bilder aus Pongars Album aus und sagte ihr dabei Stillschweigen zu.

Florence schluckte einige Male kräftig, bevor sie – dankbar für die versprochene Diskretion – gestand:

»Loan und ich …« Florence wies mit einem Kopfnicken auf die Bilder. »Uns verbindet das gleiche Schicksal. Wir beide versuchen, das, was wir – ich früher und sie erst vor gar nicht langer Zeit – bei Pongar durchlitten haben, *gemeinsam* zu bewältigen.«

Kein Wunder, dass Loan über mich bestens im Bilde ist, folgerte Marie, ohne es laut auszusprechen.

»Aber sagen Sie, Marie. Dieser … Dieser David. Ich meine, mein Neffe. Der wohnt doch bei den Le Bruns, oder?«

»Bei den Le Bruns ist er zu Gast, ist aber meist mit Loan zusammen, wenn er nicht gerade Austern begutachtet.«

»Ah. Es ist nur … Loan hat mit mir über ihn bisher noch nie gesprochen. Das wundert mich schon.«

»Tja, Florence, so hütet wohl jeder seine kleinen oder auch größeren Geheimnisse. – Apropos …«

Marie teilte Florence mit, dass sie noch in der letzten Nacht herausgefunden habe, dass *Der Arme Teufel - Nummer Drei* die Besitzurkunde vom Maison de l'amitié enthielt, dass sie nur noch nicht wisse, wie Pongar an das Dokument gekommen sei. Mit reichlich schlechtem Gewissen vermochte Florence nun die Wahrheit nicht mehr zu verschweigen: »Schwiegervater Michel ist damals von Pongar erpresst worden. Er wusste darum, was Pongar mit mir angestellt hat und ahnte gewiss auch, was mir blühen würde. Ohne, dass auch nur irgendjemand davon erfuhr, hat er mich mit der Besitzurkunde freigekauft.«

Betretenes Schweigen.

Na sowas. Das hätte sich Marie nicht in ihren wildesten Fantasien zusammenreimen können. Und das war auch kein Wunder, nachdem Florence ihr auf dem Artischockenacker das Blaue vom Himmel vorgeflunkert hatte. Marie rollte mit den Augen.

Ich sage dazu jetzt lieber nichts, zwang sie sich zur Zurückhaltung. Sie hatte in diesem Moment nicht die Muße sich darüber Gedanken zu machen, wie verwerflich das Verhalten von Florence gewesen war. Grenzwertig war es auf jeden Fall. Aber sicher auch verständlich, wenn man bedachte, was Pierricks Frau durchgemacht haben musste. Die selbst *ihn* in Unkenntnis gelassen hatte. Marie verbannte diese Gedanken aus ihren Überlegungen. Etwas anderes kam ihr in den Sinn: *Wenn sich da mal nicht etwas in Bewegung gesetzt hat, das letztlich zur Ermordung von Michel Le Braz geführt hat,* mutmaßte sie. War das jetzt endlich der Durchbruch, nachdem sie so lange gesucht hatte? Marie schüttelte den Kopf, während sie einen Seufzer ausstieß. *Hier wundert mich gar nichts mehr.*

»Ich fürchte, da läuft jetzt was ganz gehörig aus dem Ruder«, besann sie sich wieder auf die Gegenwart und berichtete Florence in groben Zügen von Ideen, Vorüberlegungen und vagen Plänen, die sie am Vorabend im Anschluss an die Begegnung im Parc des sculptures noch mit ihren beiden Begleitern im Büro der Tourismusinformation diskutiert hatte, um Pongar endlich das Handwerk zu legen. Bei der Gelegenheit hatte Fabien Pongars Bilder gescannt und an Busshart übermittelt. Zu ihrer Überraschung hatte Marie von David erfahren, dass Handy-Empfang und Internet-Zugang an der *Ost*küste der Halbinsel von Plougouskant zwar nicht optimal, meist instabil, aber immerhin möglich seien. Davon war sie allerdings erst überzeugt worden, als David mit Loan Kontakt aufgenommen und seine baldige Rückkehr angekündigt hatte.

Dass sich die Ereignisse jetzt überschlugen und es aufgrund von Bussharts eigenmächtigem, noch unabgestimmten

Vorstoß schon so kurzfristig zur Umsetzung der noch keineswegs ausgereiften Vorhaben kommen sollte, dadurch fühlte sich Marie allzu überrumpelt.

»Florence, Gendarm Landeaux steht uns zur Unterstützung zur Verfügung. Ich werde mit ihm zur Pointe du Château fahren, wo wir ihn mit unseren Plänen vertraut machen. Wir werden sehen, inwieweit er uns helfen will und kann. Wir wollen in Pongars Castel – in der Hoffnung, dass wir dort Cécile … Ach, vielleicht ist es besser, wenn Sie keine Einzelheiten … Drücken Sie uns einfach die Daumen …«

Marie brach ihre Enthüllungen und Erklärungen ab, ließ Florence nicht mehr zu Wort kommen, unterband alle Einwände und Ratschläge, klaubte einiges von ihrem Zeichen- und Malzubehör zusammen und ließ sich von der sträubenden Florence einen Hocker und einen Leinensack mit den alten Kleidungsstücken aushändigen, die Marie bei ihrem ersten Aufenthalt im Leuchtturm von Pongar erhalten hatte. Dann fuhr sie mit Etienne Landeaux zur Spitze der Halbinsel, wo sie von David Daudet erwartet wurde, der sich wieder in seiner Anglermontur zeigte. Hier war auch Fabiens Auto abgestellt.

29 Konfrontation

»Showdown, Marie! Loan und Fabien sind schon unterwegs, um durch einen Nebeneingang ins ehemalige Maison de l'amitié zu gelangen.« David legte sich eine kugelsichere Weste an, während Lieutenant Landeaux behilflich war, auch Marie mit der Schutzkleidung auszurüsten.

»Aber wie ...«

»Sie erinnern sich doch gewiss an unsere erste Begegnung?«, fragte David.

Marie nickte. Sie entsann sich der von Pongar geschaffenen äußeren Begrenzungsmauer seines Anwesens und dachte an den am östlichen Rand errichteten Verschlag mit den ölverkrusteten Werkzeugen, die sie vor ... Wie lange war das jetzt her? Es kam ihr wie eine Ewigkeit vor.

»Von dort gibt es einen Zugang, hat Loan damals herausgefunden. Dadurch ist ihr auch die Flucht gelungen. Wir werden sehen, inwieweit es noch möglich ist, in ...«

»Ist Pongar anwesend?«

»Wir wissen es nicht. Und darum ... Marie, jetzt haben Sie Ihren Auftritt!«

»Und wenn ...«

»Landeaux und ich halten uns erstmal im Hintergrund.«

Marie nickte. Erstmals verspürte sie, wie sich ein dumpfes Gefühl in der Magengegend breitmachte, als sie den Sack mit den Kleidungsstücken schulterte und ihre anderen Utensilien unter den Arm klemmte. Sie hätte sich gern mehr Bewegungsfreiheit gewünscht. Die ungewohnte Schutzweste war schwer, hinderlich und eher furchteinflößend als ermutigend. Es waren bange Momente, die auch nicht dadurch verschwanden, dass ihr die beiden Männer mit erhobenen Daumen Zeichen der Aufmunterung mit auf den Weg gaben. Mit einem Seufzer gab sich Marie schließlich einen Ruck. Sich um ein argloses Schlendern bemühend, schlug sie die Richtung zu dem Schuppen ein. Aus einer gewissen Distanz hatte der Behelfsbau Ähnlichkeit mit einem Wachhäuschen, von wo aus der Zugang zu Pongars Castel hätte abgesichert werden können. Als sie näherkam, sah sie, dass die Tür geöffnet worden war. Um keinen Verdacht zu erregen, hatte man sie aber notdürftig befestigt. Sie wäre leicht aufzustoßen. Marie ließ den Verschlag rechter Hand liegen und erklomm in der Nähe über einige stufenförmig behauene Gesteinsbrocken die mannshohe und gut einen Meter breite Mauer. Von hier konnte sie die Rückseite des Hauses und die Anlegestelle bestens einsehen. Ein Boot war nicht auszumachen.

Rund einhundert Schritte legte sie leicht unsicher balancierend auf der Mauer zurück bis zu einer Stelle, an der Treppenstufen und ein schmaler Pfad in den inneren Bereich der Einfriedung führten. Im Übrigen ragte ein mehrere Meter breites unwegsames Kiesbett bis an den Steinwall, während auf der anderen Seite der von Pongar angelegte künstliche See einen Zugang zu dem Begrenzungsbollwerk ausschloss. In der Nähe der Treppe knickte die Mauer schräg gegenüber der Eingangstür zu Pongars Castel in einem fast rechten Winkel ab, wodurch eine leicht größere Plattform gegeben war. Hier ließ sich Marie auf ihrem Hocker nieder, stellte den Sack mit Pongars Kleidungsstücken neben sich und legte sich ihren Skizzenblock und Zeichengerät zurecht. Wie geplant begann sie damit, das pittoreske Haus zwischen den knapp doppelt so hohen Felsen zu zeichnen.

Lange Zeit regte sich nichts, und Marie ging davon aus, dass Pongar wohl kaum Zuhause sein würde. Sie blieb geduldig sitzen, bis sie Motorenlärm vernahm. Zunächst schwach, denn das Meer toste und übertönte den Lärm nahezu. Die Flut brandete gegen die Klippen von Le Gouffre. Dann wurde der Motorenlärm lauter, bis er wenig später erstarb. Marie hielt den Atem an. Jetzt kam es drauf an. Es wurde ihr zunehmend unpässlich, während sie gespannt der Dinge harrte, die da kommen würden. Sie sollte nicht mehr lange warten müssen.

»Verschwinden Sie!«, klang es aus dem Haus.

Marie konnte nur ahnen, was Pongar auf bretonisch gebrüllt hatte. Sie tat unbeeindruckt und winkte lediglich hinüber zum Haus. Da erschien der Leuchtturmwärter vor seiner Haustür. Maries Plan ging auf. Sie hatte Pongar nach draußen gelockt. Das war kalkuliert, um für Loan und Fabien bei ihren Aktivitäten im Haus die Gefahr einer Entdeckung zu minimieren.

»Fotografieren und jegliches Abbilden unseres Besitzes sind untersagt!«

»Ah, Monsieur, entschuldigen Sie!« David erschien auf der Mauer. Er sprach französisch. Er tat unbeholfen, während er über die Mauer tippelte und wenig später bei Marie anlangte.

»Madame versteht Sie nicht«, rief er Pongar zu. »Ich habe es ihr zu erklären versucht, dass ihr künstlerisches Tun hier unerwünscht ist, aber …«

Während er den Dialog mit Pongar fortsetzte, raunte er Marie zu, dass Cécile fast in Sicherheit sei. »Sie muss nur noch ungesehen aus dem Schuppen flüchten, was nicht einfach ist, da sie etwas geschwächt ist.«

»Ich kenne Sie doch«, rief Pongar Marie zu, während er sich einige Schritte in die Richtung des Treppenaufgangs begab.

»Das kann nicht sein«, erwiderte David. »Madame stammt aus Deutschland. Sie ist mein Gast und …«

Wider Erwarten erschien an der Tür ein kraftstrotzender Typ. »Was ist jetzt, Pongar?«

Der Leuchtturmwärter wandte sich um: »Garnot, wenn ich mich nicht irre, ist das die Braut, die ich kürzlich aus dem Wasser gefischt habe.«

»Die dich an der Nase herumgeführt hat und abgehauen ist?«

»Ich denke, das sollte mir nicht noch einmal passieren, was?«

Pongar hatte den Pfad zur Mauer erreicht.

»Oh, Monsieur«, ließ Marie nun in ihrem holperigen Französisch verlauten. »Schön, dass ich Sie endlich wiedersehe. Ich will Ihnen nur die Kleidung zurückgeben, die Sie mir geliehen haben!«

Sie warf ihm den Kleidersack entgegen, bevor er die Mauer erreichte. Kurz strauchelte er. Und noch einmal gewann sie wertvolle Sekunden, als David ihm die Gummistiefel und den Hocker vor die Füße warf. Dann hetzte sie in westliche Richtung über die Mauer, um Pongar von dem Verschlag wegzulocken, in dem sich Cécile versteckt hielt. Auch David orientierte sich westwärts. Als er das Ende der Mauer erreicht hatte und bessere Bedingungen für eine Fluchtmöglichkeit gegeben waren, stellte er sich dem Verfolger, sodass Marie einen Vorsprung gewinnen konnte.

»Nicht so stürmisch, Monsieur. Sie wollen doch nicht etwa erneut eine junge Frau in Ihre Klauen bringen. Das haben Sie doch nicht mehr nötig. Hier, sehen Sie, Pongar – Sie sind berühmt! Und … Zeigen Sie's auch Ihrem Komplizen. Er wird jetzt ebenfalls in den unendlichen Weiten des Internet für seine Schandtaten bewundert werden!«

Auf dem Gesicht Pongars zeigte sich Wut, als er das Smartphone des Gendarmerie-Lieutenants auffing, das David ihm zugeworfen hatte. »Na, nehmen Sie schon! Erkennen Sie das Gerät? Aus den Beständen der Gendarmerie! Nein? Es stammt von Gendarm Landeaux! – Verdammt, Pongar, geben Sie endlich auf! Und ebenso Colonel Garnot! Ihre schützende Hand des obersten Teufels aus Paris hat lange genug mit Ihnen für Schaden gesorgt. Sie sind aufgeflogen, Pongar, und mit Ihnen all Ihre Kumpanen auch!«

David rief so laut, dass auch Gernot verstehen konnte, um was es ging. Er sah, wie der Colonel, der nur im Freizeitlook gekleidet war, kurz zögerte. Der suchte die Umgebung nach weiteren Anwesenden ab. Unschlüssig schien er sich erst abwenden und zum *Castel du Grande Pongar* zurückkehren zu wollen, dann entschied er sich aber doch, seinen Gefährten bei der Verfolgung der Flüchtenden zu unterstützen. –

Marie hatte die Felsspalten von Le Gouffre erreicht. Hier konnte sie sich verbergen und beobachten. Mit Schrecken musste sie feststellen, dass sich Pongar und Garnot dem fliehenden David stetig näherten. Der blieb auf einmal abrupt stehen und zog seine Waffe. Damit hielt er die Verfolger kurze Zeit auf Distanz, während sie einander lauernd umkreisten.

Wenige Augenblicke später konnte er aber nicht mehr beide Gegner gleichzeitig in Schach halten, da sie sich nach einem kurzen Blickwechsel voneinander trennten. David sah sich zunehmend in der Bredouille. Es blieb ihm höchstens, alsbald von seiner Waffe Gebrauch zu machen. Doch das wollte er eigentlich nur ungern. *Selbstjustiz ist keine Option,* kam ihm Maries Standpunkt in den Sinn. Also blieb ihm nur noch eine Möglichkeit. Er suchte den Dialog:

»Pongar, Sie sind eine kriminelle Natur übelster Sorte«, provozierte er den Leuchtturmwärter. »Aber das ist nicht neu. Das wusste schon mein Vater. Und mir ist es nicht minder bekannt. Seitdem ich denken kann, ahne ich, dass Sie ein Perversling sind.«

»Rede nicht, Schwachkopf!«, ließ sich Pongar auf Davids Unverschämtheit ein. Doch der ließ sich nicht den Mund verbieten:

»Ja, Pongar, mein Vater wusste wohl zu viel davon, was sich Jahrzehnte im Phare de Mean Ruz und in Ihrem Castel abgespielt hat. Habe ich recht? Er wusste, dass Sie Ihre Opfer auf Enez Terc'h in den alten Ölgruben verschachert haben. Selbst seine Frau, meine Mutter, musste daran glauben.«

David beobachtete den Leuchtturmwärter, dem es langsam dämmerte, wen er da vor sich hatte. »Renés Brut«, raunte Pongar seinem Gesinnungsgenossen zu.

»Natürlich war ihm ebenso bekannt, was sich auf der Vogelinsel abspielt. Und auch, dass Sie zusammen mit de Groussay und dem Bürgermeister um des schnöden Mammon Willen das Öl nach Riouzig verfrachtet haben! – Ja, Pongar, all das hat mein Vater durchschaut. Und jetzt erfährt es die Welt!«

David bemerkte, dass Garnot immer hellhöriger wurde, während er sein Wissen preisgab.

»Und das ist es nicht allein! Sie haben meinen Vater umgebracht, Pongar, weil er zu viel Kenntnis von Ihrer kriminellen Energie hatte. Mit der Waffe, mit der schon durch die Hand Ihres Vorfahren der alte Cadet ermordet werden sollte. Auch seinen Sohn, Michel Le Braz, haben Sie damit erschossen. – Pongar, Sie sollen verflucht sein!«

»Ach, ach, mein Jüngelchen. Ich habe nur dem sterbenskranken René einen Gefallen getan, als ich ihn von seinem Leiden erlöste!«

»Sie lügen, Pongar. Er war am Ende soweit, dass er auspacken wollte. *Deshalb* haben Sie sein Leben ausgelöscht. Ich war zufällig dabei, als es passierte!«

»Sie waren dabei? – Dann müssten Sie aber wissen, dass *nicht ich* es war, der Le Braz erschossen hat. – Nein, es war der Bürgermeister, den sein Vorgänger erpresst hat, weil er von den Plänen erfahren hatte, dass das alte Öl umgelagert werden sollte. Ich habe Janicot lediglich diese Pistole zur Verfügung gestellt. Sie sollten sich *an ihn* wenden!« Pongar hatte eine Hand unmerklich hinter seinen Rücken geführt, und die Waffe aus seinem Hosenbund gezogen.

Die Situation drohte zu eskalieren. Man stand sich nun ähnlich wie bei einem Duell gegenüber, aber Garnot zeigte urplötzlich Misstrauen, als sein Schwager von Pongar beschuldigt wurde, für den Mord an Michel Le Braz verantwortlich zu sein. Unversehens sprintete Garnot los. David vermutete, dass der Gendarm womöglich zu seinem Boot flüchten wollte. Doch darum konnte er sich nicht scheren. Blieb zu hoffen, dass Fabien und Lieutenant Landeaux den Colonel aufhalten konnten. David hatte sich auf Pongar zu konzentrieren, dem es im Augenblick des Durcheinanders gelungen war, sich in das Felsenmeer von Le Gouffre zurückzuziehen. War aus dem Verfolger plötzlich ein Verfolgter geworden, der vor David floh?

Doch David glaubte, Pongars Plan zu durchschauen. Und damit lag er nicht falsch. Er hatte jetzt allen Grund, sich zu sorgen. Zu sorgen um Marie, die plötzlich in akuter Gefahr schwebte.

Maries Herz pochte wild. Denn sie hatte Pongar nicht mehr im Blick. Der konnte jeden Augenblick um irgendeine Felssäule treten und sie …

Marie sah sich um und spürte die Gefahr. Aber die ging jetzt eher von einer schwindelerregenden Steilwand aus. Bisher hatte sie keine Gelegenheit gehabt, Argwohn gegen den bösartigen Schlund von Le Gouffre zu hegen. Doch das änderte sich mit einem Male. Marie starrte in die Tiefe des Abgrunds. Ein seltsamer, leider altbekannter Taumel überfiel sie. Lähmende Benommenheit. Nebel. Undurchdringlich. *Nicht! Nicht jetzt! Bitte nicht jetzt!* Sie durfte sich den Bildern von einst gegenwärtig nicht ausliefern, und wenn sie noch so verstörend waren. Doch die Schreckensbilder der Vergangenheit ließen sich nicht verdrängen. Le Goffre forderte sie. Aber nicht nur der Schlund war eine Bedrohung.

Unversehens fühlte sie den kalten Lauf einer Pistole am Übergang vom Nacken zum Hinterkopf. An dieser Stelle gewährte die kugelsichere Weste keinen Schutz. Überwältigt von einem Gefühls- und Gedankenchaos vernahm sie Pongars Flüstern in ihrem Ohr:

»Mein Mäuschen, glaub nur nicht, dass ich nicht jederzeit gewusst habe, wo du dich die ganze Zeit aufgehalten hast. Sei dir sicher, wenn ich mit dir fertig bin und dieses Intermezzo hier beendet ist, dann wird es nicht mehr lange dauern, bis ich auch die Alten aus dem Castel de Poul Stripo vertrieben haben werde. Dann halte ich einen weiteren Teil dieser Halbinsel in meinem Besitz. Dann …«

Pongar brachte den Satz nicht zu Ende, als er im nahen Umkreis David reden hörte:

»Landeaux, es ist alles gut. Er sitzt in der Falle.« David imitierte ein fiktives Tefonat. »Sie können jetzt mit der Sondereinheit anrücken. – Ja … Natürlich … auch auf dem Wasserweg.« Er betonte die Dringlichkeit. Es musste authentisch klingen. »Gewiss. Vorsicht ist geboten. Er hat bereits eine Geisel. Was? – Nein, das dauert zu lange. Zu lange, habe ich gesagt.«

Während David dieses ominöse Gespräch führte, bewegte er sich bedächtig vorwärts. Dabei hielt er seine Ohren gespitzt. Das Meer war zwar laut. Aber es war ihm nicht entgangen, dass in nächster Nähe ein Stein, vielleicht so etwas wie eine Granitscherbe, weggetreten worden war und in die Schlucht stürzte, wo sie mehrere Male gegen Felswände schlug. David führte sein imaginäres Telefonat fort. Er gab vor, noch auf eine Information seines vermeintlichen Gesprächspartners zu warten. Doch tatsächlich wirbelte er blitzartig um einen Felsblock. Sekundenbruchteile später gab er Pongar einen kräftigen Schlag auf den Hinterkopf und riss im Moment der Überrumpelung sowohl Marie als auch die Waffe Pongars an sich. Kurz schaute er sich die Pistole an. Kaliber 6mm. Kein Zweifel. Das musste die Tatwaffe sein, mit der schon so viel Unheil angerichtet worden war.

Noch nicht wieder Herr seiner Sinne fuhr Pongar herum. Doch als er in Davids Pistole blickte, wollte er ungestüm, beinahe kopflos, die Flucht ergreifen. David hatte den Braten gerochen, übergab die Schießeisen an Marie und warf sich mit einem Hechtsprung auf Pongar. Der knickte unter der Last des Angreifers ein und ging zu Boden. Kurz hatte David ihn im Griff, dann rollten sie über die scharfen Kanten des Granitgesteins auf den Abgrund zu. Pongar konnte sich jedoch aus Davids Umklammerung befreien und schlug ein paar Haken. Hier, in den Gesteinsspalten, würde er gegenüber seinem jetzt unbewaffneten Gegner Vorteile besitzen, war er überzeugt. Er blickte aufs Wasser und sah, dass sich Garnot mit dem Boot näherte. Der hatte es nicht leicht, das Schiff so zu manövrieren, dass die Wellen es nicht an das Felsmassiv drückten.

Pongar hangelte sich am glatten Granit vorbei, bis er die Spitze einer Klippensäule erreichte. Tief unter ihm gähnte das schroffe Gestein, über das Fontänen weißer Gischt spritzten. David bewegte sich ebenfalls über einen hoch aufragenden Felsbrocken. Einen tiefen Spalt zwischen sich befanden sich die Männer einige Meter voneinander entfernt nahezu auf Augenhöhe.

Pongar umkletterte die Felsspitze. Auf der anderen Seite ertastete er mit den Füßen einen Felsvorsprung. Einige Momente verschnaufte er. Als er den Abstieg einleiten wollte, der ihn zu Garnots Boot führen sollte, erschrak er. Wie aus dem Nichts waren am Fuße des großen Schlunds drei Männer erschienen. Landeaux kannte er. Den Praktikanten aus der Gendarmerie ebenfalls. Aber da war noch ein dritter im Bunde. Das war doch … *Der Deutsche, der mir vorgeworfen hat, den Leuchtturm im Nebel nicht bedient zu haben?*

Pongar würde nicht mehr erfahren, dass Landeaux, Fabien und Busshart sich auf der dem Meer zugewandten Seite des ehemaligen Maison de l'amitié in Richtung Le Gouffre orientiert hatten – leider ein klein wenig zu spät, als dass sie Garnot hätten aufhalten können. Ja, auch Busshart war auf einmal aufgekreuzt.

Garnot. Die Rettung. Pongar klammerte sich noch mit zitternder Hand an einer Felswand fest. Das Felsgestein war hier wie poliert. Nur an wenigen Stellen hatten sich in kleinen Nischen Pflanzen angesiedelt. Pongar griff danach, sah im gleichen Atemzug aber, dass der Colonel mit seinem Boot abdrehte. Ließ Garnot ihn etwa im Stich? – Der Leuchtturmwärter mobilisierte letzte Kraftreserven. Doch er konnte sich nicht mehr halten. Mit einem gellenden Schrei stürzte Pongar ab. Unweit von Bussharts Position schlug sein Körper auf Felsgestein und blieb zerschmettert liegen.

Kreischend waren Möwen von ihren Plätzen im Fels aufgestiegen. – David und Marie spähten in die Tiefe. Mit Grauen beobachteten sie, wie sich Busshart nun behende plagte, dem abgestürzten Pongar näherzukommen, dessen Leib von den Wellen wie eine leblose Puppe über den Granit hin und her geschleudert wurde. Der Chefreporter vom *Württemberger Kurier* wurde nicht müde, von dem Abgestürzten Fotoserien anzufertigen.

Abscheulich, dachte Marie. *Einfach nur abscheulich.* In gewisser Weise sah sie Parallelen darin, wie sich damals nach dem Sturz ihres Verlobten irgendwelche Voyeure, leider auch einige sensationslüsterne Zeitungsmenschen der Boulevardpresse, an dem Unglück des Toten geweidet hatten. Sie war aus der Haut gefahren. Kopflos war sie auf die Meute losgegangen. Sie hatte um sich geschlagen. Pausenlos. Bis zur eigenen Erschöpfung. Doch das war noch nicht alles. Selbst beim Begräbnis hatte man sie nicht in Würde von ihrem

Jonas Abschied nehmen lassen. Einem dieser aufdringlichen Bildreporter von einem Journal hatte sie die Kamera aus der Hand geschlagen. Sie hatte ausgeholt und ihm den Strauß Rosen, eine letzte Gabe für Jonas, links und rechts durchs Gesicht gezogen. *Unbeherrschtheiten* hatte man ihr später vorgeworfen. *Handgreiflichkeiten,* die als *Körperverletzung* gewertet wurden. – Nun, ihre Beziehung zu Jonas war von seinem Vater, einem renommierten Arzt, nie gebilligt gewesen. Aber war das ein Grund dafür, dass man ihr von ihrem ehemaligen Schwiegervater in spe und von der einschlägigen Presse in der Folge die Hölle heiß machte? An den Pranger gestellt, hatte man sie. *Selbstjustiz* hatte man ihr nachgesagt.

Selbstjustiz. – Sie war mit einer Bewährungsstrafe davongekommen. Einhundertfünfzig Tage gemeinnützige Arbeit hatte sie zu verrichten. Doch das eigentliche Unheil, die Sanktionen durch den nachfolgenden sozialen Druck, hatte dann erst seinen Lauf genommen. Erst in Freiburg hatte sie beim *Württemberger Kurier* wieder zur Normalität zurückgefunden. – Aber was hieß hier schon *Normalität?* – War es *normal,* was der Kollege Busshart da trieb?

Während Marie den Bereich um Le Gouffre verließ, bemerkte sie, dass Fabien mit dem Gendarmen Landeaux im Gespräch war. Der würde später das Geschehen als Unfall Pongars beschreiben, um sich damit eine Menge Bürokratie zu ersparen. Wer weiß, vielleicht würde ja diesmal doch eine der vorgesetzten Behörden Ermittlungen führen wollen.

Wenig später trottete Marie in Begleitung von Fabien mit einem beklemmenden Gefühl am Maison de l'amitié vorbei. Schweigend gelangten sie zum Castel de Poul Stripo, Maries Heim in den letzten Wochen. Während sich Marie von ihrer Schutzweste befreite, berichtete sie Florence und dem mittlerweile von Les Korrigans zurückgekehrten Pierrick von den Ereignissen. Das schlimme Ende Pongars war für Florence und Pierrick keineswegs etwas, was sie in Jubelgeschrei ausbrechen ließ. Dennoch entging Marie in ihren Augen die Erleichterung nicht. Beiden war eine Last genommen. Jedem auf seine Art.

Marie und Fabien benötigten jedoch noch etwas Zeit der Besinnung, und sie verließen das ehemalige Fischerhaus schnell wieder. Nach wenigen Minuten erreichten sie über einen minimalen Durchgang zwischen Ufersaum und Brandungslinie Pors Scaff. Die Flut hatte fast ihren höchsten Punkt erreicht. Die meisten Felsen wurden überspült, wobei hier und da einige spitze Zinnen aus dem Wasser schauten. Bis auf weiteres war auch der Roc'h Hudour trockenen Fußes nicht mehr erreichbar.

Hinter der nächsten Biegung war ein Weiterkommen nicht mehr möglich. Dort rüttelten die Flutwellen bereits am steinigen Ufer. Doch bevor Marie und Fabien umkehrten, balancierten sie wagemutig über einige Felskolosse. Denn sie hatten etwas entdeckt. Marie bückte sich. Einmal. Zweimal. Dreimal. Sie hob rote Nelken auf. Drei Stück. Sie wirkten frisch und waren nahezu unbeschädigt. Es sah aus, als lächelten sie.

Mittlerweile hatte Marie erfahren, dass Pierrick die Blumen von einer Gärtnerei bezog, die sich ganz in der Nähe von Loans *Les Korrigans* befand. Dort gab es eine Villa mit einem schönen Park. Der Eigentümer hielt in seinen Gewächshäusern vornehmlich die *Blumen der Druiden* vor. Die Nelken gehörten dazu. Pierricks Nelken. Die Blumen des *Kämpfers für Wahrheit und Gerechtigkeit*. Zum Andenken an den Vater.

Mit ihrem Fund traten Marie und Fabien den Rückweg an. Sie nahmen sich bei der Hand und tauschten zärtliche Blicke. Sie sagten nichts. Aber sie verstanden sich. Sie würden bei der nächsten Ebbe die Blumen da ablegen, wo sie hingehörten.

Epilog

Freiburg, Mitte Juni 2019

In zierlich geschwungener Schrift zog sich ein Schriftzug über das T-Shirt: *Das Lächeln der Nelken* stand da geschrieben, in roten Buchstaben auf pastellgelbem Grund.

Marie Kaufmann hatte mit ihrem Smartphone ein Selbstportrait erstellt – ein Brustbild, das sie zudem mit einem ausgesprochen glücklichen Gesichtsausdruck zeigte. Sie hatte einen Kussmund geformt. Sie fügte das Selfie ihrer WhatsApp-Nachricht an ihre Freundin Valerie bei, mit der sie in knappen Worten mitteilte, dass sie wieder Zuhause sei. Zugleich kündigte sie an, dass sie per E-Mail eine Reihe von Dokumenten verschickt habe. Dokumente zu den diversen Vorgängen rundum die Schiffshavarien vor der bretonischen Küste. *Mach war daraus!,* munterte sie mit dieser Kurznachricht ihre Freundin auf. – Marie bediente eine bestimmte Schaltfläche des Mitteilungsprogramms. Nur wenige Sekunden später zeigten zwei blaue Häkchen an, dass die Adressatin, die sich irgendwo an der französischen Atlantikküste aufhielt, die Nachricht erhalten hatte.

Zufrieden legte Marie ihr Smartphone beiseite, beugte sich über die Tastatur ihres Computers und schrieb zunächst nur wenige Worte mit ihrem Textverarbeitungsprogramm.

DER ARME TEUFEL VON PORS SCAFF war auf dem Monitor zu lesen. TÖDLICHE GEHEIMNISSE AN DER CÔTE D'AJONCS formulierte sie als Untertitel. Sie korrigierte sich und schrieb stattdessen: *LÜGEN UND ANDERE HALBWAHR-HEITEN*. Mit diesem Arbeitstitel war sie fürs erste einverstanden. *Sprachlich-inhaltlich ist er zwar nicht korrekt, stilistisch aber allemal reizvoll, um die Leserschaft neugierig zu machen*, ging es ihr durch den Kopf. Sie lehnte sich zurück und dachte darüber nach, wie sie die erste Folge des Fortsetzungsromans für den *Württemberger Kurier* beginnen sollte. Es war nicht einfach, die vielen Zusammenhänge für die Leser nachvollziehbar und gleichzeitig unterhaltsam aufzubereiten. Aber Marie war sich sicher, es konnte gelingen. Und diesmal würde ihr kein Chefreporter die Story streitig machen. Im Gegenteil: Busshart hatte versprochen, bei einer weiteren Vermarktung des Romans uneigennützig behilflich zu sein. Marie war skeptisch.

Apropos Busshart. Mit ihm war sie hart ins Gericht gegangen, als sie sich zuletzt gesehen hatten.

»Busshart, Sie wissen, dass es sich gehört hätte, Pongars Bilder der Polizei als Beweismittel auszuhändigen. Zumindest ist es in Deutschland nicht erlaubt, die Bilder in den *sozialen* Netzwerken zu veröffentlichen. Außerdem ist Ihnen nur allzu gut bekannt, dass ich es kategorisch ablehne, wenn man im Netz Hass sät. Es gibt doch wahrhaftig genug Chaoten, die sich in der anonymen Masse Machenschaften Ihrer Art zu eigen machen. – Was haben Sie sich nur dabei gedacht?«

»Marie Kaufmann, wer behauptet, dass *ich* die Bilder veröffentlicht habe? War das nicht der Mister aus England, der Ihrem Möchtegerngendarmen die Bilder entwendet hat? – Oder war es diese ... Loan, die wie unsere Loreley die Männer bezirzt, um sie anschließend ins Verderben zu stürzen? Vielleicht hat sie sich nur an Pongar und de Groussay rächen wollen? – Ach nein, ich glaube mich zu erinnern, in einem im Internet veröffentlichten Tagebuch gelesen zu haben, dass es die Eltern Le Brun waren, die die Steine ins Rollen gebracht haben, um von ihren eigenen Untaten abzulenken. In ihrem Blog haben sie jedenfalls geschrieben, dass sie von Pongar wegen ihrer *vermeintlichen* Verquickung in einen *angeblichen*

Umweltskandal erpresst worden seien. So jedenfalls ist es von ihrem Computer aus ins Netz gestellt worden. Ob das von der Justiz als Geständnis gewertet wird?«

»Das glauben Sie doch selbst nicht, Busshart.«

»Kollegin Kaufmann, das ist keine Frage des Glaubens. – Die Le Bruns sind durch die IP-Adresse ihres Computers eindeutig identifizierbar. Keine Ahnung, warum sie so fahrlässig waren und sich selbst in die Pfanne gehauen haben.«

»Oder hat jemand anderer es nur zu gut zu verstehen gewusst, ihnen diese Verfehlungen unterzujubeln, um ihnen einen gehörigen Schaden zuzufügen?«

»Haben die nicht selbst Schaden genug angerichtet?«, erwiderte er süffisant.

Er ist und bleibt ein Brandtsifter, wie ich ihn kenne, dachte Marie.

Marie vergegenwärtigte sich, dass sich bei diesen Aussagen Bussharts auf seinem Gesicht ein diabolisches Grinsen breitgemacht hatte. Es erinnerte sie sehr an den Roc'h Diaoul, dem steinernen Antlitz eines Teufels, ganz in der Nähe vom Roc'h Hudour – ihrem Lieblingsfelsen und das Pilgerziel von Pierrick Le Braz und seinem Vater Michel.

Pierrick und Florence hatten in der Woche nach Pfingsten, die letzte Woche von Maries Aufenthalt bei ihren Gastgebern, wie befreit gewirkt. Sie hatten David kennengelernt, der sie nach Cornwall eingeladen hatte. Nur wenige Tage später war er mit Loan nach England abgereist.

Und Fabien? Der hatte sich verstärkt um Cécile gekümmert, die zunächst einige Tage in der Klinik zu verbringen hatte, in der Florence angestellt war. Sie hatte preisgegeben, dass sie vor vielen Monaten auf der Suche nach ihrer Mutter Denise gewesen war, als sie sich von Fabien das Maison de l'amitié hatte zeigen lassen und dann in die Fänge Pongars geraten war. Die Mutter war 1993 Pongars Opfer gewesen. Wie Cécile von Pongar erfahren hatte, hatte ihre Mutter wohl von ihrem Gefängnis aus beobachtet, dass Bürgermeister

Jerome Janicot seinen Vorgänger Michel Le Braz am Strand von Pors Scaff um sein Leben gebracht hatte.

Cécile würde jetzt, da Marie sich wieder in Freiburg aufhielt, vorübergehend ihr Zimmer im Castel de Poul Stripo beziehen. *Nur vorübergehend?* Ob Cécile und Fabien wieder zusammenkommen würden? Bei diesem Gedanken Maries schwang ein wenig Eifersucht mit. Sie mochte Fabien. Aber sie war Realistin genug zu erkennen, dass es in absehbarer Zeit vermutlich kaum Gelegenheiten gäbe, eine Beziehung wachsen zu lassen und sie zu pflegen. Es sei denn – die modernen Errungenschaften des Internet würden den Kontakt aufrechterhalten können. Und dann ... *Warum nicht? Alles ist möglich*, ließ Marie die Zukunft offen.

Bevor sich Marie daran machte, ihre Gedanken und Erlebnisse zu Papier zu bringen, blickte sie wie zufällig auf einen Zeitungsartikel, der auf ihrer Notizsammlung lag. Ihr Aufenthalt bei Pors Scaff hatte mit einem medialen Paukenschlag geendet. In *Les Nouvelles* hieß es in einer Mitteilung:

Wie wir aus gut unterrichteten Kreisen erfahren haben, wurde Minister de Groussay Opfer einer Hexenjagd in den sogenannten Sozialen Medien. Selbst die regierungskritische französische Nachrichtenagentur Service d'Information en Français zeigte sich bestürzt darüber, dass der Minister offensichtlich dazu getrieben worden ist, sich selbst das Leben zu nehmen. Auch wenn – wie im Fall de Groussay – sein skandalöses und kriminelles Verhalten unbedingt als verabscheuenswürdig eingeschätzt werden muss, so sollte die Schuldfrage nur den dafür zuständigen juristischen Instanzen vorbehalten sein. Dass der Minister keinen Ausweg aus seiner prekären Lage sah und sich vor eine Untergrundbahn der Pariser METRO stürzte, wird als bedauernswerte menschliche Tragödie betrachtet ...

»Auch Heuchelei ist ein missbräuchlicher Umgang mit der Wahrheit«, seufzte Marie.

Schlussbemerkung

Von der Pointe du Château aus, vorbei am Haus zwischen den Felsen, dem ich im Roman die Namen *Maison de l'amitié* beziehungsweise *Castel du Grande Pongar* angedichtet habe, vorbei am Hafen Poul Stripo bis zur Bucht von Pors Scaff zieht sich eine grandiose pittoreske Küstenlandschaft der Côte d'Ajoncs in der Bretagne hin, die auch für einen Ort der Handlung in einer *Herr der Ringe*-Verfilmung hätte herhalten können. Die Küstenlinie mit der filmreifen Szenerie steht mit ihren bizarren Felsen der gleichfalls malerischen Hauptetappe der Côte de Granit Rose im Umfeld des Phare de Mean Ruz weiter westlich kaum nach. Auf jeden Fall ist sie deutlich weniger vom Tourismus übersättigt, den ich im vorliegenden Werk entgegen der Realität zur Gänze ausgesperrt habe. Die Felsen rund um den nur im Roman so benannten *Roc'h Hudour* inspirieren zu fantasievollen Geschichten. Geheimnisse und einen großzügigen Umgang mit der Wahrheit lassen sich den Bewohnern in dieser Umgebung leicht andichten.

Bei der literarischen Verarbeitung solcher Heimlichkeiten habe ich ein Spiel mit Realitäten und Fiktion getrieben.

Realität ist der bereits Generationen übergreifende Clinch zwischen den Bretonen und dem Rest Frankreichs, insbesondere mit der Politik in der Hauptstadt.

Realität sind auch die so häufigen Havarien von Tankschiffen, die an der bretonischen Küste mehrmals Umweltkatastrophen verursacht haben. Natürlich weckt das Unglück des von mir erfundenen Öltankers *AFO For Freedom* im weitesten Sinne Erinnerungen an das schlimme Schiffsunglück der Amoco Cadiz 1978.

Und auch ein bisher wohl noch nicht gelöster Kriminalfall findet sich weiterhin in der Geschichte der Bretagne. Damals, in den ersten beiden Jahrzehnten des zwanzigsten Jahrhunderts, hießen die Protagonisten Fabrikdirektor Louis Cadiou, ein ehemaliger Anwalt aus Morlaix, und Ingenieur Louis Pierre, die einst zusammengearbeitet haben und später bei ihrer Arbeit in einer Pulverfabrik in der Nähe von Landerneau im Département Finistère aneinandergeraten sein sollen. Fakt scheint es zu sein, dass der Direktor Cadiou Opfer eines Gewaltverbrechens wurde und dass Ingenieur Louis Pierre als Täter in Betracht gezogen, aber nach dem Ersten Weltkrieg aus Mangel an Beweisen freigesprochen worden ist. Wer weiß schon, wie es sich damals tatsächlich zugetragen hat? – In meinem Roman gebe ich *eine* fiktive Variante zur Antwort.

Milton Keynes UK
Ingram Content Group UK Ltd.
UKHW011945210823
427215UK00001B/21

9 783750 481336